O farol de Fisher

TARA SIVEC

O farol de Fisher

Tradução
Cláudia Mello Belhassof

1ª edição
Rio de Janeiro-RJ / Campinas-SP, 2020

VERUS
EDITORA

Editora
Raïssa Castro

Coordenadora editorial
Ana Paula Gomes

Copidesque
Maria Lúcia A. Maier

Revisão
Cleide Salme

Capa e projeto gráfico
André S. Tavares da Silva

Foto da capa
Joshua Hibbert/Unsplash

Diagramação
André S. Tavares da Silva
Juliana Brandt

Título original
Fisher's Light

ISBN: 978-85-7686-807-1

Copyright © Tara Sivec, 2015
Todos os direitos reservados.

Tradução © Verus Editora, 2020
Direitos reservados em língua portuguesa, no Brasil, por Verus Editora. Nenhuma parte desta obra pode ser reproduzida ou transmitida por qualquer forma e/ou quaisquer meios (eletrônico ou mecânico, incluindo fotocópia e gravação) ou arquivada em qualquer sistema ou banco de dados sem permissão escrita da editora.

Verus Editora Ltda.
Rua Benedicto Aristides Ribeiro, 41, Jd. Santa Genebra II, Campinas/SP, 13084-753
Fone/Fax: (19) 3249-0001 | www.veruseditora.com.br

CIP-BRASIL. CATALOGAÇÃO NA FONTE
SINDICATO NACIONAL DOS EDITORES DE LIVROS, RJ

S637f

Sivec, Tara
　O farol de Fisher / Tara Sivec ; tradução Cláudia Mello Belhassof. –
1. ed. – Campinas [SP] : Verus, 2020.
　23 cm.

　Tradução de: Fisher's light
　ISBN 978-85-7686-807-1

　1. Ficção americana. I. Belhassof, Cláudia Mello. II. Título.

	CDD: 813
19-61719	CDU: 82-3(73)

Vanessa Mafra Xavier Salgado - Bibliotecária - CRB-7/6644

Revisado conforme o novo acordo ortográfico.

Seja um leitor preferencial Record.
Cadastre-se no site www.record.com.br e receba
informações sobre nossos lançamentos e nossas promoções.

Atendimento e venda direta ao leitor:
sac@record.com.br

Impresso no Brasil pelo Sistema Cameron da Divisão Gráfica da
DISTRIBUIDORA RECORD DE SERVIÇOS DE IMPRENSA S.A.

NOTA AO LEITOR

Meu pai é veterano da Guerra do Vietnã. Desde que me lembro, ele NUNCA falou sobre os seus dias na guerra, e nós sempre soubemos que não devíamos lhe perguntar a respeito disso. Um dia, do nada, ele começou a falar sobre transtorno de estresse pós-traumático e como, mesmo depois de mais de quarenta anos, o tempo que passou no exterior ainda tem um profundo impacto sobre ele. No dia seguinte, sonhei com Fisher e Lucy. Um sonho com um casal lidando com uma convocação para a guerra e os efeitos que ela tem no relacionamento. Esse sonho me deixou tão impressionada que acordei e imediatamente comecei a escrever.

Assim como acontece com qualquer tipo de ficção, existem liberdades que precisam ser tomadas para dar vida à história e fazê-la fluir da maneira que o autor necessita. Fiz uma extensa pesquisa sobre militares e suas famílias e conversei com vários deles enquanto escrevia este livro. Tenha em mente que as inconsistências em relação à cronologia das convocações, ao local para onde o soldado foi designado etc., só servem para fazer a história seguir na direção que eu precisava.

Muito obrigada, e espero que goste desta história!

Para James, minha luz na escuridão

PRÓLOGO

Diário de Fisher

No fim de um longo e escuro corredor, há uma porta. É a mesma porta de madeira comum que existe em quase todas as casas ou apartamentos em qualquer lugar do mundo. Não há nada de especial nela. É feita de carvalho, tem algumas fendas e arranhões pelos anos de desgaste, range quando é aberta e empena quando o dia está úmido e a madeira dilata. Trancada atrás da porta, porém, está a merda que ninguém quer saber. As lembranças, os pesadelos e todos os motivos pelos quais a minha vida é um maldito caos estão para além dessa porta, numa montanha de arrependimento. Perdi tudo por causa dessa maldita porta, porque a minha mente se estilhaçou em mil pedaços e eu não consegui perceber a diferença entre sonho e realidade. Eu me tornei um homem diferente.

Um homem perigoso.

Um suicida.

Certos dias, penso nessa porta como uma barreira entre mim e os cantos escuros do meu subconsciente, um lugar para guardar os esqueletos do meu passado, para eu não precisar olhar para eles nem pensar neles. Outros dias, essa porta se abre com violência, e eu sou forçado a reviver todos os erros que cometi. Posso entrar no quarto, com suor escorrendo pelas costas, e passar as mãos sobre cada item que me esculpiu e me transformou no homem que me tornei. Posso vasculhar a caixa de sapatos embaixo da cama e passar a ponta dos dedos sobre cada carta que ela me enviou, posso pegar o Coração

Púrpura em cima da cômoda e sentir o peso frio da medalha de bronze e a fita roxa de cetim na palma da mão, e posso erguer a mochila no canto do quarto e sentir o calor do deserto e o toque metálico de sangue seco salpicado na estampa camuflada.

Não leva muito tempo para os sons da guerra invadirem meus ouvidos, e se passam apenas alguns segundos até eu pressionar minha cabeça com as mãos trêmulas e o coração disparado, tentando determinar a fonte dos ruídos mais atormentados e sofridos que já escutei, o choro e a súplica tão altos que podem ser ouvidos até mesmo com o barulho do tiroteio. Só então me dou conta de que os gritos horrorizados estão vindo de mim, que sou *eu* quem está implorando por misericórdia, que eu bati com força essa porta na minha mente, suplicando a qualquer um que ouvir que leve embora a dor e o sofrimento, para eu nunca mais voltar para dentro daquele quarto.

É aqui que a minha história começa.

Ou termina.

Nunca sei ao certo.

A mente é uma coisa grandiosa e poderosa, dividida em corredores de escuridão e cantos de luz. As lembranças podem alternadamente preencher sua vida com alegria e felicidade e enevoar todos os momentos com medo e pesadelos, fazendo você questionar todas as coisas boas e se perguntar se eram mesmo reais. Eu já fui feliz? Alguma vez eu sorri e ri naturalmente, despreocupado? Como recuperar isso, quando a escuridão está desesperada para assumir o controle, me prendendo com suas garras e garantindo que eu nunca mais veja a luz do sol?

Vou dar um jeito, ainda que isso me mate. Vou juntar os pedaços da minha mente e recuperar o que é meu. Não a culpo por se afastar; eu a empurrei porta afora e disse para ela ir embora. Eu devia ter percebido que *ela* era a minha luz. Ela era tudo que havia de reluzente e lindo na minha vida, e tudo virou uma merda depois que ela partiu.

Vou consertar isso. Eu *preciso* corrigir isso. Odeio estar neste lugar cheio de pessoas que acham que sabem tudo sobre mim. Odeio cada momento que estou longe dela, mas vou fazer o que for preciso para encontrar o homem que ela amava e trazê-lo de volta.

Vou derrubar aquela maldita porta no fim do longo e escuro corredor e mostrar a todo mundo que eu mereço a luz.

1

Lucy

24 DE MARÇO DE 2006

Gritos enchem os meus ouvidos, e eu pulo da cama com o coração disparado. A luz da lua brilha pela janela do quarto, iluminando o corpo de Fisher enquanto ele chuta as cobertas e soca o colchão. Seus gritos são tão altos e dolorosos que quero cobrir os ouvidos e chorar por ele.

— Fisher! Fisher, acorda! — falo mais alto que seus gritos e xingamentos.

Seus olhos estão fechados, e o suor escorre pelo peito, ensopando a camiseta que ele usa para dormir. Estendo rapidamente a mão e acendo o abajur na mesa de cabeceira. Arranco as cobertas e me aproximo dele, colocando as mãos em ambos os lados do seu rosto para que ele olhe para mim.

— Por favor, querido, acorda. É só um sonho, é só um sonho — sussurro, passando as mãos no rosto dele para acalmá-lo.

Ele para de gritar, mas as palavras que saem da sua boca em seguida são quase piores que os gritos.

— Eu sinto muito, sinto muito. Eu não queria matá-lo, ele entrou na minha frente. Ai, meu Deus, eu sinto muito!

Soluço por ele e pela agonia que rasga sua voz conforme Fisher continua se debatendo e gritando, afastando as minhas mãos de seu rosto e me empurrando. Ele está perdido em outro mundo, outra época, e não aguento vê-lo desse jeito. Ele está sofrendo muito.

Deus, faça com que ele pare de sofrer, por favor.

— Por favor, Fisher, acorda. Vamos lá, querido, abre os olhos — choro, jogando a perna por cima da dele e usando toda a minha força para acalmá-lo e acordá-lo do pesadelo.

Sua mão voa e encontra a minha bochecha, e eu grito de dor, mas continuo. Esse não é o Fisher; ele nunca me bateria se estivesse acordado e em perfeito juízo. Tenho que acordá-lo. Preciso que ele acorde.

Ai, meu Deus, eu não sei o que fazer!

Subo rapidamente em cima dele, cavalgando sua cintura e levando socos nos braços e no peito antes de conseguir segurar seus pulsos e prendê-los nas laterais. Beijo cada centímetro do seu rosto, minhas lágrimas escorrendo pelo nariz e caindo em suas bochechas enquanto sussurro seu nome várias vezes, implorando que volte para mim.

De repente, ele fica imóvel e seus olhos se abrem. Eu me apoio em cima dele e fito seus olhos até que eles finalmente se concentram em mim.

— Você está bem, querido, você está bem — sussurro enquanto apoio a testa na dele.

Solto seus braços, e ele rapidamente os envolve ao meu redor, me puxando para deitar em cima dele. Seu coração bate como um tambor contra o meu peito enquanto ele tenta acalmar a respiração. Depois de alguns segundos, recuo e olho em seus olhos. Eles imediatamente se arregalam, e Fisher ofega, horrorizado, levando as mãos ao meu rosto.

— Ah, meu Deus, o que foi que eu fiz? Baby, o que foi que eu fiz? — Ele chora enquanto examina minha bochecha e o hematoma que tenho certeza que está se formando ali.

Cubro a mão dele com a minha e balanço a cabeça.

— Está tudo bem, eu estou bem. Juro que estou bem, Fisher.

— Me desculpa, eu sinto muito. — Ele soluça baixinho enquanto se inclina e beija a minha bochecha com delicadeza. — Lucy, minha Lucy. Eu sinto muito.

Eu me abaixo e apoio a bochecha no peito dele, ouvindo seus batimentos cardíacos enquanto envolvo os braços ao redor de seu corpo e o aperto com toda a força possível.

— Você não teve a intenção. Você só estava tendo um pesadelo. Está tudo bem, eu estou bem — sussurro de novo.

Só estamos casados há dois dos seis meses desde que ele voltou para casa depois da segunda convocação, mas esse não foi seu primeiro pesadelo. Cada um é pior que o anterior, e eu não sei mais o que fazer para ajudá-lo. Quero acabar com sua dor, anular o sofrimento que ocupa sua mente e seu coração, mas sinto que estou tão longe da margem que estou me afogando.

— Por favor, fala comigo, Fisher. Quero te ajudar, mas preciso entender — digo baixinho, recostada a seu peito.

— Não há nada para entender, Lucy. Foi só um pesadelo. Eles vão desaparecer depois de um tempo, como sempre — ele me promete, acariciando os longos fios do meu cabelo.

— Eu preciso saber, Fisher. Você não precisa passar por isso sozinho.

Ele desliza debaixo de mim e senta para apoiar as costas na cabeceira da cama. Fico de joelhos e me aproximo, odiando a distância que ele está tentando colocar entre nós.

— Não faça perguntas para as quais você não quer saber as respostas — diz ele baixinho, batendo a cabeça contra a cabeceira para encarar o teto.

— Isso não faz o menor sentido. É claro que eu quero respostas. Quero saber de tudo. É por isso que estou aqui. Sou sua esposa, Fisher, e te amo mais do que qualquer coisa. Estamos juntos nisso, a cada passo do caminho — lembro a ele.

Ele fica calado por um tempo, e eu vejo todas as emoções, desde a tristeza até a frustração, passarem pelo seu rosto antes de finalmente ser tomado pela raiva. Não quero que ele fique com raiva de mim por ter pedido para compartilhar seus problemas, mas não sei mais o que fazer. Como posso ajudá-lo a suportar seus fardos se ele não compartilhá-los comigo?

— Então, o que quer saber? — ele finalmente pergunta, o sarcasmo envolvendo sua voz e fazendo os pelos dos meus braços se arrepiarem. — Quer saber como é encontrar o corpo da menina para quem você levou comida um dia antes mutilado e estendido na rua? Como é lutar numa guerra contra pessoas que matam crianças para mandar um recado para o nosso país? Ou como é andar por uma rua deserta na patrulha da infantaria, para garantir que o caminho está livre para o comboio, conversando com um dos seus amigos sobre futebol, e aí, no meio da frase, a cabeça dele explode e o sangue e os miolos se espalham pelo seu rosto?

Sua voz é monótona, diferente de tudo que já ouvi. As lágrimas escorrem pelo meu rosto, e tenho de levar a mão à boca para não soluçar. Balanço a cabeça repetidas vezes, desejando que ele pare, mas ciente de que fui eu quem pediu isso. Eu queria saber tudo, e agora ele está me contando.

— Talvez você queira saber como é receber ordens para derrubar um atirador inimigo e, quando você puxa o gatilho, um garoto de nove anos corre na linha do seu tiro. Tenho certeza que você quer ouvir o que é ver a mãe dele segurar o corpo sem vida nos braços enquanto grita, chora e tenta fechar o buraco na cabeça da criança com as mãos. Você sabe como é difícil tentar empurrar o cérebro de alguém para dentro da cabeça depois de ter feito um buraco do tamanho de uma bola de beisebol nela?

Ele finalmente para de falar, e fecho os olhos com força, tentando bloquear na mente a visão de tudo que ele acabou de me contar. Não consigo respirar, não consigo fazer meu coração parar de doer, não consigo parar de chorar. Ele me avisou, e eu não dei ouvidos. Eu só queria viver na mente dele por um segundo, saber mais sobre ele para poder ser uma esposa melhor e dar o que ele precisa, mas não posso ajudá-lo, e isso me mata. Não posso arrancar essas lembranças porque elas estão marcadas a ferro em seu cérebro e em sua alma. Eu sempre soube que ele vive uma vida completamente diferente quando está longe de mim, mas isso é quase impossível de suportar. Não sei se sou forte o suficiente para ajudá-lo a passar por isso. Não sei se sou *suficiente* para fazê-lo esquecer.

— Ai, meu Deus. Que merda, Lucy. Desculpa. Eu não devia ter dito nada disso. Que diabos há de errado comigo?

Quando meus soluços atravessam a mão apertada que cobre minha boca, ele de repente volta do transe em que estava. Ele se move na minha direção, deslizando as pernas ao redor dos meus joelhos e envolvendo meu corpo com os braços. Ele segura minha nuca e leva minha cabeça até seu ombro, alisando os cabelos em minhas costas enquanto nos embala para a frente e para trás.

— Eu não devia ter perguntado. Me desculpa por ter feito você me contar. Sinto muito por você ter tido que passar por isso — choro baixinho em seu ombro enquanto ele continua nos embalando.

Sinto vergonha por chorar. Não tenho nenhum motivo para isso. Enquanto ele está fora, fazendo todas essas coisas terríveis para proteger o nosso país, fico segura e contente na minha pequena bolha nesta ilha, cercada pelo mar, pela família e pelos amigos.

— Não, Lucy. Nunca se desculpe por uma coisa dessas. Vou ficar bem, só me dá um tempo. Só continue me amando e me apoiando, é tudo o que eu preciso.

Adormecemos nos braços um do outro, e Fisher não acorda de novo naquela noite nem em nenhuma noite nos meses seguintes. Tento dizer a mim mesma que está tudo bem e que ele está melhorando a cada dia que passa em casa, colocando uma distância entre ele e a guerra. Por um tempo, é uma mentira fácil de acreditar. Por um ano inteiro, tenho ele todo para mim, e estamos tão felizes e calmos que eu acredito que ele nunca mais vai me deixar.

E aí ele me diz que *se voluntariou* para voltar para lá pela terceira vez.

— Eu não entendo, Fisher. Por quê? Por que você quer voltar para lá? — pergunto, tentando esconder que essa decisão está me matando. Engulo as lágrimas enquanto ele anda de um lado para o outro da cozinha, como um tigre enjaulado. Eu devia ter imaginado que isso ia acontecer. Cada vez que ele vê alguma coisa no noticiário sobre a guerra, fica tão ansioso que não consegue nem continuar sentado.

— Eu tenho que voltar, Lucy, eu preciso. Não posso ficar aqui enquanto os meus amigos estão lá, lutando por tudo aquilo em que acredito e arriscando a própria vida — ele explica.

Ouvi-lo dizer que não pode ficar aqui parte meu coração. Por que a nossa vida nesta ilha não é suficiente para ele? Aprecio essa sua necessidade de proteger o país e nossa liberdade, mas, ao mesmo tempo, odeio isso, porque o afasta de mim.

E o manda de volta um pouco mais destruído a cada vez.

Depois de todas as coisas por que passou, ele pediu para voltar. Quero ficar com raiva, quero gritar, chorar e implorar para ele não me deixar de novo, mas não posso fazer isso. No fundo do meu coração, ainda sinto muito orgulho por ele lutar pelo nosso país. Eu o admiro por fazer uma coisa tão assustadora e altruísta, e a própria ideia de que ele voltaria voluntariamente para aquele inferno me lembra como ele é forte e incrível. Também me deixa apavorada com o que vai acontecer na *próxima* vez em que voltar para casa, me faz ter medo de quais pedaços do homem que eu amo serão arrancados por essa guerra. Eu me preocupo com a possibilidade de as coisas piorarem, e isso me apavora.

— Eu simplesmente não entendo por que você continua fazendo isso com você mesmo. Por que continua se obrigando a passar por isso. E quanto a nós? E quanto à *nossa* vida? Falamos em começar uma família, mas como vamos fazer isso se você não estiver aqui? — pergunto, odiando a fraqueza em minha voz.

— Meu Deus, Lucy! Como você consegue *pensar* em trazer crianças para o mundo neste momento? Que tipo de futuro elas teriam se essa merda nunca acabar? — ele argumenta.

Não faz sentido tentar conter as lágrimas a essa altura. Elas escorrem pelo meu rosto, e Fisher vem imediatamente até mim e me puxa para os seus braços.

— Sinto muito, querida. Eu não queria gritar — ele sussurra enquanto beija o topo de minha cabeça. — Eu só preciso que você entenda como isso é importante para mim. Não consigo suportar a ideia de que meus homens, *meus irmãos*, estão lá sem mim. Eles deixam a família e abandonam todo o resto para lutar na guerra, e eu preciso fazer o mesmo. Eu *tenho* que fazer o mesmo. Eu te amo, Lucy, mas preciso fazer isso. Por favor, me diz que você entende.

Eu o abraço com todas as minhas forças, enquanto nos embalamos na cozinha, e faço que sim com a cabeça sem dizer nada. Ele me ama, estamos construindo uma vida juntos, e nada mais deve importar. Somos fortes e podemos passar por tudo. Nós *vamos* passar por tudo, porque Fisher sempre me prometeu que vai encontrar o caminho de volta para mim. Acredito nele do fundo do meu coração e vou apoiar todas as decisões que ele tomar, porque tenho fé nele e em nós. Isso é apenas um pequeno obstáculo no longo caminho da nossa vida em comum. Vamos superá-lo, e vai ficar tudo bem, tenho certeza.

2

Lucy

PRESENTE

~~Caro~~ Fisher,

Acho que é isso, né? Depois de quase catorze anos juntos, de começar nossa vida nesta ilha, de cinco convocações para a guerra e inúmeras cartas que escrevi para você esse tempo todo, eu finalmente vou até a caixa de correio e vejo algo com que sempre sonhei: um envelope com a sua caligrafia. Por um instante, cheguei a pensar que você tinha mudado de ideia. Que todas as coisas horríveis que você me disse eram apenas o seu jeito de lidar com a situação depois de tudo por que você passou. Eu ainda estava aqui, Fisher. Eu ainda estava aqui, prendendo a respiração, esperando que você voltasse, apesar de você ter dito que nunca mais voltaria. Você sempre disse que encontraria o caminho de volta para mim. De todas as mentiras que você me contou, essa é a que mais dói.

Anexos, você vai encontrar os documentos do divórcio assinados, conforme solicitado. Espero que encontre o que está procurando. Sinto muito por não ter sido eu.

Lucy

Encaro a carta em minha mão, as dobras que atravessam as palavras bastante desgastadas pela quantidade de vezes que dobrei e desdobrei essa coisa, a

17

ponto de me surpreender que o papel não esteja rasgado ao meio. Ainda consigo ver pequenas manchas na tinta onde minhas lágrimas caíram, enquanto eu escrevia a carta, no ano passado. Eu me lembro desse dia como se fosse ontem, e a dor no meu coração ainda é tão recente quanto na época, apesar de eu ter me convencido de que estou bem, estou feliz e segui em frente.

Eu *estou* bem.

Eu *estou* feliz.

Eu *realmente* segui em frente.

Droga.

Olho ao redor do meu quarto de adolescente, com o mesmo papel de parede perolado com minúsculas rosas cor-de-rosa, a cama de dossel branca e o carpete rosa felpudo, e percebo que talvez não seja exatamente esse o caso. Voltar para casa depois do divórcio provavelmente não foi a melhor ideia, mas não havia outro lugar para ir e nada mais a fazer. Trabalho na pousada Casa Butler desde que nos mudamos para a ilha, quando eu ainda era adolescente e meus pais assumiram a administração da empresa familiar. A Casa Butler era o legado dos meus avós e o pesadelo dos meus pais — tudo junto numa coisa só. Quando meus dois avós faleceram, no ano em que fiz dezesseis anos, meus pais acharam que um novo começo em um novo lugar era exatamente o que a nossa família precisava. Eles me arrancaram da minha vidinha tranquila na cidade pouco antes do meu segundo ano no ensino médio e me levaram para uma ilha onde eu não conhecia ninguém. Mal sabiam eles que meus avós não tinham deixado a Casa Butler nas melhores condições quando morreram. Foram necessários muitos anos e cada centavo das economias dos meus pais só para recuperá-la, mas aí meus pais já estavam de saco cheio. A Casa Butler ficava num dos locais mais privilegiados da ilha, por isso vários investidores vieram sondar naquela época, se oferecendo para comprar a pousada. Embora meus pais estivessem exaustos e numa idade em que só queriam se aposentar e relaxar, não conseguiam imaginar entregar o legado da família a um estranho.

Desisti dos meus sonhos de conhecer o mundo para fazer cursos universitários a distância de administração, e, assim que completei vinte e um anos, a pousada Casa Butler se tornou minha. Deixei o homem a quem entreguei meu coração e minha alma viajar pelo mundo e fiquei para trás para ter certeza de que ele teria um lugar para onde voltar.

Agora eu não podia me imaginar vivendo em outro lugar. Bem, eu definitivamente podia me imaginar saindo do meu quarto de adolescente nos aposentos anexos da pousada e encontrando um lugar para mim, mas a Casa Butler mal gera renda suficiente para continuar funcionando. Mesmo agora, no início da alta temporada de verão, há semanas em que não consigo nem tirar um salário.

Olho de novo para a carta em minha mão, a dobro apressadamente e me amaldiçoo por lê-la. Fui covarde demais para enviá-la quando escrevi, e não sei por que a guardei durante todo esse tempo. Eu estava magoada e com raiva, e meu coração parecia que estava sendo arrancado do peito. Depois que abri o envelope naquele dia e encontrei os documentos dos advogados, escrevi esta carta em meio a uma torrente de lágrimas, desejando magoar Fisher tanto quanto ele me magoara. No fim, não a incluí quando mandei os documentos do divórcio assinados. Apesar de o que ele fez ser comparável a enfiar uma faca em meu peito, eu não conseguia magoá-lo deliberadamente. Esse sempre foi o meu problema quando se tratava de Jefferson Fisher III. Eu faria qualquer coisa por ele, mesmo que isso significasse sacrificar algo meu. Eu o deixei ir não só uma vez, mas cinco vezes, quando ele tinha um dever a cumprir por este país, apesar de simplesmente querer implorar para ele não partir. Apoiei sua decisão e o elogiei por ser tão altruísta. Escrevi para ele todos os dias e garanti que Fisher nunca tivesse que se preocupar com a ilha ou com as pessoas que ele amava, e prometi que sempre estaria esperando por ele quando voltasse para casa.

Quando Fisher voltou pela primeira vez, estava apenas um pouco diferente. Mais sério, intenso, não tão divertido quanto o cara de dezoito anos por quem me apaixonei. Eu sabia que a guerra podia mudar um homem, e eu o amava ainda mais com essas mudanças. Ele me ajudava com a pousada quando estava em casa, e eu mantinha vivas as lembranças e o amor que compartilhávamos enquanto ele estava fora, protegendo o país. Eu lhe contava tudo quando ele voltava, fazendo o possível para apagar as lembranças das coisas que vira enquanto estava longe de mim, longe da nossa ilha, longe da prova física do meu amor.

Inocentemente, achei que tudo isso era suficiente. Nunca pude imaginar que ele fosse ficar cada vez mais alheio a tudo toda vez que me deixava, mas,

19

depois que ele voltou para casa na última vez, não restava mais nada do homem que eu amava desde os dezesseis anos. O garoto que me beijara com determinação pela primeira vez no Farol Fisher e me pedira em casamento alguns anos depois, exatamente no mesmo lugar, afirmando todas as razões pelas quais me amava, não existia mais. Em seu lugar havia um homem raivoso e deprimido que não conseguia se libertar dos seus próprios pesadelos e me culpava por estar preso aqui, onde parecia que sua infelicidade só aumentava a cada dia.

Ficamos juntos durante catorze anos, mas, se somarmos o tempo que *realmente* passamos juntos durante esses anos, morando juntos, trabalhando juntos, crescendo juntos lado a lado... são pouco mais de seis anos. Alguns meses aqui e ali entre treinamento básico e cinco períodos de serviço ao longo de catorze anos. Quando as coisas começaram a se deteriorar depois do quinto período, passei a acreditar em toda a merda ofensiva e dolorosa que saía de sua boca. Comecei até a me perguntar se ele realmente me amara um dia. Pensando bem, como é possível amar alguém que ocupa uma parte tão pequena da sua vida? Será que ele ao menos me conhecia? Eu achava que o conhecia, mas também achava que nada poderia derrubar o homem mais forte que eu já vira na vida.

Olho para a caixa de sapatos onde joguei a carta, e treze envelopes idênticos do Banco Fisher me encaram. Penso na conta poupança em meu nome, que recebe um depósito automático na última sexta-feira de cada mês há treze meses. Ainda me lembro de receber o primeiro extrato, que chegou durante uma época em que eu ainda estava de luto pelo fim do meu casamento. Pensando bem, percebo que foi minha raiva pelo fato de o homem que eu amava tentar me acalmar com dinheiro que me fez sair do sofrimento em que eu estava me afogando. Desde então, eu jogo os extratos mensais fechados nesta caixa assim que chegam, por isso não tenho ideia de qual é o saldo. Tomando por base o depósito inicial, no entanto, tenho certeza de que é dinheiro mais que suficiente para terminar todos os reparos que precisam ser feitos neste lugar e, provavelmente, até construir o anexo com o qual venho sonhando há cinco anos, que acrescentaria dois quartos extras e uma sala de jogos para crianças.

Fecho a tampa da caixa de sapatos com raiva e a empurro para debaixo da cama. Odeio a ideia daquela maldita conta poupança quase tanto quanto o homem que a abriu para mim. Ele partiu o meu coração e machucou uma parte da minha alma que nunca vai se curar, e acha que jogar o dinheiro da família numa conta poupança vai compensar tudo o que ele fez. Isso pode ter me irritado no início, mas agora só dói. Esses extratos bancários são um lembrete constante de que ele ainda está por aí, vivendo uma vida que não me inclui. Uma vida melhor. Uma vida pacífica. Uma vida que não provoca terrores noturnos e sofrimento. Bem quando penso ter superado as palavras dolorosas que ele lançou sobre mim na última vez que o vi, recebo outro extrato pelo correio e tenho que reviver aquele dia, percebendo que não fui boa o suficiente, não fui forte o suficiente, não fui... *suficiente*. Eu não tocaria nesse dinheiro mesmo que o banco pedisse a falência da Casa Butler e eu tivesse que passar a vida nas ruas.

A campainha toca no interfone preso à parede do meu quarto, indicando que há alguém na recepção da pousada. Eu me empurro para fora da cama e verifico rapidamente o meu reflexo no espelho pendurado acima da cômoda. Meus longos cabelos loiro-avermelhados estão presos num rabo de cavalo desarrumado e, apesar de estarmos com apenas algumas semanas de verão, minha pele já está ligeiramente bronzeada de trabalhar ao ar livre. Gosto da cor saudável que o bronzeado me dá e que torna as minhas olheiras menos visíveis, mas também destaca as estúpidas sardas no nariz e nas bochechas, que eu simplesmente odeio. As sardas transmitem a ideia de garota fofa e adorável, não de uma mulher sexy e gostosa. Absorvo meu reflexo, ajeito as franjas do short jeans cortado e tento suavizar o amassado na blusa vermelha e desbotada do Lobster Bucket, o meu restaurante favorito na ilha, que está coberta de suor e sujeira. A mulher sexy e gostosa vai ter que esperar por um dia em que eu não tenha pias entupidas em dois banheiros de hóspedes, uma máquina de lavar roupa que não escorre a água, um freezer que não esfria abaixo de zero e quinze novos hóspedes fazendo check-in hoje à tarde, que esperam que todas essas coisas estejam funcionando.

A campainha toca no interfone novamente, e eu saio correndo do quarto e desço a escada, minhas sandálias batendo nos degraus de madeira. Uma das desvantagens de viver na ilha Fisher é exatamente essa. Viver na ilha Fisher — uma cidade com nome em homenagem à família do homem que partiu o meu coração. Para todos os lugares que viro, sou obrigada a ver o seu nome em cartazes de empresas, placas de rua ou placas de praia. Também não ajuda que seu avô, Trip Fisher, seja o único faz-tudo da ilha. Os pais de Trip fundaram esta ilha e, enquanto seu pai era um pescador bem-sucedido que se tornou um investidor cujo dinheiro ajudou a estabelecer muitas das lojas que ainda prosperavam na ilha, Trip decidiu bem cedo que não queria ter nada a ver com o lado comercial das coisas. Ele preferia sujar as mãos e trabalhar lado a lado com o restante dos ilhéus que fizeram deste lugar sua casa. Sorrio para mim mesma, apesar da minha viagem ao passado mais cedo, enquanto desço a escada fazendo barulho. Trip é o único membro da família Fisher que realmente me aceitou e me fez sentir que eu era digna do nome Fisher. Aos oitenta e três anos, ele ainda é tão ativo e trabalhador quanto imagino que fosse quando jovem e, sempre que tenho um problema aqui na pousada, ele larga tudo que está fazendo para me ajudar. Não me incomoda que ele tenha a boca suja de um caminhoneiro, flerte como um garoto de fraternidade e nunca deixe de me fazer rir quando o vejo.

Trip foi rápido, considerando que deixei uma mensagem para ele com todos os problemas que surgiram hoje de manhã apenas quinze minutos atrás. Mesmo que cada nova questão que eu encontrava ao percorrer minha lista de verificação diária enquanto bebia a primeira xícara de café me fizesse querer gritar de frustração, pelo menos essa merda toda fez minha mente ficar afastada do problema *real*. Havia uma situação que certamente me deixaria estressada, ainda mais que alguns ralos entupidos, e essa era a única razão pela qual eu tinha puxado essa caixa de sapatos estúpida de debaixo da cama, já que não tocava nessa coisa havia meses, exceto para jogar os extratos bancários lá dentro.

Todo mundo tem falado sobre o dia de hoje, desde que Trip fez o anúncio na reunião da cidade duas semanas atrás. Os eventos ocorridos há treze meses não afetaram só a mim; afetaram todos os que moram aqui. Somos uma comunidade pequena e integrada, e todos sabem da vida de todos, querendo ou não. Quando o filho pródigo da família mais rica da cidade chuta sua namorada do ensino médio e esposa para fora de casa, entra numa onda de bebedeira, destrói vários estabelecimentos e sai no soco com alguns homens na Main Street, isso vira notícia de primeira página. Literalmente. A história estava na primeira página do *Fisher Times*, embora a família seja dona do maldito jornal.

Quando Trip anunciou à cidade que Fisher estava voltando para casa, a reunião calma e cordial que deveria ser sobre permissões de zoneamento se transformou em uma completa anarquia. Eu me levantei e saí sem dizer uma palavra e, durante duas semanas, tentei não pensar no dia de hoje. Tentei me manter ocupada na pousada e com a vida social que finalmente estava tentando ter. Eu me recusava a olhar para a reentrância no dedo anelar da minha mão esquerda, na qual uma aliança de casamento costumava brilhar sob os raios de sol da manhã, enquanto me espreguiçava na cama. Eu sorria com educação quando as pessoas na cidade paravam e me perguntavam o que eu ia fazer quando *ele* voltasse para a ilha. Segui com a minha vida, me recusando a cair naquele buraco estúpido de tristeza e depressão.

Posso não ter nascido aqui, mas esta é a *minha* ilha. Eu me tornei respeitada, tenho amigos e familiares aqui e construí uma vida neste lugar. Limpei a bagunça que ele deixou para trás e segui em frente. Por mais forte que eu goste de acreditar que me tornei, até eu posso admitir que não é um bom sinal que o mero pensamento de esbarrar em Fisher provoque arrepios por todo o meu corpo. Esta não é uma ilha enorme e, infelizmente, tenho que fazer compras em várias empresas da família dele. É só uma questão de tempo até eu ter que vê-lo de novo, e espero que eu seja forte o suficiente para não permitir que sua presença me destrua mais uma vez. Não vou deixar Fisher derrubar os muros que passei tanto tempo e trabalhei tanto para reconstruir. Não sei por que ele está voltando e não me importo. Agora eu tenho a minha própria vida, que não tem nada a ver com Jefferson Fisher, do jeito que ele queria.

Empurro a porta que liga a minha casa à pousada e paro de repente, ao ver a bunda de um homem de quatro, batendo o martelo no meu chão, bem em frente ao balcão da recepção.

— Curtindo a vista, mocinha bonita?

Trip para de martelar e sorri para mim por sobre o ombro.

Balanço a cabeça e rio quando entro no salão, estendendo a mão para ajudá-lo a se levantar, mas ele a afasta e resmunga para mim.

— Eu não sou tão velho, porra. No dia em que eu precisar de ajuda para me levantar... — Ele deixa a voz morrer enquanto resmunga e geme ao se colocar em pé. Assim como o neto, Trip Fisher tem bem mais de um metro e oitenta. Com a cabeça cheia de cabelos grisalhos e o corpo que ele mantém em forma caminhando por toda a ilha e fazendo trabalhos manuais, eu saberia, mesmo sem ver as fotos antigas, que ele foi um homem muito bonito quando jovem.

— Por que você está martelando o meu piso, Trip? — pergunto enquanto me inclino para lhe dar um beijo.

— Essa tábua está solta há semanas. E está prestes a acontecer uma tragédia quando um desses yuppies entrar aqui e tropeçar nisso — ele explica, guardando o martelo no cinto de ferramentas. — Como você está indo, menina Lucy?

Não falamos nada sobre a bomba que ele deixou cair durante a reunião da cidade, apesar de ele ter tentado inúmeras vezes. Sei que ele está preocupado com o que estou sentindo em relação ao retorno de Fisher, mas continuo não querendo falar sobre isso, especialmente com ele. Eu o amo como se ele fosse meu avô, e ele sempre foi quem mais nos apoiou, e ficou quase tão arrasado quanto eu depois que o meu casamento acabou. Não importa o que eu diga, Trip vai distorcer e tentar brincar de cupido.

— Estou bem, Trip. Só estou preocupada com todas essas porcarias por aqui que ficam desmoronando. Tenho quinze novos turistas que vão chegar hoje à tarde e gostaria que eles pudessem usar a pia dos quartos.

Seus olhos castanhos se estreitam quando ele me olha de cima a baixo.

— Está bem o cacete. Quando foi a última vez que você comeu? Sai daqui, vai até o Lobster Bucket e diz ao Carl para te fazer um sanduíche. Ou melhor, pede dois e coloca na minha conta. Não volta até estar de barriga cheia. Suas pias vão estar funcionando até lá, e eu fico de olho para o caso de alguém aparecer.

Começo a argumentar, pensando na roupa suja que não vai se lavar sozinha, mas rapidamente percebo que não faz sentido lutar contra Trip Fisher. Na verdade, isso seria muito pior do que lavar a roupa numa máquina quebrada que não esvazia. Não é sempre que tenho a chance de me afastar da pousada e ter um tempo para mim, então aceito a oferta e aproveito. Com outro beijo na bochecha de Trip, pego minha bolsa atrás do balcão e ligo

24

rapidamente para minha melhor amiga, Ellie. Preciso esquecer o homem que me obrigou a sair da nossa casa e da vida dele há mais de um ano e me concentrar no meu encontro de hoje à noite. Estou bem, estou feliz e segui em frente. Ellie vai me ajudar a manter a mente longe do passado e me concentrar no futuro. Ou simplesmente vai me deixar bêbada. De qualquer forma, eu me recuso a passar o restante do dia preocupada em dar de cara com Fisher.

3

Lucy

25 DE FEVEREIRO DE 2014

Tiro a travessa de lasanha do forno e me viro para levá-la até a bancada, parando no meio do cômodo. A travessa desliza das minhas máos e cai no chão enquanto meus olhos ficam anuviados pelas lágrimas ao encarar a porta aberta da cozinha.

— Você está em casa — engasgo com as lágrimas.

Ele ficou fora por dezesseis meses, cinco dias e doze horas, desta vez. Conseguiu ligar toda semana, mas às vezes ouvir a voz dele tornava as coisas ainda mais difíceis, evidenciando o fato de que eu teria de dormir sozinha e acordar sem ele ao meu lado.

Fisher não se mexe à porta. Ainda está usando o uniforme de guerra dos fuzileiros navais, e a mochila camuflada está pendurada em um ombro. Não estou acostumada a vê-lo assim. Ele nunca me deixa vê-lo uniformizado, sempre se despedindo na noite anterior com roupas civis e parando num hotel no meio do caminho para se trocar, tomar banho e fazer a barba antes de me ver de novo. Ele brinca que gosta de tirar o "fedor da guerra" antes de me tocar outra vez, mesmo que eu tenha garantido que não me importo com isso, contanto que ele volte para casa.

Analiso cada centímetro de sua estrutura de um metro e noventa e cinco, dos novos músculos que ele parece ter desenvolvido enquanto estava fora, até a barba que cobre as bochechas e o queixo. Entre as cartas que escrevo para ele e as notícias sobre a guerra que tenho de ver constantemente na tevê, não se passa um único dia sem que eu lembre que sou esposa de militar e que meu marido é fuzileiro naval. Fico muito orgulhosa de dizer que sou *dele*, mas o medo e a preocupação são meus constantes companheiros. Toda vez que o telefone toca ou ouço uma batida à porta, sinto aquela pontinha de incerteza, mas nada tem mais efeito do que ver Fisher em pé diante de mim, recém-chegado de um voo do Kuwait, com a areia do deserto ainda grudada nas botas pretas. A visão do homem que amo parecendo que acabou de sair do campo de batalha no meio dessa cozinha amarelo-clara e alegre me faz querer cair de joelhos e soluçar, com a ideia de que eu poderia tê-lo perdido. Poderia ter sido este o momento em que um militar apareceria na porta da minha cozinha, em vez dele.

Preciso tocá-lo e me certificar de que ele é real, está aqui e voltou para mim, são e salvo. Conforme meus pés começam a se mover para encontrá-lo, ele deixa a mochila cair do ombro e atravessa o cômodo em minha direção. Ele contorna a lasanha espalhada no chão, envolve as mãos na parte superior dos meus braços e me faz andar para trás, até a minha bunda atingir a parede ao lado da geladeira. Tento soltar os braços para passar as mãos em seu rosto, deslizar os dedos por seus cabelos e beijar os lábios dos quais senti falta por tempo demais, mas ele rapidamente me vira, pressionando o corpo nas minhas costas e me empurrando com mais firmeza contra a parede fria.

Eu devia sentir medo do olhar maníaco que vi em seus olhos quando ele atravessou o cômodo ou me preocupar por ele não ter dito uma única palavra. Alguma coisa está bem diferente de todas as outras vezes em que ele voltou para casa, e eu provavelmente devia estar com um pé atrás em relação a esse homem que não está se comportando nem um pouco como o meu Fisher.

Mas não estou.

— Senti tanta saudade — sussurro enquanto suas mãos descem a minha calça de ginástica e a minha calcinha até as coxas.

Não estou com medo, estou excitada, mais do que jamais estive em toda minha vida. Apesar dos dezesseis meses sem sexo, tem alguma coisa nisso que me excita e me deixa molhada. Quero o que ele quiser me dar, e quero agora.

Ouço o farfalhar da sua calça sendo empurrada para baixo e sei que eu devia tentar falar de novo, tentar falar mais alto para ele me ouvir, desacelerar,

me deixar tocar nele e acalmar a tempestade que eu sinto que está se formando nesta cozinha, mas não quero fazer isso. Quero o trovão e o relâmpago,
quero a urgência da tempestade e a destruição que ela vai deixar para trás.

Não tenho tempo para me preparar nem pensar em alguma coisa para
dizer antes que o choque dele me penetrando roube o fôlego dos meus pulmões. Ele agarra meus quadris, e eu firmo as mãos na parede enquanto ele
me dá estocadas sem dizer uma única palavra nem emitir um único som.
Fiquei molhada para ele assim que atravessou o cômodo em minha direção,
mas ainda sinto uma pontada de dor depois de ter passado tanto tempo sem
tê-lo dentro de mim. É delicioso e perfeito. A dor me lembra que ele está
aqui, que está vivo e em casa. Ele está dentro de mim, onde eu precisei que
estivesse durante dezesseis longos meses, e não quero que ele pare.

Ele me penetra com brutalidade, e seus quadris se chocam contra a minha
bunda. Meu corpo bate na parede a cada estocada firme de seu pau, e eu já
consigo sentir os hematomas se formando em meus quadris pela força com
que ele está me prendendo para poder se mover mais rápido, entrar mais
fundo, me preencher completamente.

Seu hálito quente em minha nuca é algo com que sonhei durante todos
esses dezesseis meses, algo que me é tão familiar quanto meu próprio reflexo.
Fisher parece o mesmo e tem o mesmo cheiro, mas nada do que está acontecendo agora se parece com ele. Ele está diferente a cada vez que volta da
guerra, mas isso não se parece com nada que ele já tenha feito. Ele sempre
fala comigo quando chega, repete o meu nome várias vezes, me diz quanto
me ama e como sentiu minha falta. Ele me abraça e me toca de um jeito
carinhoso, e eu sempre me sinto amada. Desta vez, eu me sinto desejada.
Sinto que ele anseia por mim, *precisa* de mim. Ele está me possuindo como
um animal, e eu quero mais. Quero com mais força, com mais rapidez, quero ter a mais completa certeza de que ele vem sonhando com isso, sonhando
comigo enquanto esteve fora, precisando de mim com a mesma intensidade
com que precisei dele.

Arqueio as costas e inclino os quadris para encontrar cada uma de suas
estocadas e puxá-lo mais fundo. Tiro uma das mãos da parede e a coloco entre as pernas, deslizando os dedos pelo ponto onde estamos unidos e trazendo a umidade para circundar meu clitóris. Prendo os pés no chão para não
cair com a força dele me fodendo e esfrego meu clitóris com a ponta dos

dedos. Quero gemer e gritar com a sensação de prazer, mas minha respiração fica presa na garganta cada vez que ele se choca em mim. Eu queria poder virar e vê-lo. Ele deve estar parecendo uma besta selvagem no cio e, por mais grotesco que pareça, saber disso faz meu sexo latejar e meu orgasmo explodir num fluxo de calor e prazer. Gozo em meus dedos com o rosto pressionado na parede, enquanto Fisher me fode com força. A esta altura, nem é mais fodendo, é *possuindo*. Ele está me possuindo, me dominando e me castigando com seu corpo e seu pau. Eu quero a punição. Quero a dor. Quero sofrer por todos os meses que me obriguei a sair do ar e desligar minhas emoções para não enlouquecer de preocupação. Quero acordar amanhã com dor entre as coxas para lembrar a cada passo que ele manteve sua promessa e encontrou o caminho de volta para mim.

Ele é implacável enquanto me fode, nunca desacelerando, nunca aliviando. Ele está correndo até a linha de chegada, e posso sentir o suor escorrer por seu rosto e pingar em meu ombro. Ele me dá uma última estocada violenta antes de ficar imóvel enquanto goza dentro de mim.

* * *

Nós mal trocamos duas palavras em um mês. Olho para o meu marido do outro lado da mesa de jantar e sinto que estou mirando um desconhecido. Este é meu marido, meu amor, meu Fisher. É o homem que me deixa de vez em quando, mas sempre, *sempre* volta para mim. Ele me ama, cuida de mim e faz tudo o que estiver ao seu alcance para me fazer sorrir.

Exceto ultimamente.

As últimas quatro semanas foram preenchidas com respostas monossilábicas e grunhidos sempre que lhe faço uma pergunta. Não fazemos sexo desde aquela noite na cozinha, e toda vez que tento encostar nele, ele se levanta e sai. Sinto que fiz alguma coisa errada, mas não tenho ideia do que poderia ser. Preciso ouvir a voz dele, preciso saber que ainda é o mesmo homem que deu nome para todas as minhas sardas, mesmo que eu odiasse isso, e cantava "Lucy in the Sky with Diamonds" em uma voz alta e desafinada sempre que falava meu nome. Não vou fingir que sei o tipo de demônio que ele está tentando afastar e não vou fingir que entendo o que está acontecendo na sua mente. Tudo o que posso fazer é deixá-lo saber que estou aqui e não vou sair de perto dele.

Não digo nada quando o vejo pegar uma cerveja na geladeira ou se servir de um copo de uísque do armário acima dos pratos. Isso tem ocorrido com mais frequência durante o dia, mas quem sou eu para dizer alguma coisa? Ele vai para a guerra, luta pelo país e depois volta para mim e trabalha muito na pousada. Não posso criar uma briga com ele só para obter uma reação, mesmo que eu queira. Quero ver alguma coisa brilhar em seus olhos, em vez do olhar frio e opaco que ele sempre parece carregar agora. Quero dar um soco na cara dele, empurrar seu peito com força para que ele tropece. Alguma coisa, *qualquer coisa* para obter dele algum tipo de emoção. Quero de volta o homem que me possuiu na cozinha na noite em que chegou. O homem que precisava tanto de mim que não conseguiu dizer uma palavra antes de se enterrar em mim.

Seus pesadelos têm piorado ultimamente. Quase todas as noites ele acorda coberto de suor e gritando. Ele sempre teve pesadelos quando voltava para casa de uma missão e sempre me deixava abraçá-lo, passar as mãos em seus cabelos e fazer o possível para acalmá-lo até que ele conseguisse dormir de novo, me dizendo que eu era a única pessoa que conseguia fazê-lo esquecer tudo. Agora, ele sai da cama num pulo e vai para o quarto de hóspedes, batendo e trancando a porta. Nunca me senti tão sozinha, mesmo quando ele estava do outro lado do mundo. Estou morando nesta casa com meu marido e o vejo todos os dias, mas parece que estou vivendo com um fantasma. Ele foi dispensado com honras em razão de um dano permanente no nervo causado por um estilhaço no ombro durante a última convocação, uma lesão que eu só descobri depois que ele voltou para casa. Nunca vou esquecer o medo que fechou a minha garganta ao ver as cicatrizes em suas costas, percebendo como estive perto de perdê-lo. Mesmo assim, quando desmoronei em lágrimas e me enfureci com meu marido por ter se recusado a permitir que seu oficial comandante me contatasse quando ele se feriu, Fisher não demonstrou nenhuma reação. O homem que não aguentava me ver chorar estava total e completamente vazio, saindo inexpressivo da nossa casa enquanto eu soluçava.

Depois que um médico militar declarou que o dano aos nervos era muito grave para ele retomar seu posto, a bebedeira de Fisher começou a se agravar. Quero ficar feliz porque ele nunca mais vai ser levado para longe de mim nem me deixar voluntariamente por um ano, mas é óbvio que ele não está feliz. Ele assiste ao noticiário o tempo todo, aguardando informações sobre a guerra e os amigos que deixou para trás, e amaldiçoa o ombro por estragar sua chance de voltar para ajudá-los. Ele não entende que sua vida e sua saúde mental não valem isso? Que deixar a nossa vida juntos não vale isso? Toda vez que reúno coragem para falar que estou feliz porque ele nunca mais vai partir, me impeço no último minuto. Ser fuzileiro naval era a vida dele, essa guerra era algo em que ele acreditava, e proteger o país era o que ele queria fazer desde que o conheci. Não posso ficar feliz por ele perder algo que é uma parte tão grande dele. Eu só quero que ele fale comigo, me deixe afastar alguns dos seus demônios, mas não sei mais como fazer isso. Não sei como, porque ele não me deixa entrar. Toda vez que ele vai para o quarto de hóspedes e bate a porta, sinto que está batendo a porta para o coração dele, e eu não tenho mais a chave.

4

Fisher

PRESENTE

— Não me importa se você não bebe mais, cara. Você tem que ir até o Barney's e dizer "oi" pra todo mundo — argumenta Bobby enquanto me vê passar um pedaço de lixa no braço de uma cadeira de balanço em que comecei a trabalhar hoje de manhã. Meu ombro está me matando, mas trabalhar com madeira é uma das poucas coisas que me dão prazer neste momento. Depois que o estilhaço de uma bomba caseira danificou os nervos do meu ombro na última convocação, tive de limitar o tempo que passo na minha oficina improvisada. Se eu trabalhar por mais do que algumas horas de cada vez, o incômodo no ombro desce pelo braço e dói como o inferno, ou me faz perder toda a sensibilidade na mão. Dormência e ferramentas elétricas nunca são uma boa combinação.

Jogo a lixa no chão, giro o ombro e massageio a torção, me amaldiçoando por não ter feito uma pausa mais cedo. Enquanto continuo alongando os músculos tensos, subo a escada da casa de Trip, e Bobby me segue. Quando decidi que era hora de voltar para casa, foi natural assumir que eu simplesmente iria para a casa que Lucy e eu dividíamos e que está vazia há mais de um ano. Uma casinha amarela com molduras brancas numa parte tranquila da ilha que dá vista para o mar e nos oferecia uma pequena praia particular; surpreendi Lucy quando voltei para casa da segunda convocação, pouco antes de nos casarmos. Cercada de árvores e flores na frente para dar privacidade e nada além de uma vista do mar e uma passarela que leva à nossa praia nos fundos, era o lar perfeito para nós dois começarmos a vida juntos.

Entrei no lugar ontem à noite quando cheguei na última balsa para a ilha, quase pondo o jantar para fora enquanto me detinha olhando para a concha vazia que tinha sido limpa de todos os vestígios dela. Eu sabia que Bobby tinha esvaziado a casa, colocando meus móveis e roupas extras no depósito, mas não estava preparado para entrar e ver nossa casa sem minha Lucy. Tudo que transformou aquele espaço num lar e todas as lembranças da vida que construímos juntos não estavam mais lá. Era como se ela nunca tivesse sequer existido, como se os oito anos que passamos vivendo sob aquele telhado nunca tivessem acontecido, e eu não suportava ficar ali por nem mais um segundo. Então saí, tranquei a porta e fui correndo para a casa do meu avô, como um covarde. Ele me disse que eu poderia ficar por quanto tempo precisasse, desde que o ajudasse com alguns serviços na ilha quando eu tivesse tempo.

Limpo as mãos na calça jeans e viro para encarar meu melhor amigo quando chegamos à cozinha. É meio surpreendente ainda sermos amigos depois de todos esses anos e toda a merda que aconteceu no meio do caminho. Eu praticamente o abandonei pela Lucy no ensino médio e estava tão grudado nela e na minha vida com os fuzileiros navais que não tinha muito espaço para nenhuma coisa ou pessoa, mas Bobby estava sempre aqui, na ilha, esperando por mim quando eu precisava dele. Ele foi padrinho do meu casamento, ficava de olho no meu avô e na Lucy sempre que eu estava fora do país e me deu um soco no ano passado, quando perdi a cabeça por toda a cidade, arrastando meu corpo desmaiado por dois quarteirões até a balsa e, em seguida, até a porta do Centro de Reabilitação de Veteranos de Guerra.

— Olha, nós vamos lá para jogar dardos e relaxar. É noite de sexta, e estamos na alta temporada, cara. Você tem ideia de quanta mulher gostosa vai estar à procura de moradores para se divertir? — Bobby ri. — Vai ser como pescar num barril.

— Você sabe que não foi por isso que eu voltei pra cá — argumento, vão desejando nada além de voltar para o andar de baixo e continuar mexendo na peça em que estava trabalhando. Meu trabalho com madeira começou como passatempo quando eu era mais novo e meu avô começou a me ensinar a talhar, esculpindo desenhos intrincados em peças de reposição que ele tinha sobrando. Quando dominei essa habilidade, ele me ensinou a usar uma serra de mesa e a medir e cortar madeira. Enquanto ele estava ocupado trabalhando em molduras de janelas ou sancas e eu ficava entediado com o talho, eu pegava as sobras de madeira e começava a martelar uma na outra. Em pouco tempo, construí minha primeira cadeira de balanço. Era uma porcaria bamba que provavelmente não aguentaria um filhote de gato sem se despedaçar, mas eu me senti bem por criar uma coisa do zero. Depois disso, pesquisei todos os livros que consegui encontrar na biblioteca sobre construção de móveis de madeira e aprendi sozinho a fazer do jeito certo. Não demorou muito para que as pessoas na ilha vissem os meus projetos e começassem a fazer encomendas. Eu fazia vários objetos com pedaços velhos de madeira, adicionando minha visão artística com entalhes. As pessoas pediam de tudo, desde mesas de cozinha e cadeiras de balanço até camas de casal e estantes. Isso se transformou num negócio muito lucrativo e me mantinha ocupado quando estava na ilha, entre uma convocação e outra.

— Eu sei, eu sei, você voltou pela sua mulher e toda essa merda. Pelo menos seja meu ala. Você pode fazer isso por mim? — implora Bobby.

— Tudo bem. Um jogo de dardos e depois eu vou embora. Acho que não consigo lidar com tantos olhares e dedos apontando para mim de todos os malditos moradores — digo a ele enquanto lavo as mãos na pia.

Bobby suspira e me joga uma toalha.

— São um bando de babacas bisbilhoteiros que não têm nada melhor para fazer com o próprio tempo. Deixe passar alguns dias e tudo vai voltar ao normal. É uma grande coisa você estar de volta aqui e tudo o mais. Você não deixou a ilha em silêncio, sabia?

Ele não precisa me lembrar. Infelizmente, eu não era um daqueles bêbados que faziam um monte de merda e depois desmaiavam e esqueciam de tudo. Eu me lembrava com perfeita clareza de cada palavra que gritei enquanto caminhava pela cidade, de todos os moradores com quem puxei briga e de cada janela que quebrei jogando uma pedra ou uma cadeira. Eu sabia que era errado enquanto estava fazendo, mas não havia nada que eu pudesse fazer para me impedir. Eu estava tão perdido na minha mente, incapaz de dizer se estava andando pela Main Street ou entrando no meio de uma emboscada no Afeganistão, que todos pareciam inimigos para mim. Todas as coisas terríveis que eu já tinha visto ou feito passavam pela minha cabeça, e eu não me importava com nada além de atacar qualquer pessoa que entrasse em contato comigo. Eu me odiava, odiava a minha vida e tudo o que eu tinha me tornado e queria que todos sofressem essa agonia comigo.

— Eu sabia que voltar para cá seria difícil, mas caramba. Parei na lanchonete do Sal hoje de manhã para pegar uma xícara de café, e, assim que me viu, ele correu para a cozinha e não quis mais sair de lá. Esse cara me ensinou a andar de bicicleta e comprou minha primeira caixa de cerveja quando fiz vinte e um anos — conto ao Bobby.

— Bem, você deu um soco no estômago do Sal e disse que queria que ele morresse porque era um cachorro fodido — acrescenta Bobby.

Estremeço enquanto termino de secar as mãos e jogo a toalha no balcão. Eu estava em um dos meus piores surtos quando isso aconteceu. Para mim, o Sal parecia um jihadista fanático que segurava uma arma na minha cabeça, e não o dono da lanchonete da cidade com uma espátula na mão. Eu tinha muitos pedidos de desculpas para fazer antes que alguém ali voltasse a confiar em mim.

— Vai ficar tudo bem, eu prometo. Dois jogos de dardos e depois você pode ir para casa — diz Bobby com um sorriso.

— Achei que eu tinha falado um jogo.

Bobby vira e vai até a porta da frente.

— Foi o que eu disse. Três jogos de dardos e depois você pode ir para casa.

* * *

Foi uma péssima ideia. Uma ideia muito, muito ruim. Entrar no Barney's foi como um filme babaca em que a jukebox geme e pifa no meio de uma música e o lugar inteiro vira e encara você numa grande onda de olhares curiosos. Em circunstâncias normais, o Barney's nunca está lotado, mesmo durante a temporada de verão, quando os turistas estão a todo vapor. Quase na fronteira da cidade, o Barney's fica um pouco fora da rota mais conhecida. Um edifício mais comprido do que alto, a frente do estabelecimento ainda mantém todas as tábuas de madeira de cedro originais. Um enorme toldo percorre todo o comprimento da construção, de modo que as pessoas podem ficar na parte de fora falando merda ou fumando. Com decoração da década de 50 e um bar que só serve cerveja, Jim Beam,

Jack Daniel's, Johnny Red e Jose Cuervo, o bar é o preferido dos moradores, que optam por aqui em vez dos lugares que servem jovens que procuram drinques com frutas decorados com guarda-chuvas e aquela música techno de merda conduzida por um sistema de som para que eles possam dançar. A única música que você vai encontrar aqui é o que estiver tocando na jukebox, também das décadas de 50 e 60, e a única dança rola quando alguém aperta E14 e "I Fall to Pieces", de Patsy Cline, explode pelas minúsculas caixas de som. Quando Buster e Sylvia Crawford bebem muito (o que acontece toda vez que estão aqui), o Buster sempre tira a Sylvia para dançar, e quando você junta duas pessoas de oitenta e poucos anos bêbadas, que têm mais metal nos quadris e joelhos do que uma fábrica de aço, para dançar no meio de um aglomerado de mesas, as pessoas sempre observam. Principalmente para ver se o Buster vai agarrar a bunda da Sylvia ou tropeçar numa cadeira.

Eu nunca vi o Barney's lotado como hoje, e nem são turistas. A fofoca de que eu estaria aqui deve ter se espalhado muito rápido, e todo mundo que tem duas pernas funcionando veio ver se alguma coisa empolgante aconteceria nesta cidade que costuma ser um tédio.

Localizada a vinte e quatro quilômetros da costa da Carolina do Sul, no meio do oceano Atlântico, a ilha Fisher foi comprada pelo meu bisavô em 1902. Naquela época, a ilha era apenas um lugar para os barcos vagarem quando estavam perdidos voltando para o continente, mas meu bisavô viu potencial e usou o pouco dinheiro que sobrou depois de comprar a ilha para transformá-la numa vila de pescadores que pescavam e colhiam frutos do mar para as cidades litorâneas aqui perto. Não demorou muito para ele ganhar dinheiro suficiente para transformar este lugar numa atração turística, com restaurantes, pousadas, parques, praias públicas e um sistema de balsas para levar e trazer as pessoas. Temos uma escola primária, uma escola de ensino médio, um banco e uma população de três mil e quarenta e quatro habitantes, segundo a última contagem. Meu pai, Jefferson Fisher Jr., é dono de metade dos negócios desta ilha, e as pessoas brincam de chamá-lo de "rei Fisher". Tenho certeza de que ele está se remoendo por eu ter voltado para a cidade e vai saber tudo sobre eu ter mostrado a minha cara em público hoje à noite. O fato de eu adorar irritar meu pai acima de tudo é a única coisa que me dá forças para continuar a andar pelo bar quando todos sussurram e apontam para mim.

— Não se preocupem! Ele prometeu não socar a cara de ninguém esta noite! — grita Bobby para o bar lotado, erguendo as mãos em rendição.

Todo mundo dá de ombros e volta para as bebidas e conversas, com apenas alguns retardatários me olhando de um jeito nervoso enquanto abrimos caminho até os fundos do bar, onde as tábuas de dardos e mesas de bilhar estão instaladas.

— Caramba, obrigado por colocar todo mundo à vontade e me fazer sentir em casa — resmungo.

— Meu objetivo é agradar, meu amigo. Vou pegar uma cerveja. Qual é aquela merda de mariquinhas que você bebe agora? — ele pergunta.

— San Pellegrino com uma fatia de limão, babaca — lembro a ele.

Ele me bate nas costas antes de ir para o bar. Realmente é uma merda de mariquinhas, mas beber isso me deixa um pouco mais confortável quando estou perto de pessoas que estão consumindo álcool. Parece um copo de vodca, e eu não preciso lidar com pessoas me perguntando por que não estou bebendo ou qualquer outra avalanche de perguntas que vão me levar a explicar que sou um alcoólatra em recuperação com transtorno de estresse pós-traumático grave e que fiquei meio maluco um ano atrás, fodendo com toda a minha vida.

Enquanto Bobby está pedindo as bebidas, cumprimento alguns caras do ensino médio que não parecem acovardados, com medo de eu atacar a qualquer momento. Quando Bobby volta, começamos um jogo e ficamos nisso durante mais ou menos uma hora. Apesar de eu ter sentido medo de tudo em relação a vir aqui hoje à noite, é bom estar neste lugar, cercado das pessoas com quem cresci e fazendo uma coisa normal. Durante o último ano da minha vida, todos os momentos de vigília foram gastos conversando com psicólogos, lidando com os meus problemas e processando as coisas que vivi no exterior, que destruíram o meu cérebro e me transformaram num monstro. Vir aqui é um passo na direção certa. Tenho um longo caminho a percorrer para provar a essas pessoas que eu não sou mais aquele homem. Talvez eu não esteja completamente curado, talvez eu sempre tenha pesadelos e arrependimentos, mas não posso continuar vivendo no passado, e eu *sou* uma pessoa diferente do que era há um ano. Não posso ignorar as coisas e esperar que um dia elas desapareçam. Fiz isso com Lucy, e olha aonde isso me levou.

— Porra, ela está mais bonita cada vez que a vejo. Quem é o sortudo que a convenceu a sair? Tentei durante meses, e tudo que consegui foi indiferença.

Eric, webdesigner e turista da última temporada que recebeu uma herança, comprou uma casinha na praia e se tornou morador, encara alguém atrás de mim. A chegada de Eric aconteceu depois da minha partida, então felizmente não tive de lidar com nenhum olhar estranho ou medo vindo dele. Bobby lhe contou a essência da história quando percebeu que todo mundo estava me encarando, e ele simplesmente deu de ombros e disse:

— Não importa. Todo mundo perde a cabeça de vez em quando. Quem quer jogar dardos?

Decidi imediatamente que gostava do Eric, mas, quando viro para ver de quem diabos ele está falando, percebo que provavelmente é uma coisa boa o fato de não ser a minha vez e eu não estar com um objeto afiado na mão.

Empoleirada na beirada de um banquinho no meio do bar está a minha Lucy. Ela cacheou os cabelos compridos em ondas suaves que emolduram seu belo rosto, e meu coração se parte ao meio. Ela só cacheia o cabelo em ocasiões especiais. Ela o cacheou no nosso casamento, no nosso primeiro aniversário de casamento, em quatro voltas minhas para casa e, agora, está sentada numa mesa com outro homem com a porra do cabelo cacheado. A raiva e o ciúme fervem enquanto fico parado, olhando para ela como um cachorrinho, e ela apoia os cotovelos na mesa diante de si e se inclina para mais perto do babaca. Ele beija a bochecha dela e sussurra alguma coisa em seu ouvido que a faz esfregar o nariz e rir daquela maldita maneira adorável que eu amo tanto.

— Respira fundo, cara. Inspira o bem, expira o mal — orienta Bobby ao aparecer do meu lado.

— Que diabos está acontecendo aqui? — rosno através dos dentes cerrados.

Bobby solta um suspiro alto e exagerado enquanto toma um gole de cerveja e aponta a garrafa na direção de Lucy.

— Vou te apresentar a Lucy. Sua ex-mulher. Sabe, aquela de quem você se divorciou e depois se afastou um ano atrás? Me parece que ela está num encontro. E, como ela está *divorciada* e tal, tenho certeza que ela é livre para sair com quem quiser — Bobby afirma de um jeito irônico.

Eu me recuso a tirar os olhos da mulher do outro lado do salão, aquela por quem atravessei o inferno só para ficar inteiro de novo e poder voltar para ela. Estendo a mão e agarro a camisa de Bobby, até ele ficar na minha linha de visão.

— Você sabia disso quando me falou que já estava na hora de eu voltar, não é?

Apesar de eu ter planejado voltar assim que comecei a me curar e percebi que poderia viver uma vida normal se quisesse, o telefonema de Bobby insistindo para eu fazer isso logo porque já estava "na hora" foi suficiente para me estabilizar e começar o processo de receber alta dos psicólogos para voltar ao mundo real.

Bobby simplesmente dá de ombros e toma outro gole da cerveja, ignorando minha fúria ao agarrá-lo pela camisa e fuzilá-lo com o olhar enquanto observo disfarçadamente Lucy e sua droga de "encontro".

— Cara, você morou nesta ilha a vida toda. As pessoas não conseguem cagar sem que o vizinho ao lado saiba o tamanho e a cor do cocô. Você realmente acha que a Lucy namoraria alguém sem que toda a ilha ficasse sabendo cinco segundos depois?

Desvio os olhos de Lucy quando a vejo apoiar a mão sobre a do babaca com quem está dividindo a mesa.

— Achei que você tinha dito que ela estava num encontro, e não namorando. Afinal é um encontro ou ela está namorando esse cara? Tem uma grande diferença entre essas duas coisas, então escolha bem as palavras — digo ao Bobby, tentando não deixar a voz subir até virar um grito, apesar de eu estar a uns dois segundos de gritar até estourar a porra da minha cabeça.

Bobby afasta calmamente a minha mão da camisa dele e dá um passo para trás, cruzando os braços.

— O nome dele é Stanford, e ele trabalha para o seu pai na sede do banco no continente. Seu pai o contratou para fazer um trabalho de auditoria em algumas empresas, e o Trip pediu para ele dar uma olhada na contabilidade da Casa Butler enquanto estava aqui. Ele chamou a Lucy para sair um mês atrás, e ela aceitou. Eles saem todas as vezes que ele está na ilha, ou seja, numa frequência fodida, se quer saber a minha opinião — tagarela Bobby.

— E, sério, que tipo de nome de merda é *Stanford*? É uma escola, não um cara. Mariquinhas babaca.

Bobby continua reclamando do nome do imbecil, mas eu me desligo dele, encarando Lucy do outro lado do salão e desejando poder odiá-la. Ela seguiu em frente. Ela não devia seguir em frente. Ela devia *me* amar para sempre, estar *comigo* para sempre. Ela está ainda mais bonita do que em todas as lembranças ou fotos que tenho dela. Usando um vestido envelope azul-claro, vejo cada curva de seu corpo, e a cor do vestido destaca seu bronzeado de verão, mostrando as sardas que ela sempre tenta esconder com maquiagem. Ela cruza as pernas esbeltas na lateral da mesa e minhas mãos coçam para acariciar sua pele macia e senti-las envolvendo a minha cintura. Sinto tanta falta do seu cheiro, da sua risada e do seu toque que minha vontade é cair de joelhos no meio dessa merda de bar e soluçar como um bebê.

Claro que ela seguiu em frente. Claro que ela deixou de me amar. Eu a olhei bem nos olhos e disse que ela não me merecia, que ela era fraca e patética por ficar ali, esperando por mim. Eu a destruí e a magoei da pior maneira possível e depois fui embora. Eu nunca *a* mereci, e ela devia saber disso, sentir isso, acreditar nisso desde sempre. Eu só quero que ela seja feliz. Quero que ela sorria. Vejo Lucy fazendo isso com o babaca do outro lado do bar, mas não me importo. Sei que é uma atitude fraca e egoísta, mas não me importo. Se eu fosse um homem melhor, iria embora, deixaria esta ilha e nunca mais olharia para trás. Deixaria que ela fosse feliz como merece, mesmo que isso me matasse por dentro.

É uma pena eu não ser um homem melhor. Devia ser *eu*. Sempre fui eu e ainda serei eu, droga.

Bobby me chama e me diz para não fazer nada estúpido, enquanto aperto a bebida na mão e abro caminho até a *minha* Lucy.

5

Lucy

8 DE ABRIL DE 2014 — 13H45

— Fisher, por favor, não faça isso! — imploro através das lágrimas parada na porta do nosso quarto, os braços envolvendo a cintura, observando-o vasculhar o cômodo.

Ele arranca as minhas roupas dos cabides no armário e as puxa das gavetas da cômoda, enfiando tudo nas duas malas abertas que colocou em cima da cama.

Durante dois meses, ele quase não me dirigiu a palavra e agora deu uma volta de cento e oitenta graus, dizendo mais coisas do que eu jamais gostaria de ouvir.

— Acabou. Nosso casamento acabou. Vou arrumar as suas malas e você vai embora! — ele grita, pegando meus livros e óculos de leitura na mesa de cabeceira e os jogando em cima das roupas.

Corro pelo quarto e agarro o seu braço, determinada a fazê-lo ser racional, mas ele o puxa e volta para o armário, empilhando meus sapatos nos braços.

— Quer parar e falar comigo? — grito atrás dele, estendendo a mão para alcançar meus sapatos.

Ele dá um passo para o lado, sem sequer olhar na minha direção.

— Não há nada para falar. Está perfeitamente claro o que está acontecendo aqui. Acabou, você não entendeu ainda? Acabou, acabou! Você precisa ir embora, porra! — ele grita enquanto joga a braçada de sapatos na mala.

41

Meu corpo treme de medo e com os soluços que estou tentando conter. Eu fiz tudo que pude. Tentei conversar, tentei relevar certas coisas, tentei encontrar respostas nos livros e falar com outras esposas cujos maridos foram convocados, mas nada funcionou. Nenhuma ideia foi boa o suficiente, e nada do que eu fiz atravessou os muros que Fisher construiu na sua mente para me manter distante. Cometi o erro de sugerir durante o café da manhã que talvez fosse hora de ele conversar com um psicólogo, e foi aí que o meu mundo subitamente parou.

— Não acabou, Fisher, é só uma fase ruim — sussurro através das lágrimas. — Depois de todos esses anos, depois de tudo que passamos juntos, você não pode simplesmente me mandar embora. Eu só quero te ajudar, te ver sorrir de novo, te fazer feliz.

Ele dá uma risada cínica, finalmente virando para me olhar. Cruza os braços sobre o peito e me encara. A expressão nos seus olhos me faz encolher. Não reconheço esse homem que me olha furioso, com tanta animosidade e ódio.

— Você não pode me ajudar e, sinceramente, acho muito patético você ficar tentando. Caramba, você realmente precisa dar um jeito na sua vida. Quantos anos você passou sentada nesta ilha de merda esperando por mim? A vida inteira, simplesmente sentada aqui como uma boa menina, esperando e esperando enquanto a vida passava.

Meu lábio treme com as lágrimas que estou tentando segurar. Quero gritar e discutir, mas uma parte de mim sabe que ele está certo. Eu *realmente* fiquei sentada aqui esperando por ele. Vivi minha vida inteira esperando esse homem voltar para mim. Sei que eu devia simplesmente me afastar e dar um tempo para Fisher se acalmar. Ele tem bebido, e eu sei que, além dos pesadelos e das lembranças que sempre o perseguem, o álcool só piora as coisas. Eu devia recuar e deixá-lo se acalmar, mas não consigo. Eu nunca consegui me afastar dele, e de jeito nenhum vou conseguir fazer isso agora, quando ele está arrasado e sofrendo. Apesar do que diz, eu sei que ele precisa de mim. Ele sempre me disse que sou a única pessoa que consegue resolver tudo quando ele está na pior. Ele está péssimo agora, e eu me recuso a deixá-lo, apesar de ele estar fazendo de tudo para que isso aconteça.

— Você não pode estar falando sério — murmuro, achando, pela expressão grave nos seus olhos, que talvez eu esteja errada. Talvez desta vez ele realmente queira dizer todas as coisas horríveis que está dizendo.

Ele dá uma risada cruel, deixando os braços caírem nas laterais do corpo e atravessando o quarto na minha direção. Eu recuo, parando apenas quando sinto a parede atrás de mim. Não tenho medo de Fisher, eu *nunca* poderia ter medo dele, mas esse não é o Fisher que eu conheço. É um estranho, um homem que quer partir o meu coração da pior maneira possível.

— Eu vi coisas que você não acreditaria, eu vivi coisas que você não conseguiria nem imaginar enquanto você apodrecia nesta ilha abandonada, desperdiçando seu tempo me escrevendo todas aquelas malditas cartas, semana após semana. Todas aquelas cartas tristes e patéticas sobre como você sentia saudade de mim, precisava de mim e me amava.

Ele ri de novo e balança a cabeça, como se sentisse pena de mim. Eu o odeio por falar nessas cartas. Anos e anos de cartas que eu nunca deixei de escrever e mandar para ele, mesmo quando a internet e o e-mail teriam facilitado as coisas. Dediquei meu tempo para escrever cartas *de verdade* para ele poder ter um pedaço de casa para tocar e segurar enquanto estava tão longe. Semana após semana, ano após ano, coloquei o meu coração e a minha alma nessas cartas. Quando perguntei por que ele nunca havia me respondido, ele disse que não tinha tempo, mas que eu não devia parar de escrever, porque as cartas lhe davam força para continuar e voltar para mim.

— Quer saber por que eu nunca te escrevi? — ele pergunta, como se olhasse através dos meus olhos e dentro da minha alma, sabendo exatamente o que eu estava pensando. — Não foi porque eu não tinha tempo. Muitos caras lá escrevem para a esposa ou a namorada. O problema era que eu simplesmente não queria.

Balanço a cabeça de um lado para o outro e seco com raiva as lágrimas que escorrem sem parar pelo meu rosto.

— Para. Eu sei o que você está fazendo. Está tentando ser cruel para eu ir embora, mas não vai funcionar. Pode dizer o que quiser, jogar em cima de mim qualquer coisa que você acha que vai me fazer te odiar, mas não vai funcionar.

Eu me afasto da parede, seguro seu rosto e forço sua cabeça para baixo, de modo que ele me olhe nos olhos.

— Você e eu contra o mundo, Fisher. *Sempre* fomos nós dois, e sempre seremos. Eu não devia ter falado em psicólogos do nada, como eu fiz. Não importa o que você quer fazer, como você precisa que eu te ajude, eu vou fazer. Eu sempre vou fazer qualquer coisa por você. Vamos manter a calma e esquecer disso por enquanto. Podemos caminhar até o farol, fazer o que você quiser. Não precisamos falar sobre isso agora.

Não quero dizer que não devemos fazer isso depois do tanto que ele bebeu, mas definitivamente está implícito. Ele é tão rápido para sentir raiva ultimamente que eu nunca sei o que vai disparar o gatilho. Tudo que posso fazer é pedir desculpas depois e rezar para ele melhorar, para não ser sempre assim, porque, em algum momento, ele *vai* melhorar.

Fisher levanta as mãos e as apoia nas minhas, que estão no seu rosto. Ele se inclina para a frente e encosta a testa na minha, e eu consigo respirar pela primeira vez desde que subi para o quarto e o vi fazendo as minhas malas.

Tiro as mãos do seu rosto e desço até a bainha da sua camisa, deslizando as palmas por baixo para sentir a pele dura e quente do seu abdome e do seu peito. Beijo a lateral do seu rosto, mordo levemente a pele do pescoço, fazendo o possível para trazê-lo de volta para mim, para ele me ver, me *sentir*. Sinto falta de fazer amor com ele. Sinto falta da proximidade que sempre compartilhamos quando nos conectamos nesse nível. Todos os nossos problemas desaparecem, e nada importa senão nós dois. Talvez seja errado tentar seduzi-lo agora, mas estou sem ideias para ultrapassar esse muro. Minhas mãos deslizam sob a camisa, e meus polegares massageiam seus mamilos enquanto aproximo o meu corpo do dele.

Eu devia saber que não podia baixar a guarda.

— Ah, Lucy. Doce, inocente e patética Lucy. É muito fofo como você pensa sinceramente que foi a única durante todos estes anos. Você era virgem quando nos conhecemos e, sinto muito, mas prefiro mulheres com um pouco mais de experiência para passar as noites longe de casa.

Puxo as mãos de debaixo da camisa dele, dou um passo para trás e o encaro com choque e horror. Eu sempre, *sempre* vivi com a insegurança de não ser suficiente para ele física *e* sexualmente, mas ele nunca me fez sentir como se eu não fosse absolutamente perfeita. Ele realmente está me dizendo neste momento que não foi fiel? Que outra mulher aqueceu sua cama e lhe deu coisas que eu não podia dar enquanto ele estava longe de mim? Claro, ele tinha muito mais experiência do que eu quando nos conhecemos, e eu odiava isso. Ele está certo, eu era virgem, mas ele me ajudou a perder algumas das minhas inseguranças ao me ensinar todas as maneiras de satisfazê-lo e fazer com que as coisas fossem agradáveis para mim. Ao longo dos anos, conhecemos o corpo um do outro, e a nossa vida sexual sempre foi boa, mas nunca aprendi muito como pedir mais, nunca entendi o que *mais* significava. Só naquela noite na cozinha, dois meses atrás, na noite em que ele me possuiu com uma paixão devastadora, foi que eu me dei conta de que realmente precisava dele. Talvez fosse isso que ele sempre quis e odiava que eu não lhe desse. Eu *teria* lhe dado. Eu *queria* lhe dar mais do que ele imagina, e morro só de pensar que ele compartilhou isso com outra mulher.

— Parabéns. Você conseguiu. Você me fez te odiar — digo, enquanto as lágrimas escorrem silenciosamente pelo meu rosto e ele volta para a cama, fechando o zíper das malas.

— Até que enfim você entendeu — ele diz com uma risada sarcástica.

— Caramba, por quanta merda mais você teria que passar para entender? Você achou que podíamos viver felizes para sempre nesta ilha medíocre, envelhecer e morrer aqui? Este lugar está me devorando vivo. Toda vez que volto para cá, tenho vontade de pôr fogo em tudo. E não melhora nem um pouco quando chego em casa e te vejo. Até piora, porra. Você e seu otimismo idiota, sempre tentando me "consertar". É isso, querida. Agora você está vendo as coisas claramente. Fique sabendo que toda vez que tenho que voltar para casa é um pesadelo, e eu não suporto mais esta vida.

Ele levanta as malas, carrega até a porta e as joga no corredor.

— Vá embora, para eu finalmente poder respirar sem você sempre tentando me "ajudar". Não quero nem preciso da sua ajuda. É melhor você não estar aqui quando eu voltar.

Ele passa por mim e sai porta afora, pulando as malas no caminho. Escuto seus sapatos batendo no chão de madeira e, segundos depois, a porta da frente se fechando com força.

Caio de joelhos e desmorono no tapete, me encolhendo como uma bola. Se eu ficar assim, talvez não doa tanto. Talvez eu não sinta que meu coração foi arrancado do peito e pisoteado até se despedaçar. Talvez, se eu ficar bem encolhida, isso tudo não vai parecer a maior traição e o maior sofrimento de toda a minha vida.

Se eu ficar bem encolhida, talvez não queira morrer por causa de tamanha dor.

Se eu ficar bem encolhida, talvez não me sinta um fracasso tão grande.

6

Lucy

PRESENTE

— Você é tão linda que até perco o fôlego — sussurra Stanford em meu ouvido depois de me dar um beijo na bochecha.

Solto uma risada desconfortável e apoio a mão na dele sobre a mesa. Faz muito tempo que alguém não me chama de linda, e tento aceitar o elogio e não desprezá-lo. Eu sei que não tenho uma beleza clássica. Ao contrário do que Trip disse hoje de manhã, não sou totalmente pele e osso. Tenho curvas e coxas que eu odeio, sardas no rosto que me irritam e um nariz pequeno demais para as minhas feições. Sou baixinha e, na maioria das vezes, as pessoas me chamam de "fofa". Fisher costumava me dizer que eu era adorável, que queria me colocar no bolso e me levar para todos os lugares. Mas, quando estávamos sozinhos, nus na cama, ele adorava todas as partes do meu corpo. Ele foi o único que conseguiu me chamar de linda e sexy e me fazer acreditar nisso.

Recomponha-se, Lucy. Você está num encontro com outro homem. Pare de pensar no Fisher.

Enquanto Stanford me fala sobre seu dia vasculhando as contas no Banco Fisher, aproveito para analisá-lo. Seis anos mais velho que eu, com quase trinta e sete anos, cabelo loiro curto que ele mantém afastado da testa, olhos azul-claros e um rosto barbeado, definitivamente ele é um homem bonito. Não é o tipo de homem por quem eu pensaria em me sentir atraída, mas

46

também nunca pensei que voltaria a namorar, então nada disso realmente importa. Ele sempre está arrumado, vestindo roupas que provavelmente custam mais que as taxas mensais de manutenção da pousada, e nunca tem um fio de cabelo fora do lugar, mas também é engraçado e me trata bem. Ele é incrivelmente inteligente e um grande leitor, como eu, apesar de as minhas preferências literárias terem feito suas sobrancelhas se erguerem em mais de uma ocasião. Pouco mais de um mês se passou, mas sinto que o conheço há muito mais tempo. Ele é fácil de conversar e sempre tem ótimas sugestões e ideias de coisas que eu posso fazer na pousada para gerar mais receita e incrementar os negócios. Enquanto analiso todas as suas qualidades, percebo que ele é tudo que Fisher não é. Apesar da riqueza de sua família, no íntimo Fisher é um trabalhador braçal. Ele gosta de se sujar e nunca se importou se suas roupas eram de marca ou do mercado. Ele era um fuzileiro naval por completo: intenso, focado, direto, leal... Bem, acho que nem sempre leal.

Pensar no meu ex-marido definitivamente não é adequado quando estou num encontro com outro homem. Um homem bom, confiável, que sinto que nunca me diria nada que me machucasse. Foi um ano maldito, e por que não consigo esquecer? Um ano em que o único contato que tive com Fisher se deu por meio de um envelope repleto de documentos de divórcio. Mesmo depois de todas as coisas que me disse, eu ainda pensava que ele poderia voltar. Que melhoraria, conseguiria ajuda e voltaria para mim. Mas aqueles documentos do divórcio foram o fim de tudo. De todos os sonhos, todas as esperanças e todas as ideias que eu tinha sobre o amor.

Odeio que tudo nesta ilha me faça lembrar dele. Em todo lugar aonde vou, em todos os lugares para onde olho, há uma lembrança de nós dois juntos. Não ajuda nada eu saber que ele está perto. Ele está nesta cidade, respirando o mesmo ar que eu, olhando para o mesmo mar e caminhando pelas mesmas ruas. Afasto esses pensamentos com firmeza, viro a mão de Stanford para cima e entrelaço meus dedos nos dele. Ele para de falar e se aproxima de mim.

— Está tudo bem, Luce? Você parece um pouco distraída.

Aí está, a única coisa na coluna de pontos negativos de Stanford. Eu realmente odeio que ele me chame de *Luce*. Sei que é um apelido comum para Lucy, mas sinto que ele está me chamando de *luz*. Toda vez que ele diz isso, eu me encolho por dentro. Mas, sério, se essa é a única coisa que eu não gosto

47

nele, devo me considerar sortuda. Umedeço os lábios e observo enquanto ele encara o movimento, seus olhos se estreitando quando deslizo a língua pelo lábio inferior. Saber que ele me deseja deixa meu corpo quente de excitação. Ele me disse isso mais de uma vez, mas ver é melhor do que ouvir.

— Desculpa, estou um pouco cansada — minto, respondendo à pergunta de forma distraída, enquanto meus pensamentos continuam a vagar quando ele chama uma garçonete e pede mais bebidas.

Eu realmente não tinha ideia do que estava fazendo na primeira noite em que saí com Stanford. Fisher foi meu primeiro tudo. Eu não sabia de nada sobre satisfazer alguém além do homem com quem me casei, e, com base nas últimas palavras que ele me disse, eu nem me saí *tão* bem. Deixei todas aquelas antigas inseguranças adolescentes florescerem mais uma vez e passei um ano chafurdando na angústia, imaginando que diabos estava errado comigo. Então Stanford apareceu e me conquistou com palavras doces e românticas, beijos suaves e carícias leves, me fazendo sentir valorizada e digna do carinho com o qual ele me trata. Eu gosto da maneira como ele me faz sentir, mesmo que falte alguma coisa que eu não consigo identificar. Esse é o motivo pelo qual eu o afasto quando ele tenta ir um pouco mais além.

Stanford tira o celular do bolso do paletó quando ele começa a zumbir com uma chamada. Em seguida vira para o outro lado e começa a conversar rapidamente com alguém sobre taxas de juros e refinanciamento. Mastiga o lábio inferior durante uma pausa na conversa, e não consigo deixar de encarar sua boca. Eu gosto de beijar Stanford, gosto de sentir suas mãos em mim, mas não anseio por isso. Não sonho com isso quando estou longe dele e não sinto que vou explodir se não o tiver dentro de mim. Por mais que eu tente, não consigo deixar de ansiar por esse sentimento, pela excitação combinada ao toque de medo por você estar prestes a fazer uma coisa inesperada e emocionante, provocante e um pouco sórdida.

Mas eu tive isso uma vez.

E olhe só como acabou.

Virou uma merda e me deixou sentindo envergonhada por quem eu era e pelas coisas que eu queria.

Sendo assim, *agradável* é o meu novo normal.

É assim que deve ser se apaixonar. Deve ser fácil estar com alguém, tão natural quanto respirar, e deve deixar você satisfeita, exatamente do jeito como me sinto com Stanford. Nós mal nos conhecemos, então tenho certeza de que o restante virá. Seis semanas saindo com um cara realmente não é muito tempo, quando a gente pensa nisso. Talvez simplesmente demore para a paixão e as borboletas aparecerem. Que inferno, talvez eu precise começar a ser um pouco mais ousada com ele e tentar dar o primeiro passo.

Estendo a mão por sobre a mesa e passo a ponta dos dedos na mão dele para tentar chamar sua atenção. Ele vira a cabeça e me olha de um jeito interrogativo enquanto dou meu melhor sorriso sensual.

— Você precisa de alguma coisa? — ele sussurra, levantando a mão para cobrir o bocal.

— Só de você — digo a ele baixinho, com uma piscadela.

— Como assim, não temos tempo para garantir essa taxa? Eu te dei os documentos quatro dias atrás — Stanford discute ao telefone, virando de costas para mim e ignorando minhas tentativas de flerte.

Podemos colocar duas coisas na coluna de pontos negativos.

Quando Stanford está trabalhando, ele não presta atenção em nada à sua volta. Nem em mim. É um pouco difícil me acostumar com isso depois de ter sido casada com um homem que me fazia sentir o centro do seu mundo quando ele voltava para casa depois de uma missão... até a próxima vez que ele se oferecia como voluntário e eu começava a me perguntar se ele amava os fuzileiros navais mais do que a mim.

Não contei a Stanford tudo sobre Fisher. Ele sabe o básico: que eu fui casada com o filho do seu chefe e nos divorciamos. Ele sabe que estou solteira há um ano e que eu não tinha a intenção de me relacionar seriamente com *ninguém*, menos ainda com alguém que não mora aqui na ilha. Eu tive um único homem durante toda a vida e não queria começar a ter casos com turistas. Quem sabe que tipo de fofoca ele ouviu pela ilha desde que chegou aqui? Não perguntei, e ele não se ofereceu para falar nisso. Não sei aonde nós dois vamos chegar, mas de jeito nenhum eu estragaria logo de cara um novo relacionamento com meu histórico de choro. Eu o deixo pensar que sou apenas uma moradora solteira e tímida da ilha que vive uma vida reservada, e ele aceita isso. Não lhe digo que ainda tenho fantasias com meu ex-marido e me preocupo de nunca encontrar outro homem que possa fazer meu corpo se sentir do jeito que ele fazia. Não admito que acho que estou meio traumatizada e que nunca vou me sentir confortável o suficiente para me libertar e ser a mulher que sempre quis ser com outra pessoa, como fiz com Fisher. Certamente, não lhe digo que não sou nem tímida nem reservada quando se trata de sexo e que tenho medo das coisas com as quais fantasio, das coisas que quero e preciso.

Stanford finalmente termina a ligação, puxa a cadeira para perto da minha e acaricia meu braço enquanto sorri para mim. Ele não tem covinhas, mas isso é só mais um ponto a seu favor. As mulheres ficam idiotas com caras de covinhas, e eu nunca mais vou ser uma mulher idiota.

— Que tal terminamos as bebidas e voltarmos para a pousada? Posso acender a lareira, e tomara que todos os hóspedes estejam na cama para podermos ficar sozinhos.

Está na hora de deixar de ser covarde. Não consigo manter Stanford afastado para sempre. Gosto de beijá-lo e gosto quando ele me toca. Meu corpo não arde quando ele faz isso, mas é bom, e eu preciso de um pouco de coisas boas na minha vida. Talvez o sexo não precise ser uma punição, frenético e desesperado o tempo todo. Talvez suave, doce e amoroso seja o normal. Olhando para Stanford, sei que ele consegue silenciar essa parte no fundo de mim que grita por algo mais, algo ilícito e perigoso. Não vou me permitir nem pensar na palavra "chato". Stanford *não* é chato. Ele é um homem confiável e equilibrado. Sou uma mulher de trinta anos com seu próprio negócio e tenho uma imagem a zelar nesta cidade. Preciso de um homem como Stanford para me manter com os pés no chão.

Terminamos nossas bebidas, e Stanford vem por trás de mim para puxar minha cadeira. Ele afasta o cabelo do meu pescoço enquanto coloco meu agasalho nos ombros. Quando viramos em direção à porta e ele estende o braço para mim, uma voz vinda dos meus sonhos e do meu passado ressoa atrás de nós. Um som profundo e rouco com um toque de sotaque sulista que sempre deixa as minhas pernas bambas e faz o meu estômago afundar.

— Lucy in the sky with diamonds. Você é um colírio para os olhos.

7

Lucy

8 DE ABRIL DE 2014 — 21H12

— Você não precisa fazer isso, sabia? Ele não é mais responsabilidade sua. Não depois de hoje. Não depois das besteiras que ele falou para você.

Olho para minha melhor amiga, Ellie, enquanto caminhamos rapidamente pela cidade até o Barney's. Assim que consegui me levantar do chão do nosso quarto, peguei minhas malas e fui direto para a casa dela. Ficamos amigas anos atrás, quando fui à minha primeira reunião do grupo de apoio para esposas de soldados convocados. Ela era a pessoa que mais falava na sala, sempre pronta para ajudar outras esposas quando precisavam dela, e protegia como um pitbull raivoso as pessoas com quem se importava. Na minha segunda reunião, descobri que ela era viúva desde os dezenove anos, quando perdeu o marido durante a primeira convocação dele. Fiquei surpresa porque, depois de tudo por que passou, ela ainda frequentava as reuniões para ajudar outras pessoas. Depois de algumas visitas à ilha, consegui convencê-la a se mudar de vez para cá e me ajudar na pousada. Ela cozinha para os hóspedes, faz a manutenção do site e qualquer coisa que eu lhe peça para fazer.

— Ele está doente, Ellie. Isso não alivia as coisas que ele me disse, eu sei, mas não posso simplesmente virar as costas. Temos uma longa história juntos para eu desistir assim.

Ela coloca o braço em volta do meu ombro enquanto caminhamos e me puxa para um rápido abraço.

— Você é uma pessoa boa demais, Lucy. Mesmo assim, vou dar um esporro no Bobby por te ligar. Ele devia ter cuidado da situação sozinho.

Bobby ligou para o meu celular em pânico quinze minutos atrás, me dizendo que o Fisher estava no Barney's, bebendo todas. Quando o barman se recusou a lhe servir mais uísque, Fisher começou a ficar agressivo e hostil. Bobby, obviamente, não fazia ideia do que tinha acontecido mais cedo naquele dia ou que eu seria a última pessoa que Fisher queria ver, então eu não podia culpá-lo por me ligar. Ele estava preocupado com seu melhor amigo e não conseguiu acalmá-lo. Eu sempre fui a única pessoa capaz de acalmar os medos de Fisher e aliviar sua dor. E naturalmente ele supôs que eu poderia fazer essa mágica de novo.

— Não vou ficar muito tempo. Só vou ver se consigo fazê-lo sair do Barney's e dormir até se acalmar — digo a ela enquanto atravessamos a rua em frente ao bar.

Não conto que tudo dentro de mim espera que, assim que me vir, Fisher se desculpe e retire as coisas que disse mais cedo. Não admito que ainda estou me agarrando à esperança de não tê-lo perdido completamente.

Ellie abre a porta do Barney's e a segura para eu entrar. Uma música country está explodindo na jukebox, e o ar cheira a cerveja rançosa e fumaça de cigarro velha. Não está muito cheio, mas levo alguns segundos para encontrar Fisher no meio das pessoas. Ele está sentado em um banquinho numa das mesas altas, e Bobby está na frente dele. Vejo Bobby jogando os braços para o alto de tempos em tempos enquanto fala, e percebo que ele está ficando frustrado porque Fisher provavelmente não está ouvindo nem uma única palavra do que ele diz. O cabelo de Fisher está uma bagunça espalhada em cima da cabeça, e posso imaginar que ele andou passando as mãos nele a noite toda enquanto estava sentado aqui, tentando afogar sua desgraça. Seu rosto está vermelho por causa do álcool, e sua camisa está encharcada de suor. Meu coração começa a doer de novo ao vê-lo assim, tão perdido e incapaz de se concentrar no rosto de Bobby enquanto seu corpo oscila um pouco de um lado para o outro.

Meus pés ficam colados ao chão de madeira dura, manchado e sujo, enquanto observo o homem por quem me apaixonei aos dezesseis anos e que manteve meu coração na palma da mão desde então. Esse coração bate nervosamente dentro do meu peito, e estou surpresa por ele ainda funcionar. Talvez Fisher não o tenha arrancado, afinal. Talvez a gente ainda consiga se acertar. Ele vai me olhar e vai me *ver*. A névoa de álcool e os demônios que tentam assumir sua mente vão desaparecer, e ele vai se lembrar. Eu só quero que ele se lembre de tudo de bom e incrível que aconteceu em relação a nós dois. Ele vai se lembrar e vai se sentir horrível pelas coisas que me disse, pelas mentiras que jogou na minha cara para me afastar para sempre. Depois que tive tempo para pensar, percebi que era tudo mentira. Tenho que acreditar nisso, senão não vou conseguir respirar, nem viver sem ele.

Ele vai se sentir mal, vai se desculpar e finalmente vai perceber que precisa de ajuda. Não quero que acredite que eu acho que ele está doente. Eu disse a ele que as coisas só estavam um pouco confusas, que só estávamos passando por uma fase ruim, e realmente acredito nisso. As peças às vezes não se encaixam muito bem, mas isso não significa que elas nunca mais vão se encaixar. Sempre é possível juntá-las outra vez até tudo ficar inteiro de novo. Podem restar algumas rachaduras, mas nada é perfeito. Qualquer coisa pela qual valha a pena viver e morrer tem algumas rachaduras. Acredito que nossas rachaduras podem ser coladas e que podemos consertar tudo. Posso dar outra chance para ele soprar alguma vida de volta na parte do meu corpo que sente que só existe com ele, só bate por ele e só vive por ele. Posso fazer isso. Ele me ensinou a ser forte e guerreira, e eu vou lutar por ele até meu último dia de vida.

Quando os olhos de Bobby percebem os meus do outro lado do salão, ele se afasta de Fisher e vem até mim e Ellie.

— Obrigado por ter vindo. Não sei o que fazer, porra. Ele não me ouve, não para de discutir com as pessoas e meio que decidiu beber até entrar em coma — explica Bobby com um suspiro.

— Você devia ter deixado ele fazer isso. Devia ter deixado ele desmaiar numa poça do próprio vômito para se arrepender — declara Ellie com raiva.

— Pega leve, sua durona — Bobby retruca. — Ele é meu melhor amigo e está sofrendo. Tenho certeza que ele vai ouvir a Lucy.

Ellie zomba e balança a cabeça.

— Ele a expulsou de casa hoje à tarde e disse que andou transando com outras mulheres esse tempo todo. O babaca não vai ouvir ninguém neste momento.

Os olhos de Bobby se arregalam, e ele passa a mão nos cabelos curtos e encaracolados.

— Jesus Cristo, Lucy. Porra. Sinto muito. Você sabe que é tudo mentira, né? Ele está passando por alguma merda agora. Ele nunca faria isso com você. Ele te ama mais do que tudo na vida.

Faço que sim com a cabeça, na esperança de que ele esteja certo.

— Eu sei. É só... Isso é muito duro, Bobby. É difícil vê-lo assim e não saber como ajudar. Falei de terapia hoje de manhã e ele ficou completamente transtornado. Acho que o Fisher não vai querer me ver agora.

Bobby balança a cabeça em negação, apoiando as duas mãos nos meus ombros e se abaixando para me olhar diretamente nos olhos.

— Você é o mundo dele, Lucy, não importa o tipo de merda que ele te falou mais cedo. Não acredite em nada, está me ouvindo?

Faço que sim com a cabeça mais uma vez, e ele tira as mãos dos meus ombros.

— Ai, droga — Ellie murmura ao meu lado.

Ela rapidamente fica na minha frente, pressionando o braço no de Bobby antes de levantar as mãos e segurar o meu rosto.

— Acho que devemos ir embora e deixar o Fisher dormir até ele se acalmar. É inútil tentar falar com ele agora, depois de ter bebido muito mais do que hoje cedo. Vamos, Lucy.

Eu sei que minha amiga não estava feliz com a minha decisão de vir até aqui, mas ela realmente achou que eu viria para colocar o rabo entre as pernas e ir embora antes mesmo de tentar?

Bobby e eu olhamos para ela, confusos. Ele olha para trás, por cima do ombro, e depois volta rapidamente para mim, aproximando-se de Ellie.

— Quer saber, acho que é melhor fazermos isso mesmo. Foi burrice eu ter ligado para você. Vou levá-lo para a minha casa e podemos pensar no que fazer amanhã, quando ele estiver sóbrio.

Ellie tira as mãos do meu rosto, e Bobby segura os meus ombros de novo, mas desta vez gira o meu corpo e começa a me empurrar em direção à porta. Eu me afasto dele e coloco as mãos nos quadris enquanto olho furiosa para os dois.

— Que diabos há de errado com vocês? Não vou embora até falar com o Fisher.

Meus olhos se movem para o espaço que Bobby e Ellie estavam tentando esconder da minha linha de visão. Minhas mãos caem dos quadris, e eu começo a andar para a frente cegamente, empurrando os dois para o lado, para poder me enfiar entre eles.

Isso não está acontecendo. Isso não pode ser real.

Continuo andando, mesmo que tudo que eu queria fazer seja aceitar a sugestão de Bobby e Ellie e correr para bem longe.

Do outro lado do salão, Fisher ainda está empoleirado no banquinho, mas agora tem uma pessoa ajudando-o a preencher o assento. Montada no colo de Fisher, com os braços pendurados nos ombros dele, está Melanie Sanders. Ela é uma pedra no meu sapato desde o ensino médio, quando flertava descaradamente com Fisher bem na minha frente, mesmo depois de estarmos namorando e ele obviamente não estar mais interessado nela. Ao longo dos anos, ela passou por três maridos, mas isso nunca a impediu de dizer claramente a Fisher que sempre estaria disponível toda vez que ele estivesse na cidade. Fisher me disse que eles só transaram uma vez quando estavam no ensino médio, pouco antes de eu me mudar para a ilha, mas isso foi suficiente para manter o ciúme vivo nas minhas veias ao longo destes anos.

Doía o fato de ele já ser experiente antes de transarmos pela primeira vez e de eu constatar com frequência suas antigas conquistas por toda a ilha, mas nada feriu mais o meu orgulho durante todos estes anos do que Melanie Sanders. Ela é a epítome de tudo que eu não sou. Peitos grandes (leia-se: falsos), pernas compridas, cintura minúscula, pele perfeita sem vestígios de sardas, extrovertida e a animação de todas as festas. Além de tudo, ela ganhou dinheiro suficiente com os divórcios para poder viajar pelo mundo sempre que quiser e não precisa trabalhar para pagar nenhuma conta. Seu cabelo e sua maquiagem estão sempre impecáveis, e ela desfila pela cidade com tudo o que há de mais moderno no mundo da moda. Puxo a bainha da minha camiseta da Casa Butler, suja de limpar os banheiros hoje de manhã na pousada, e tento não me sentir menos mulher ao pensar em como meu cabelo está desarrumado, preso num rabo de cavalo frouxo. Nem me lembro da última vez que usei maquiagem.

Apesar de meu cérebro e meu coração gritarem para eu desviar o olhar, não consigo. Continuo andando atordoada pelo bar até ficar a poucos metros de Fisher, que agora agarra a bunda de Melanie.

Eu a vejo passar a língua nos lábios dele. Os mesmos lábios que eu beijei durante catorze anos, os mesmos que beijaram cada centímetro do meu corpo e falaram palavras de amor e desejo. Meu coração parece que está se partindo ao meio. Eu envolvo os braços ao meu redor, tentando me manter firme. Sinto que a qualquer segundo minhas entranhas vão se derramar pelo chão aos meus pés. Um grito estrangulado escapa da minha boca enquanto Melanie mexe os quadris no colo de Fisher e eu o ouço gemer.

Os dois viram a cabeça na minha direção ao ouvir o protesto que escapa da minha garganta, e meu desejo é que o chão se abra para eu poder desaparecer ali dentro para sempre.

Melanie dá um sorriso presunçoso, e Fisher me encara com olhos frios e indiferentes.

— Sinto muito, querida, parece que você simplesmente não tem mais o que ele precisa — Melanie zomba e mantém os olhos em mim ao se inclinar para a frente e passar a língua nos lábios de Fisher mais uma vez.

Sinto os braços de alguém me envolvendo por trás. Nem luto quando me puxam para longe do pesadelo que estou vivendo.

— Vamos, Lucy, vamos para casa — diz Ellie baixinho, perto da minha orelha.

— É, sai daqui, estou ocupado — Fisher finalmente fala enquanto abraça a cintura de Melanie e vira a cabeça para olhar para ela e não para mim.

— Você é um babaca idiota, sabia? — Ellie berra enquanto continua me puxando pelo bar.

— Estou tentando fazer todo mundo perceber isso já há algum tempo — grita Fisher em resposta, ainda olhando para Melanie.

Tento parar de olhar para os dois, mas não consigo. É como passar por um acidente de carro e não conseguir desviar os olhos do desastre porque você simplesmente precisa ver, saber que aquilo é real e de fato aconteceu.

— Que diabos vocês estão olhando? Vão cuidar da própria vida, porra! — escuto Bobby gritar enquanto seus braços me envolvem também, e ele ajuda Ellie a me arrastar para fora dali.

De repente, percebo que o bar todo está em silêncio. Alguém desligou a música, e todos estão olhando para mim, para Ellie e Bobby, e para o que Fisher está fazendo em sua mesa. É humilhante, e eu quero morrer. Eu me sinto como um inseto num microscópio, como se todos estivessem examinando todos os detalhes da minha vida só pela diversão. Não quero ser motivo de fofoca desta cidade. Mantive em segredo o que estava acontecendo com Fisher durante anos, nunca admitindo a ninguém além de Ellie como eu sentia que ele estava escapando cada vez mais de mim. Muitas pessoas queriam que o nosso relacionamento fracassasse. Muitas tentaram nos dizer que romances de escola nunca dão certo, ainda mais quando uma das partes é um fuzileiro naval que passa mais tempo em serviço do que em casa. Não quero que elas estejam certas. Não quero que falem de mim pelas costas, satisfeitas porque suas previsões se tornaram realidade.

Não posso fingir que as coisas que ele me disse mais cedo eram todas mentiras, um jeito de ele me afastar para eu não ter que continuar vendo-o mergulhar naquele poço profundo e escuro. Eu vi com meus próprios olhos. Vi a traição e a dura realidade das palavras que ele me falou em alto e bom som.

Minhas pernas cedem quando passamos pela porta do Barney's e saímos na calçada. Não sei quem está me segurando em pé ou me ajudando a andar neste momento. Então percebo que Ellie e Bobby me dizem palavras reconfortantes que nem me incomodo em ouvir enquanto me levam para longe do bar e das minhas esperanças, agora destruídas.

Eu o perdi. Tudo que ele me prometeu era mentira. Ele nunca mais vai conseguir encontrar o caminho de volta para mim.

8

Fisher

PRESENTE

Lucy vira e me encara quando digo seu nome. Talvez eu tenha cantarolado de leve quando falei, como nos velhos tempos. Quero irritá-la. Quero alguma prova de que ela ainda sente algo por mim. Odeio o fato de que ela está agarrada ao braço desse babaca com tanta força, quase implorando para ele mantê-la segura contra o grande lobo mau.

Quero dizer alguma coisa arrogante. Quero sorrir para ela e fazer uma piada sobre eu estar de volta e ela poder chutar esse idiota para longe, mas não consigo encontrar a porra da minha voz. Meu Deus, como é que eu fiquei longe dessa mulher por mais de um ano? Eu não queria, de jeito nenhum, mas tive de fazer isso. Eu estava seguindo por um caminho do qual nenhum de nós teria se recuperado, e eu não podia arrastá-la comigo. Eu já tinha machucado Lucy mais do que queria admitir quando a afastei, já tinha lhe causado mais sofrimento do que jamais imaginei, mas é por isso que estou aqui. Tenho que reviver toda essa merda e tenho que encontrar um jeito de apagar toda a dor pela qual a fiz passar. É parte da minha recuperação e a única forma de eu ter a droga de uma chance de lhe provar que eu nunca quis dizer as coisas que disse um ano atrás. Eu nunca quis fazer o que fiz com ela na cozinha na última vez que voltei para casa. Aquilo foi um erro. Cada palavra que falei e tudo o que fiz foi um erro, e quero apagar e consertar tudo. Ela só precisa me dar uma chance.

— *Jefferson.*

Meu primeiro nome soa como um xingamento saindo de seus lábios. Nunca atendi por esse nome porque o compartilho com meu pai e meu avô; é muito confuso. Odeio esse maldito nome, mas ainda assim soa como o som mais lindo nessa porcaria de mundo vindo de sua boca, então não reclamo.

— Se puder nos dar licença, temos outro lugar para ir — ela diz com a voz educada e irritada e começa a se afastar.

— Você não vai me apresentar ao seu amigo? — pergunto, apontando com a cabeça para o babaca arrumadinho de terno com o braço envolto de maneira protetora no ombro dela, encostando na minha garota. Ao lado da minha garota. Fazendo Deus sabe *o que* com a minha garota, porra.

Não vou perder a cabeça, não vou perder a cabeça.

Cheguei longe demais e trabalhei demais para agora dar mil passos para trás. Respiro fundo algumas vezes para me acalmar e exibo um sorriso fácil que com certeza não expressa o que sinto.

Lucy suspira e fecha os olhos por um instante.

— Fisher, este é Stanford Wallis. Stanford, Jefferson Fisher.

O imbecil tem a perspicácia de tirar o braço dos ombros de Lucy quando ela diz meu nome completo.

— Uau, então você é Jefferson Fisher. Seu pai falou muito de você — ele comenta com os olhos arregalados enquanto estende a mão para mim.

Eu a seguro, apertando um pouco mais do que provavelmente deveria, mas que diabos?

— Isso mesmo, Stanley, sou Jefferson Fisher. Meus amigos me chamam de Fisher, então você pode me chamar de Jefferson.

— Ai, meu bom Deus — Lucy murmura baixinho.

— Na verdade, é Stanford. Ninguém me chama de Stanley. — Ele ri com nervosismo.

Aperto a mão dele com força suficiente para sentir seus ossos se esfregarem, depois a solto rapidamente e faço que sim com a cabeça.

— É bom saber, Stanley.

Levo minha bebida aos lábios, me detendo antes de tomar um gole. Lucy olha para a bebida, e percebo o olhar de preocupação que surge em seu rosto. Ela pode não querer, mas ainda se importa, e isso aquece minha maldita alma fria e me impede de levar o punho à boca de Nancy Stanley.

— Não se preocupe, querida, é só água com gás — digo a ela suavemente.

Seus olhos se afastam do copo e encontram os meus. Ela enruga o nariz, e eu preciso de todos os músculos do corpo para me impedir de diminuir o espaço entre nós e beijar esse lindo nariz.

— O que você bebe não é da minha conta — ela diz de um jeito petulante.

Eu devia ter acreditado nela um ano atrás. A sobriedade não é nada mais que uma grande desculpa para pensar claramente e ver a verdade do que está acontecendo bem na sua frente. Por exemplo, Lucy passa os dedos nos cabelos e depois mexe no decote do vestido. Eu sei que ela faz isso sempre que está nervosa. Na primeira vez em que a beijei, tive de segurar suas mãos para ela parar de mexer nos cabelos. No dia do nosso casamento, ela ficava puxando o vestido branco tomara que caia, embora aquela coisa vistesse seu corpo perfeito como uma luva e não saísse do lugar. Eu ainda deixo Lucy nervosa, e isso é tudo de que preciso saber esta noite.

— Bom, a gente precisa mesmo ir — afirma Lucy, agarrando a mão do babaca e puxando-o para a porta.

— Ei, Stanny, pode nos dar só um segundo?

Ele alterna o olhar entre mim e Lucy, erguendo as sobrancelhas para ela de um jeito questionador. Lucy passa os dedos nos cabelos e depois assente.

— Tudo bem. Te encontro lá fora em um segundo — ela diz para ele.

Volto o copo na direção dele em um brinde silencioso e sorrio. Ele se inclina e beija a bochecha dela sem tirar os olhos de mim, antes de recuar e sair.

— Isso realmente foi necessário? — Lucy pergunta com irritação, trazendo os olhos para mim e para longe da porta por onde o babaca acabou de sair.

— Não tenho ideia do que você está falando.

Ela cruza os braços, apertando os seios pelo profundo decote v até eu conseguir ver tanta saliência saborosa que minha boca se enche d'água. Engulo rapidamente o restante da bebida, colocando o copo na mesa ao nosso lado.

— Pare de chamá-lo de *Stanley* e pare de tentar demarcar território como se eu fosse propriedade sua!

Meu pau pulsa dentro do jeans no mesmo instante. Não consigo evitar. Quando Lucy fica irritada, eu fico excitado. Sou tipo um cão de Pavlov de merda.

— Você realmente vai preferir um babaca chamado Stanford a mim? — pergunto, indignado.

Ela dá um passo à frente, chegando tão perto que posso sentir o calor do seu corpo e o cheiro de coco na pele, do bronzeador. Não importa quanto ela lave, esse cheiro sempre está nela, e é o melhor cheiro do mundo, porra. Ela sempre tem cheiro de verão, praia e brisa do mar.

— Não estou *preferindo* ninguém. *Você* se afastou, Fisher. Foi você quem escolheu. Eu só tive que aceitar.

Minha mão se mexe por vontade própria, meus dedos deslizam pelas longas mechas que lhe caem sobre um dos olhos. Eu as tiro do caminho e a ouço inspirar quando me aproximo mais um pouco, invadindo seu espaço e pressionando meu corpo contra o dela. Sinto suas coxas nas minhas e seus seios roçando meu peito. Cada respiração que ela dá os empurra na minha direção, e minhas mãos tremem com a necessidade de segurá-los, sentir o peso deles nas mãos e deslizar os polegares pelos mamilos. Isso é pior do que passar pela abstinência depois que parei de beber. É pior que o suor noturno e as cólicas estomacais, pior que vomitar as tripas e que as dores de cabeça alucinantes que me faziam desejar enfiar uma faca nos olhos. Eu desejo essa mulher mais do que qualquer droga ou bebida, e estar sem ela está me matando.

— Eu escolhi errado, Lucy. Você precisa saber disso. Precisa *sentir* isso — sussurro enquanto encaro seus olhos azuis como o mar.

Suas pálpebras se fecham, e ela se apoia em mim.

— Me diz que você ainda sente — imploro suavemente, aproximando meu rosto do dela, me concentrando em seus lábios, já sentindo sua doçura em minha língua e seu calor molhado no meu.

— Fisher! Traz a sua bunda aqui! É a sua vez!

O grito de Bobby do outro lado do salão faz Lucy se afastar de mim com culpa, seus olhos disparando pelo ambiente para garantir que ninguém nos viu.

Claro, todos os olhos do lugar estão em nós dois, parados no meio do maldito bar. Não pensei neles, não me importei com eles, só me preocupei em tocar minha garota, me aproximar de Lucy e lembrar a ela que eu ainda estou aqui.

— Eu... Eu tenho que ir... Eu tenho... — Lucy se interrompe no meio do murmúrio, vira e sai rapidamente, sem olhar para trás.

Passo a mão pelo rosto e solto uma respiração frustrada antes de virar e ir até onde Bobby e os outros caras estão.

— Momento adequado, babacão — reclamo, dando um soco no braço dele.

— Ei, eu estava te ajudando. Você realmente queria que toda a ilha Fisher te visse beijar a Lucy pela primeira vez em um ano? Isso é deprimente. E eu achava que você era especialista — ele diz, balançando a cabeça com tristeza.

Ele está certo, e eu odeio que nosso primeiro encontro tenha acontecido num lugar público, mas provavelmente foi melhor eu não ter conseguido dar aquele beijo. Se estivéssemos em algum lugar sozinhos, não sei o que diabos eu teria feito. Passei mais de um ano sem ela muitas vezes, a ponto de não poder contar, desde que ficamos juntos, mas ela nunca deixou de estar lá, esperando por mim, quando eu voltava para casa para poder me afundar nela e esquecer o que eu tinha feito quando estava fora. Meu orgulho fica ferido e meu coração dói porque ela não estava me esperando desta vez, mas eu mereço sua rejeição e muito mais. Quero que ela grite, berre comigo e me chame de todos os nomes que ela conseguir pensar. Quero que ela me lembre de cada merda que eu disse e fiz com ela, para poder corrigir e retirar tudo. Ainda sou um imbecil doente, mas só quando se trata dela. Preciso fazer isso da maneira certa pelo menos uma vez. Não posso deixar minhas necessidades e meu maldito pau liderarem o caminho e ferrarem tudo antes mesmo de começar. Vou lembrar a ela por que somos perfeitos um para o outro. Vou lhe mostrar que não existe mais ninguém nesta terra que possa amá-la como eu.

— Vou te dizer uma coisa. O Stanford definitivamente não vai conseguir nada hoje à noite. Belo bloqueio de pinto, meu amigo — diz Bobby com uma risada enquanto levanta o punho para eu socar. — Vamos continuar a jogar enquanto você me conta qual é o seu plano para recuperá-la. Espero sinceramente que seja melhor do que o espetáculo que você acabou de dar para todos nós.

Antes de recomeçar a jogar, dou uma última olhada para a porta por onde Lucy saiu. Por mais que eu não estivesse ansioso para voltar para esta ilha e para todos os olhares críticos que recebi de todo mundo, este é o melhor lugar onde eu podia estar. Foi aqui que Lucy e eu começamos, e tenho certeza de que é onde vamos acabar.

9

Lucy

30 DE ABRIL DE 2014

Ele foi embora da ilha há três semanas e um dia. Eu só sei que ele foi embora porque todos aqui assistiram ao seu surto depois que eu entrei no Barney's e o vi com a Melanie, e desde então só se fala nisso. Eles o viram destruir lojas na Main Street, brigar com pessoas que ele conhecia a vida toda e depois testemunharam Bobby arrastá-lo para a balsa e tirá-lo da ilha. E desde então ele não voltou mais.

Bobby passou algumas vezes para ver como eu estava, e, por mais que eu queira perguntar onde ele está ou o que anda fazendo, não vou me permitir isso. É ruim o suficiente ter passado cada segundo revendo nossas últimas palavras, me perguntando se poderia ter dito ou feito alguma coisa diferente para ter um resultado melhor, mas, neste momento, nada disso importa. Eu vi a verdade de suas palavras com meus próprios olhos. Não quero saber onde ele está. Se eu soubesse, poderia me sentir tentada a ir atrás dele, perguntar como ele pôde ter feito o que fez com *Melanie Sanders*, entre todas as pessoas, atacá-lo e feri-lo do mesmo jeito que ele me atacou e me feriu. Eu não sou essa pessoa. Não sou o tipo de mulher que grita, berra e faz escândalo. Ele me expulsou quando eu estava para baixo, e sei que agora o melhor que tenho a fazer é tentar me reerguer. Não sei onde ele está e não me importo.

Há rumores de que, apesar de ter sido reformado honrosamente com um Coração Púrpura por uma lesão na última convocação, os fuzileiros navais o chamaram de volta para o serviço ativo, que ele conheceu outra pessoa e foi morar no continente, que na verdade tinha outra família em outra cidade e finalmente foi ficar com eles, que ele se internou numa clínica de reabilitação. Todo dia há um boato novo e escandaloso, e eu tento não ouvir, mas é difícil quando, aonde quer que você vá, todos falam sobre o que aconteceu naquela noite. Ele tinha bebido a manhã toda quando entramos no quarto, e só Deus sabe quanto mais bebeu depois que me deixou. Não consigo imaginá-lo fazendo uma coisa tão destrutiva e fora de controle, mas as provas estão por toda parte. A devastação que Fisher causou podia ser vista em todo lado, desde a janela coberta com madeira na frente do Lobster Bucket até o olho roxo que Randy Miller, segurança do Banco Fisher, exibiu por mais de uma semana.

Eu me esforcei muito para continuar odiando-o tanto quanto no dia em que ele me falou todas aquelas coisas horríveis e eu o vi com a Melanie, mas meu cérebro e meu coração estão numa batalha épica de vontades. Eu sei que devo odiá-lo. Ele partiu meu coração e disse coisas que sabia que me partiriam ao meio, mas como você dá as costas a todos os anos que passou amando alguém, crescendo com ele e construindo uma vida juntos? Nem tudo era ruim. Na verdade, raramente era ruim; as coisas só ficavam um pouco imprevisíveis quando ele voltava de uma convocação. Eu tinha que pisar em ovos nos primeiros meses que ele voltava para casa, mas eu estava disposta a fazer tudo isso e muito mais para garantir que Fisher estivesse feliz.

Faço uma pausa na limpeza dos balcões da recepção e chamo Ellie, que está no andar de cima trocando os lençóis dos quartos, para avisar que vou sair para pegar a correspondência.

Assim que abro a porta, minhas narinas se enchem com o ar salgado do mar, e minha pele se aquece com uma brisa suave que flutua sobre a água. Mesmo que o mar esteja nos fundos da propriedade e eu não consiga vê-lo enquanto ando pela calçada da frente até a caixa de correio, ainda ouço as ondas batendo na costa e o grasnido das gaivotas que planam sobre a água, à procura de peixes. Tantas vezes pensei em sair desta ilha, vender a pousada e fazer alguma coisa nova e empolgante. Esses pensamentos me atormentaram todos os dias durante as últimas três semanas, enquanto eu me perguntava como iria conseguir viver no lugar em que, não importa para onde eu olhe, vejo e lembro de alguma coisa da nossa vida juntos.

Respirar o ar marinho, ouvir o trinado dos pássaros, sentir a areia entre os dedos dos pés e ser acordada todas as manhãs pelo sol se levantando sobre a água do mar é diferente de tudo que já conheci. Vivi no continente durante dezesseis anos, cercada de edifícios altos e do trânsito agitado, todo mundo passando e empurrando você para fora do caminho porque sempre estão com pressa. Vou lá de vez em quando para reuniões ou jantares com velhos amigos, e não há absolutamente nada do qual eu sinta falta. A vida na ilha é como morar no seu próprio pedaço do paraíso. Tudo é mais lento aqui, tudo é mais tranquilo aqui, e tudo é mais bonito aqui. Durante os meses de verão, os carros são proibidos de circular pela Main Street por causa dos turistas. A única maneira de se locomover é por carrinho de golfe ou bicicleta, sendo que cada residente da ilha tem pelo menos alguns. Aceno para algumas pessoas enquanto sigo pela longa calçada de tijolos até a caixa de correio.

Esta ilha pode estar cheia de fantasmas e lembranças de coisas que prefiro esquecer, mas também é o meu lar. É repleta de todas as pessoas com quem me importo e do negócio que eu adoro administrar, mesmo que ele me deixe esgotada.

Abro a caixa de correspondências e pego as cartas, me detendo por um instante para respirar fundo, fechar os olhos e aproveitar o sol que bate em meu rosto. Tudo vai ficar bem. Meu orgulho está ferido e meu coração, partido, mas moro num dos lugares mais lindos do mundo. Tenho uma família que me apoia e amigos amorosos, e eles vão me ajudar a superar isso. Talvez Fisher encontre o que está procurando longe daqui, mas talvez melhore e volte para mim. O dano não precisa ser permanente. Ter esperança provavelmente me torna tão fraca e patética quanto ele me acusou de ser, mas gosto de encarar isso como tendo um grande coração que sabe perdoar. O Fisher dos últimos meses não era o cara por quem me apaixonei nem o homem com quem me casei, e eu sei que essa pessoa ainda está lá dentro, em algum lugar. Ele só precisa querer se libertar da prisão na qual sua mente está encarcerada.

Com uma última respiração profunda, abro os olhos e volto para a pousada, folheando as contas, cupons e outros itens que chegaram pelo correio. Enquanto subo os degraus e empurro a porta da frente, jogo toda a correspondência, exceto um envelope grande e branco, no balcão da recepção. Meu coração começa a bater freneticamente quando vejo a caligrafia. Passo os dedos sobre meu nome, escrito na pequenina e elegante letra de forma de

Fisher, e tento ignorar as palavras que se repetem em minha mente, quando ele me disse que nunca me escreveu quando estava fora porque *simplesmente não queria*. Meus olhos se enchem de lágrimas e sorrio para mim mesma conforme viro e abro o envelope. Ele finalmente escreveu uma carta para mim. Quase não consigo acreditar. Eu sabia que não devia desistir dele. Eu sabia que, de algum jeito, ele acharia dentro de si a pessoa por quem me apaixonei e voltaria para mim.

Enfio a mão na abertura e puxo uma pilha de papéis grampeados. Tão logo os viro, meu sorriso desaba e minhas mãos tremem quando vejo as páginas impressas no computador com o cabeçalho "Grayson & Smith Advogados".

Folheio rapidamente, até dar de cara com as palavras "divórcio não litigioso" e "diferenças irreconciliáveis". Na última página, em tinta azul-escura, a assinatura de Fisher.

Deixo o maço de papéis flutuar até o chão e me apoio no balcão para não cair.

— Muito bem, as camas estão limpas e arrumadas. Quer que eu...

A voz de Ellie se interrompe quando ela entra. Ela corre na minha direção, pega os papéis do chão e eu a escuto folheá-los enquanto respiro fundo e contenho as lágrimas.

— Aquele inútil de merda! Vou dar uma surra naquele filho da puta — ela xinga enquanto me abraça, segurando os papéis em uma das mãos.

Eu me recuso a sucumbir e engulo as lágrimas que ameaçam me sufocar. A raiva por ele ter me expulsado tão rápido da sua vida irrompe de dentro de mim. Eu me afasto dos braços de Ellie e vou para a parte de trás do balcão pisando firme, empurrando pastas, faturas, potes de clipes e um grampeador para longe do meu caminho enquanto procuro uma coisa.

Quando encontro, mantenho a caneta à frente, assim como minha mão estendida.

— Me dá isso — digo a Ellie com uma voz baixa e irritada que mal reconheço.

— Querida, respira. Você não precisa assinar agora. Vamos sair e tomar uns drinques, depois a gente volta e lida com isso — Ellie tenta argumentar.

— Me dá esses papéis, *porra* — rosno para ela.

Minha amiga rapidamente os empurra na minha direção, me olhando com os olhos arregalados e a boca aberta. Eu os arranco da mão dela, vou até a última página e assino meu nome na linha ao lado da de Fisher. Quando termino, empurro tudo para ela.

— Manda de volta por FedEx. Para chegar amanhã.

Jogo a caneta em cima do balcão, assim como as alianças de casamento e noivado que acabei de arrancar.

— Aproveita para mandar isso junto.

Contorno o balcão e vou até a porta da frente.

— Aonde você vai? — Ellie grita atrás de mim, seguindo-me até a varanda.

— Vou para o Barney's. Vou comprar uma garrafa de vodca e beber até cair — digo enquanto desço os degraus pisando duro.

— Meu Deus, Lucy! Espera pelo menos eu pegar a minha bolsa! — ela grita em resposta.

10

Lucy

PRESENTE

As mãos macias de Stanford deslizam para dentro do meu vestido e se movem com confiança até buscar um de meus seios, coberto com lingerie de renda. Sua língua provoca os meus lábios, e eu os abro para ele, deixando-o circundar a língua na minha. O fogo que ele acendeu quando voltamos para a pousada estala na lareira a alguns metros de distância e aquece o cômodo frio. Apesar de estarmos em maio, a brisa do mar quando o sol se põe faz baixar significativamente a temperatura e, com as janelas abertas, o fogo é um bom conforto na sala. Eu queria poder dizer que Stanford é responsável pelo calor na minha pele, mas isso seria uma mentira total. Claro, é bom ser tocada, abraçada e beijada, mas esse é o problema — só é *bom*. Seu rosto é muito macio no meu maxilar, suas mãos muito suaves. Com os olhos fechados, posso facilmente imaginar mãos ásperas com bolhas e calos pelos anos de trabalho com madeira e segurando armas de fogo tocando os meus seios. Posso sentir o arranhão de um mês de barba por fazer espetando a pele do meu rosto.

Minhas mãos emaranham os cabelos de Stanford e eu os agarro enquanto ele se afasta da minha boca para beijar o meu pescoço. Estou sentada de lado no colo dele e posso sentir sua ereção pressionando minha bunda. Eu me movimento com sutileza e o escuto gemer baixinho enquanto morde meu ombro de leve. Seu polegar massageia o meu mamilo e eu fecho os olhos com mais força, imaginando outro polegar, outra boca, outra voz sussurrando como é bom o gosto da minha pele.

Pressiono a cabeça dele no meu pescoço e meu desejo é que ele crave os dentes na minha pele, aperte o meu peito com mais força, diga algo grosseiro em vez de algo doce. A sensação das suas mãos e dos seus lábios em mim, embora sejam diferentes e não sejam o que eu preciso, são suficientes para confundir a minha mente entre o passado e o presente até eu ficar tão perdida em antigas lembranças e sentimentos que posso facilmente imaginar outra coisa, outra *pessoa* fazendo tudo isso comigo.

O rosto macio e barbeado de repente se torna áspero e rígido com a barba por fazer, e solto um gemido alto quando o sinto deslizar pelo meu pescoço e voltar à minha boca em espera. A língua gentil que desliza pelos meus lábios imediatamente se torna punitiva e contundente, exigindo minha boca e me engolindo por inteiro. A mão bem cuidada que nunca pegou num martelo se transforma num toque áspero, beliscando meu mamilo entre dedos calosos. Estou tão perdida entre fantasia e realidade que nem sequer me ocorreu que nenhuma dessas coisas está acontecendo. Meu corpo já está dez passos à frente, e o formigamento entre as pernas é tão forte que sinto que poderia gozar sem nenhuma ajuda. Não percebo o quanto estou distante quando giro rapidamente o corpo para cavalgar coxas que são mais magras que as musculosas que tenho na mente. Com as mãos ainda agarrando seus cabelos, puxo sua cabeça para trás até ele me encarar. Mesmo com os olhos azul-claros me olhando em estado de choque, em vez dos castanhos que fantasio, eles ainda não penetram na névoa de luxúria e necessidade que me consumiu.

Com mãos rápidas, seguro com força a parte da frente de sua camisa social e a abro com um puxão, os botões voando e caindo com barulho por todo o chão. Eu preciso disso. Eu quero isso. Preciso sentir quanto ele me quer, quanto ele precisa de mim. Preciso que ele me possua, me reivindique e me machuque com sua fome por mim.

— Caramba! Lucy, pega leve! — grita Stanford, surpreso e um pouco irritado.

A voz macia e educada é o que me traz de volta ao presente, o que me faz cair em mim. Não é o sotaque arrastado e áspero do sul que eu estava ouvindo na minha imaginação. Os lábios finos não são os carnudos que eu estava sentindo na minha boca, e as mãos lisas definitivamente não são as ásperas que eu estava sentindo nos meus seios. Meu rosto se aquece de humilhação e vergonha quando saio rapidamente do seu colo e dou alguns passos para longe do sofá.

Stanford se levanta, segurando a camisa destruída enquanto me olha como se eu estivesse maluca. E provavelmente estou. Dane-se, eu *definitivamente* estou. Minha perda total de controle é resultado de ter visto Fisher hoje à noite. Vê-lo outra vez, embora eu soubesse que isso ia acontecer, me jogou numa espiral, invocando sentimentos há muito adormecidos no meu corpo. Ele devia estar proibido de parecer ainda mais lindo do que na última vez que o vi. Foi a barba por fazer, tenho certeza. Aquela maldita barba por fazer e aquelas malditas covinhas que apareceram quando ele sorriu para mim. Seu rosto estava coberto de pelos escuros e grossos, e isso me lembrou daquele dia na nossa cozinha, quando ele voltou para casa depois da última convocação. Isso me fez pensar em tudo com que sonhei, fantasiei e desejei e mantive em segredo. Eu tinha me transformado numa bagunça de hormônios ansiosos por sexo e ataquei Stanford como se ele tivesse a varinha mágica capaz de curar o que estava me afligindo.

— Isso foi... inesperado — diz Stanford com uma risada desconcertada.

Levo as mãos até as bochechas quentes e tento cobrir a vermelhidão que sei que está ali.

— Sinto muito. Eu não... Eu não queria.

Gaguejo, completamente humilhada, sem ter a menor ideia de como sair dessa situação.

— Está tudo bem, Luce. Eu só não estava esperando por isso. Achei que você queria ir devagar, e você me pegou desprevenido. Você não parece ser o tipo de garota que faz alguma coisa tão... *louca* — ele diz, passando a mão nos cabelos para alisar a bagunça que eu fiz enquanto praticamente os arrancava pela raiz.

Ele está tão ocupado tentando arrumar o cabelo e segurar a camisa que não vê o olhar irritado no meu rosto. Por que diabos uma mulher tem que ser considerada louca porque deseja um homem e não tem medo de demonstrar? Claro, não era por Stanford que eu estava tão excitada, mas isso não vem ao caso. A menos que minha audição esteja tão distante quanto minha mente hoje à noite, o cara com quem estou saindo acabou de me chamar de louca.

— Acho melhor você ir embora — digo, cruzando os braços e tentando não bater o pé.

— Sim, provavelmente é uma boa ideia.

Ele diminui a distância entre nós e beija a minha bochecha, passando a mão pelo topo da minha cabeça, e tenho de me esforçar para não me afastar do seu toque. Estou sendo uma cadela, e sei disso. Stanford está certo, eu agi de forma completamente diferente de mim mesma hoje à noite e não posso culpá-lo por ficar um pouco chocado com o meu comportamento. Nós nos beijávamos, nos acariciávamos de leve por cima das roupas, e eu sempre o detinha quando ele tentava ir mais longe. De repente, hoje à noite, depois de esbarrar no meu ex-marido, eu praticamente o ataquei no sofá. No meio da sala de estar da pousada. Onde algum dos quinze hóspedes poderia ter entrado.

É, definitivamente estou perdendo a cabeça.

Afasto a raiva e coloco um sorriso no rosto, levando-o até a porta da frente.

— Que tal almoçarmos juntos amanhã? — pergunta Stanford. — Tenho uma reunião no banco às onze e não deve demorar. Talvez a gente possa fazer um piquenique na praia ou alguma coisa assim.

Sorrio e faço que sim com a cabeça.

— Parece maravilhoso. Vou pedir para a Ellie cuidar das coisas por aqui e te encontro no banco. Digamos, por volta do meio-dia?

— Perfeito — concorda Stanford. — Durma bem, Luce. E, sério, não se preocupe com hoje à noite.

Mantenho o sorriso estampado no rosto enquanto ele me dá outro beijo rápido na bochecha antes de sair. Eu me esforço para não bater a porta com força atrás dele e respiro fundo enquanto ando ansiosa de um lado para o outro na sala de estar.

Jefferson Fisher, seu maldito. Por que você tinha que voltar agora, quando as coisas finalmente estavam começando a dar certo na minha vida? O Stanford é um homem bom, equilibrado e me trata bem. Não faz sentido fantasiar com um cara que me abandonou e não me quis. A única razão pela qual ele fez aquela merda hoje à noite no bar foi porque me viu com o Stanford e não conseguiu lidar com isso. Por que diabos ele acha que tem algum direito de sentir ciúme é algo que não consigo entender. Seu ego provavelmente não suportou a ideia de que alguém realmente seria capaz de me desejar depois que ele me destruiu. Na próxima vez que o vir, vou deixar perfeitamente claro que ele precisa ficar longe de mim. Tenho certeza de que a *Melanie* ficaria mais do que feliz em continuar de onde eles pararam no ano passado.

11

Diário de terapia de Fisher

DATA DA LEMBRANÇA: 25 DE FEVEREIRO DE 2014

Eu sou um monstro.

Se existisse uma palavra mais forte para descrever a pessoa que me tornei, eu a usaria, mas essa vai ter que servir até que eu consiga encontrar outra melhor.

Eu não devia ter acendido a luz. Devia ter ficado no escuro e tentado me convencer de que o que aconteceu esta noite não era real, mas, deitado aqui com o suave brilho do abajur de cabeceira iluminando o quarto, não consigo tirar os olhos da evidência do meu comportamento repugnante.

Nem mesmo um mergulho no mar depois que a Lucy subiu para se preparar para dormir poderia apagar as imagens terríveis da minha mente. Assim que ela saiu da cozinha, saí pela porta dos fundos, desci os degraus até a praia e fui dar um mergulho, ainda usando as botas militares e a calça camuflada. Mergulhei no mar completamente vestido, desejando que a água lavasse a merda que eu tinha acabado de fazer com a minha esposa.

Pela primeira vez, minha cabeça está cheia do horror pelo que fiz com a Lucy em vez do que fiz no serviço militar, e quero gritar até minha garganta doer.

Lucy dorme em paz ao meu lado, de bruços, e eu passo gentilmente as mãos por suas costas nuas, me detendo quando chego aos quadris.

Os quadris cobertos de hematomas com o tamanho e a forma dos meus dedos.

Meu Deus, eu deixei marcas nela. Minha garota linda e perfeita, e eu a marquei com a minha raiva e a necessidade que me consumiu tão completamente quando entrei pela porta e a vi de pé ali. Durante toda a viagem de avião para casa, eu só conseguia pensar em abraçá-la e deixar sua pele e seu toque suaves lavarem todas as coisas sombrias e malignas que eu vira no último ano. Eu nem parei em um hotel, como costumava fazer, para trocar de roupa. Não tomei banho, não fiz a barba, tudo para chegar até ela o mais rápido possível, antes que minha mente fosse rasgada ao meio.

Atravessei aquela porta e a vi de pé ali, usando uma calça justa que envolvia suas pernas e quadris e uma blusinha sem sutiã, e só consegui pensar em me enfiar dentro dela, me enterrar tão fundo que todos os pensamentos ruins desaparecessem. Eu a ataquei como um animal e a possuí contra a parede como uma besta raivosa. Eu a estava punindo por ser tão suave, tão doce e bonita, quando tudo o que vi no último ano era duro, horrível e feio. Eu não a mereço. Não mereço que ela fique sentada aqui me esperando dia após dia, mês após mês. Não mereço voltar para casa e encontrar alguém que me ama tão completamente, mesmo quando meu corpo e minha mente me afastam dela e me fazem esquecer tudo o que tenho de bom.

Tento engolir o nó na garganta enquanto passo os dedos pelos hematomas em seus quadris, mas não dá certo. As lágrimas se acumulam nos meus olhos e escorrem pelo meu rosto. Eu a amo tanto, e tudo que estou fazendo é machucá-la. A única pessoa na minha vida que nunca me decepciona, e tudo que continuo fazendo é destruí-la. Eu a decepciono toda vez que vou embora, eu a decepciono toda vez que ela tem que lidar com alguma coisa sozinha, eu a decepciono quando volto para casa e não sou eu mesmo porque ainda estou preso a um lugar do outro lado do mundo, e eu a decepciono tocando nela de um outro jeito que não seja com mãos amorosas e beijos calorosos.

Não cheguei a dizer seu nome, nem que a amo, nem como senti sua falta. Não falei uma palavra com ela hoje à noite, com tanto medo de gritar, chorar e surtar se eu abrisse a boca. Ela aguenta muita coisa de mim, e não posso somar mais isso à situação. Ela ia querer me consertar, colocar sua vida em espera para me ajudar, e não posso permitir isso. Lucy já sacrificou muita coisa por mim. Como posso continuar fazendo isso com ela? Como posso continuar fazendo minha Lucy passar por isso, quando não tenho certeza de que as merdas na minha cabeça um dia vão desaparecer? No passado, eu só precisava de alguns meses para lutar contra os demônios que se arrastavam na minha cabeça, mas agora os pesadelos estão piorando em vez de melhorar a cada quilômetro que coloco entre mim e a guerra. Não vou mais ser convocado, graças ao estilhaço que levei na parte de trás do ombro e ao dano resultante no nervo, mas isso não significa que vou esquecer. Não significa que os horrores que testemunhei todos esses anos vão sumir da minha mente de repente.

Engulo os soluços enquanto me inclino e encosto os lábios na pele ferida do quadril de Lucy. Ela suspira, e fico perfeitamente imóvel para não acordá-la. Vim deitar na cama depois do mergulho. Tirei a roupa molhada e colei meu corpo ao de Lucy, desejando dormir, mas não consegui. Eu simplesmente abracei seu corpo adormecido e tentei esquecer o que fiz até não suportar e precisar acender a luz para ter certeza de que aquilo realmente tinha acontecido.

Eu queria que ela tivesse gritado comigo quando a possuí daquele jeito contra a parede. Queria que ela tivesse me falado para parar, me empurrado, me obrigado a olhar nos seus olhos para ver o que eu estava fazendo com ela. Estou consumido por tanta culpa que nem consigo respirar. Meu peito parece apertado, e minha frequência cardíaca começa a acelerar, sentimentos que aprendi a reconhecer como o início de um ataque de pânico.

Eu me movo o mais silenciosamente possível ao sair da cama para não incomodá-la, tentando diminuir o ritmo da minha respiração, enquanto disparo para o corredor e entro no banheiro. Minhas mãos tremem tanto que mal consigo fechar a porta e trancá-la. Acendo a luz e respiro fundo e com força enquanto meu coração bate cada vez mais rápido até parecer que vai explodir dentro do peito. Abro a torneira e pego um pouco de água com as mãos, contando até cem enquanto molho o rosto. Olho para o espelho e, em vez de ver meu próprio reflexo, vejo um homem de pé ao meu lado, com um lenço xadrez branco e preto sobre a cabeça, o nariz e a boca, com uma metralhadora apontada para o meu crânio.

Solto um grito de pânico enquanto viro e coloco as mãos na cabeça para me proteger do inimigo. Quando volto, não encontro nada além de um banheiro vazio atrás de mim. Soluçando, caio de joelhos no chão frio de azulejos. Com a cabeça nas mãos, ando de um lado para o outro, jurando que nunca mais vou permitir que Lucy sofra por causa dos meus demônios. Não posso mais fazer isso com ela. Não posso confiar em mim mesmo perto dela e me recuso a machucá-la novamente, como fiz hoje à noite. Só Deus sabe o que vai acontecer se as coisas piorarem, e eu *sinto* que estão piorando. É muito difícil distinguir a realidade da fantasia. Eu já a machuquei inúmeras vezes no meio da noite com pesadelos que não consigo controlar, e continuo machucando-a todas as vezes que ela tenta me ajudar e eu a empurro. Ela é meu coração, minha alma, meu tudo, e eu sei que é apenas uma questão de tempo até eu fazer alguma coisa que possa matá-la. As lágrimas vêm rápido e com força quando penso que minha esposa linda e incrível poderia morrer pelas minhas próprias mãos. Não vou deixar isso acontecer. Não vou deixá-la cair nesse buraco comigo. Se eu tiver que cair, vou fazer isso sozinho, num lugar onde não vou machucar ninguém, especialmente minha Lucy. Eu sei que ela nunca vai me deixar por vontade própria. Ela me ama demais para virar as costas para mim quando sabe que estou sofrendo, então vou ter que afastá-la.

Tenho que *fazê-la* partir, para que eu nunca mais possa machucá-la.

12

Lucy

PRESENTE

— Caralho! Que gostosa!

Sorrio para Ellie quando ela assobia para mim conforme entro na recepção. Eu giro e faço uma reverência, rindo quando ela aplaude. Com uma blusa azul-petróleo transpassada na frente e amarrada no pescoço, meus seios parecem ótimos, se é que posso dizer isso. O short branco incrivelmente curto que estou usando faz minhas pernas bronzeadas parecerem mais longas, e a sandália branca e azul me deixa uns sete centímetros mais alta. Deixei os cabelos loiro-avermelhados lisos, soltos nos ombros nus e descendo pelas costas, e coloquei umas pulseiras cor de pêssego para complementar. Não é muito, mas, tirando o vestido que usei na noite passada, é mais arrumado que o meu normal.

— Bom, muito bom. O Stanford não vai conseguir manter as mãos longe de você — Ellie diz.

Fico vermelha, pensando no que aconteceu ontem à noite no sofá nesta mesma sala. Tenho quase certeza de que Stanford vai manter as mãos longe de mim por um tempo, depois *daquilo*. Mas não importa. Vou relaxar num piquenique na praia com o homem que estou namorando. O sol está brilhando e uma brisa leve sopra do mar, então não teremos que nos preocupar com a areia voando para todo lado, caindo na comida. É um dia perfeito na ilha Fisher, e não vou deixar nada estragá-lo.

— Acho bom aquela doninha manter as mãos longe de você — resmunga Trip enquanto entra pela varanda e para no meio da sala, me olhando de cima a baixo.

— Ah, por favor. Como se você não fosse igual a essa doninha na sua época. — Ellie ri para ele. — Tenho certeza que tinha uma fila de mulheres implorando para você colocar as mãos nelas.

Trip ergue a sobrancelha para ela e pigarreia.

— Claro que tinha. Você me olhou ultimamente?

Ellie ri ainda mais, contornando o balcão e jogando os braços no pescoço de Trip.

— Você é o melhor avô do mundo. Vou te adotar.

Trip balança a cabeça com o comportamento dela e depois me olha de novo.

— Imagino que você vai encontrar com o Salamandra?

Reviro os olhos e balanço a cabeça para ele.

— É Stanford, e, sim, vamos fazer um piquenique depois que ele sair da reunião no banco.

— Ouvi dizer que você encontrou o Fisher ontem à noite no Barney's — diz ele com indiferença enquanto passa a mão numa mesa lateral e tenta balançá-la, fingindo que está procurando uma perna solta.

— Não se faz de desentendido, não combina com você — digo a ele. — Toda a cidade sabe que eu encontrei o Fisher ontem à noite, Trip. Aonde você quer chegar?

Ele dá de ombros, cruzando os braços enquanto me olha nos olhos.

— Na verdade, não quero chegar a lugar nenhum, menina Lucy. Só estou me perguntando sobre todas as faíscas que ouvi dizer que voaram entre vocês dois, só isso. Se eu fosse o Santana, não aceitaria de bom grado a minha mulher ficando toda excitada e mexida por causa de outro homem.

— Ai, meu Deus — murmuro. — *Stanford*. O nome dele é Stanford, e eu não fiquei excitada nem mexida.

— Ah, você ficou muito excitada e mexida, sim — concorda Ellie.

Olho furiosa para ela.

— Você não estava lá, como pode saber?

— As notícias correm rapidamente por aqui, minha amiga. Além disso, o Bobby me ligou logo depois que você saiu do bar — ela me informa, com um sorriso sorrateiro.

— Estou indo. Vou sair com o *Stanford*. Vocês dois tagarelas curtam a fofoca como um bando de velhinhas — digo a eles com uma bufada enquanto pego minha bolsa no balcão e contorno os dois, saindo porta afora. — Você também pode se preparar para me explicar por que o Bobby tem o número do seu celular quando, na última vez que eu soube, você não suportava o cara.

Observo o sorriso de Ellie desabar e um olhar nervoso aparecer no seu rosto. Ela definitivamente vai me explicar *essa* merda mais tarde. Bobby dá em cima dela desde o dia em que eu a trouxe para esta ilha, e tudo que minha amiga fez até hoje foi se queixar de como ele é irritante e como ela não sairia com ele nem que fosse o último homem do planeta. A menos que o apocalipse tenha acontecido e eu não soube, alguma coisa está acontecendo entre esses dois.

Deixo Trip e Ellie provavelmente fofocando sobre mim e decido não usar um dos carrinhos de golfe da pousada para ir até a cidade. Em vez disso, caminho pelos dez quarteirões. O dia está maravilhoso, e quero curti-lo. Ainda tenho meia hora antes de Stanford sair da reunião: tempo suficiente para uma caminhada tranquila.

Percebo rapidamente o erro da minha decisão enquanto ando pela Main Street. As calçadas estão lotadas com a primeira multidão de turistas que olha as vitrines, já que este fim de semana é o início oficial da alta temporada, mas também estão lotadas com moradores desocupados. Eles ficam em pé nas portas ou sentam em cadeiras de praia e bancos na frente das lojas, fofocando sobre os acontecimentos da ilha. É claro que o que aconteceu ontem à noite no Barney's é a única coisa empolgante rolando neste momento, mesmo com a ilha transbordando de turistas que vivem fazendo bobagens estúpidas. Ouvi meu nome e o de Fisher sussurrados várias vezes enquanto passava, sorrindo e acenando desconfortavelmente para as pessoas. Acelero os passos até chegar diante do Banco Fisher, bem no momento em que as portas da frente se abrem e Stanford sai para me encontrar.

— Chegou na hora certa, acabei de terminar — diz ele, inclinando-se para beijar o meu rosto. — Você está linda.

Ele segura as minhas mãos e estende os meus braços para poder me olhar.

— Absolutamente linda — repete. — Mas não acha que esse short é um pouco... curto para você?

Olho para baixo e tento não revirar os olhos. O nome é *short* justamente por causa disso. Não é muito curto, minha bunda não está aparecendo, e ele cabe em mim com perfeição. Stanford não é o tipo de homem que se veste casualmente, mesmo para um piquenique na praia, então sorrio para ele e dou de ombros, deixando seu comentário escapar, em vez de entrar numa discussão sobre as roupas que eu escolho.

Ele continua segurando minha mão enquanto atravessamos a rua e nos dirigimos à feira ao ar livre.

— Escuta, sobre a noite passada...

Mordo o lábio inferior para me impedir de lhe dizer que nunca, jamais devemos falar nisso de novo.

— Desculpa pela maneira como eu reagi — continua ele. — Eu queria me dar um soco na cara quando cheguei em casa.

Solto a respiração que estava presa em meus pulmões, achando que ele me chamaria de louca outra vez, e o deixo continuar.

— Sério, como posso ser tão idiota? Eu tinha uma mulher linda e sexy nos braços e a afastei quando ela finalmente me deu sinal verde. — Ele ri.

Não o corrijo, mas deveria. Eu realmente deveria mesmo. Não quero que ele pense que está na hora de acelerar essa relação em velocidade warp, apesar do meu comportamento na noite anterior.

— Sou um idiota e peço desculpas. Espero não ter feito você se sentir mal. Eu nunca quero fazer você se sentir mal, Luce — ele diz baixinho.

Sorrio para ele enquanto caminhamos pelas barracas de frutas e legumes, jogando numa cesta as coisas que podemos levar para a praia.

— Está tudo bem, não se preocupe com isso. Eu estava um pouco aérea na noite passada — explico quando vamos ao caixa.

— Foi por causa do Jefferson, não foi? — ele pergunta enquanto coloco a cesta no balcão e começo a tirar os produtos.

— O nome dele é Fisher, e, sim, ele é parte do motivo.

Não tenho ideia de por que o corrigi quando ele chamou o Fisher de Jefferson. Por que me importo se ele fala o nome do Fisher errado? Como se o Fisher não tivesse dito o nome *dele* errado várias vezes ontem. Eu mesma o chamei de Jefferson na noite passada, mas foi só para irritá-lo. Ele odeia ter o mesmo nome do pai.

— É difícil reencontrar um ex pela primeira vez, é totalmente compreensível. Eu só quero que você saiba que estou aqui. Para tudo que você precisar, vou estar sempre aqui. Eu realmente me importo com você, Luce. Quero levar isso adiante.

Aceno e sorrio sem dizer nada em resposta. Eu devia concordar com ele e dizer que também quero levar isso adiante. Devia dizer que ele me faz feliz e que faz muito tempo que não tenho motivos para sorrir, mas não sai nada da minha boca.

Pelo canto do olho, vejo minha mãe a algumas mesas de distância, levanto o braço e aceno, chamando-a para fechar a nossa conta. Meus pais me tiveram bem tarde; minha mãe tinha quarenta e cinco anos e meu pai estava com cinquenta e um quando eu nasci. Apesar de administrar a pousada ter se tornado um peso para eles, minha mãe não é o tipo de pessoa que fica sentada e não faz nada além de pescar o dia todo, como meu pai. Ela gosta de se manter ocupada, então, durante os meses de verão, ajuda na feira nos fins de semana.

— Lu-Lu, eu não sabia que você vinha hoje à feira — diz minha mãe enquanto me inclino por sobre a mesa e beijo a bochecha que ela vira para mim. Herdei a baixa estatura e a aparência da minha mãe. Com mais de setenta anos, Evelyn Butler se recusa a envelhecer. Ela ainda tem o mesmo cabelo loiro-avermelhado escuro que eu, embora o da minha mãe agora seja cortesia de seu horário permanente no salão de beleza da Sally, a cada seis semanas. Ela usa o cabelo no mesmo corte liso e curto que usou durante toda a minha vida e, mesmo depois de anos assando a pele no sol do verão, ainda tem uma aparência ótima, com sardas no nariz e nas bochechas que combinam com as minhas.

— Foi uma decisão de última hora. O Stanford e eu resolvemos fazer um piquenique na praia, então viemos buscar algumas coisas para levar — explico.

Ela finalmente percebe Stanford de pé ao meu lado, e a cabeça dela se move de um lado para o outro entre nós, como se estivesse numa partida de tênis.

— Ah! Vocês ainda estão... Eu achei... Quer dizer, eu ouvi... ontem à noite. Não percebi que vocês dois ainda estavam juntos — ela gagueja de um jeito desastroso.

Ah, pelo amor de Deus. Agora minha mãe está se juntando à fábrica de fofocas?

Eu me aproximo de Stanford, coloco a mão no braço dele e me inclino, apoiando a cabeça em seu ombro.

— Sim, estamos juntos e muito felizes — digo, oferecendo meu maior sorriso.

— Que bom te ver de novo, Evelyn — Stanford lhe diz com um sorriso caloroso. Ele encontrou os meus pais algumas vezes ao longo do último mês, e meus pais foram simpáticos com ele, mas um pouco distantes. Isso é irritante, e definitivamente vamos precisar sentar e conversar a respeito.

Levanto a cabeça, fico na ponta dos pés e beijo os lábios de Stanford. Um pouco exagerado, eu sei, mas dá um tempo. Minha mãe, entre todas as pessoas, precisa me dar uma folga. Ela sabe o que eu passei com Fisher e sabe que sair com alguém pela primeira vez depois disso me apavora. Infelizmente, ela e meu pai adoram o Fisher, e tudo que falam quando os vejo é se eu tenho notícias dele, porque estão muito preocupados. Sei que vai ser muito pior, agora que ele voltou.

— É, bom, é... muito bom te ver de novo também — diz minha mãe com um sorriso tenso enquanto soma o nosso total e Stanford tira a carteira para pagar.

Pego a sacola do balcão e tento não lhe lançar um olhar duro quando digo que precisamos conversar mais tarde. Nós nos despedimos, e Stanford e eu nos afastamos, atravessando a rua até a praia.

— Sinto muito por isso. Minha mãe é...

— Protetora com a única filha? — pergunta Stanford com uma risada. — Tudo bem, sou um menino crescido. Eu aguento. Contanto que você esteja bem, eu também estou bem.

Aperto o braço dele com mais força e apoio a cabeça em seu ombro, só para mim desta vez, e não para exibir. Este homem realmente é encantador e adorável, e eu devia ficar empolgada por ele querer estar comigo. Preciso parar de compará-lo a outra pessoa e curtir aprender sobre ele e, como ele disse, ver aonde isso vai nos levar. Enquanto descemos os degraus até o calçadão na areia, decido que é exatamente isso que vou fazer. Não importa o que as pessoas nesta cidade pensam, vou fazer o que me deixa feliz.

13

Diário de terapia de Fisher

DATA DA LEMBRANÇA: 8 DE ABRIL DE 2014 — 13H45

Talvez devêssemos procurar um psicólogo de novo.

As palavras de Lucy no café da manhã giram em minha cabeça. Tomo mais uma dose de uísque e jogo o copo vazio do outro lado da cozinha. Ele se estilhaça nos armários, e os pedaços se espalham pelo chão.

Estou quebrado, assim como aqueles malditos cacos de vidro. Eu sei disso, e agora Lucy também sabe. Um tratamento psicológico não vai funcionar, nada vai funcionar. Hoje de manhã ela me olhou com pena, e eu não aguentei mais. Eu não quero a porra da piedade dela.

Ouço um estrondo alto lá fora e me jogo no chão, cobrindo a cabeça com os braços. Minha respiração sai ofegante enquanto fico deitado esperando para ouvir o som do tiroteio e a dor de uma bala atravessando minha pele. Quando não há som e nenhuma dor, abro os olhos e percebo que estou deitado no chão da cozinha.

— Qual é o seu problema, seu idiota? — murmuro para mim mesmo enquanto me levanto do chão e sigo até o balcão para pegar outro copo e a garrafa de uísque pela metade. Despejo o líquido âmbar em metade do copo e bebo tudo num gole só.

Ela não pode mais ficar aqui, ela não pode me ver assim. Ela só pode estar brincando se acha que vai me ajudar ficar sentado no consultório de um charlatão de terno que julga a mim e o que passei. Nenhuma ajuda vai funcionar comigo. Quanto mais rápido ela perceber isso, mais rápido pode sair daqui e ficar longe de mim.

Minhas mãos tremem enquanto abandono o copo e simplesmente levo a garrafa de uísque até a boca. Um rangido de algum lugar no andar de cima me faz afastar a garrafa dos lábios. Bato com a garrafa no balcão, me agacho e me movimento sorrateiramente pela casa, disparando de uma porta a outra e correndo em silêncio escada acima, do jeito que me ensinaram. A única coisa que falta é o peso do meu rifle na mão.

— Quem está aí em cima, porra? — grito quando chego ao meio da escada. — Vou acabar com a sua vida, seu filho da puta!

Chuto a porta do quarto e disparo para dentro, vendo a areia do deserto e o Humvee na minha frente, em vez de uma cama e uma cômoda. Eu me jogo na areia e rastejo como um militar, sabendo que estarei seguro se conseguir chegar até o comboio. Estendo a mão para pegar a minha arma e não sinto nada. Não estou com a minha arma. Por que diabos estou sem uma arma? Um fuzileiro naval nunca deve estar sem sua arma. Ouço tiros e explosões ao longe e rastejo mais rápido, mantendo o corpo e a cabeça abaixados.

— Me dá cobertura! Alguém me dá cobertura, porra! — grito enquanto agarro a areia e me movimento o mais rápido possível.

Minha cabeça bate numa pedra do deserto, e eu fecho os olhos e sacudo a cabeça para afastar a dor. Quando os abro de novo, vejo um tapete bege embaixo de mim e uma cama king size cheia de cobertores azul-pálidos bem na minha frente. Não tem areia, nem pedra, nem Humvee, nem comboio. Nada além do quarto que divido com minha esposa.

— Ah, Jesus, ah, meu Deus, o que está acontecendo comigo, porra? — sussurro enquanto me levanto do chão e olho ao redor, piscando para ter certeza de que o que estou vendo é real. — Eu tenho que tirá-la daqui. Ela não pode mais ficar aqui — sussurro enquanto disparo até o armário e puxo duas malas da prateleira superior. Eu as jogo em cima da cama e abro rapidamente o zíper.

Vou até a cômoda, abro a gaveta superior e pego meias, sutiãs, roupas íntimas, qualquer coisa que possa caber nos meus braços, antes de correr de volta até a cama e despejar tudo na primeira mala.

— Fisher, que diabos você está fazendo?

A voz vinda da porta me surpreende, e eu dou um pulo, levando a mão automaticamente até a lateral do corpo em busca da minha arma. Quando vejo Lucy de pé, me encarando, confusa, quase caio de joelhos com a força da minha vergonha. Eu procurei a minha arma. Eu procurei a minha arma, porra! Se ela estivesse ali em vez de estar trancada num estojo na sala de estar, eu poderia ter disparado contra ela. Eu poderia ter puxado o gatilho e colocado uma bala em seu peito.

— Você vai embora. Agora mesmo. Não posso mais fazer isso — digo, a visão diante de mim se alternando entre ela de pé na entrada e um insurgente parado ali, com uma arma apontada para mim.

O inimigo desaparece tão rápido quanto surge, e tudo que vejo é Lucy, minha bela Lucy, de pé na porta, com lágrimas nos olhos.

— Fisher, por favor, não faça isso! — ela implora, quando a primeira lágrima escorre pelo seu rosto.

Ignoro seu pedido, apesar de ele me cortar e me fazer querer mudar de ideia. Viro e corro até o armário, arrancando tudo dos cabides e empilhando saias, vestidos, calças e camisetas nos braços. Volto e paro de novo na cômoda, abrindo a gaveta inferior e agarrando tudo que consigo.

Jogo todas as coisas na segunda mala e observo enquanto ela se transforma numa bomba. Sacudo a cabeça para afastar a visão e tento não vomitar.

— Acabou. Nosso casamento acabou. Vou arrumar as suas malas e você vai embora!

Sinto muito, eu te amo, por favor me perdoa.

Ela agarra o meu braço, e eu o puxo para soltá-lo. Não posso deixar que ela me toque neste momento. Tudo vai desabar se eu deixá-la tocar em mim. Eu preciso do seu toque, eu quero o seu toque, não sei como vou viver sem o seu toque...

Mas preciso protegê-la acima de tudo.

Ela implora e suplica, me pedindo para conversar, simplesmente conversar. Ela não faz ideia de que não posso. Não posso lhe dizer todas as coisas que estão tão fodidas em mim agora.

— Não há nada para falar. Está perfeitamente claro o que está acontecendo aqui. Acabou, você não entendeu ainda? Acabou, acabou! Você precisa ir embora, porra!

Sinto muito, eu te amo, por favor me perdoa.

Sua voz enche o quarto enquanto ela tenta me parar e me fazer ouvi-la. Não consigo aguentar. Não consigo aguentar o som da sua voz, dói demais ouvir todas as palavras carinhosas que ela me fala. Elas me rasgam e me destroçam como um maldito peixe. Eu sei que ela nunca vai embora. Ela nunca vai se afastar de mim do jeito que precisa, do jeito que ela *tem* que fazer. Ela precisa estar em segurança, e eu preciso que ela entenda que essa é a única maneira de protegê-la do que eu me tornei.

Coisas dolorosas, tantas coisas dolorosas que cuspo sobre ela.

— Você realmente precisa dar um jeito na sua vida.

Sinto muito, eu te amo, por favor me perdoa.

— Todas aquelas cartas tristes e patéticas...

Estou mentindo, não acredite em mim, por favor não acredite em mim. Eu adorei as suas cartas, guardei todas elas e amo cada uma.

Ela coloca as mãos macias e doces no meu rosto e eu apoio a testa na dela. Sou fraco, não consigo evitar. Preciso inspirar o seu cheiro uma última vez. Preciso senti-la perto de mim e lembrar por que estou fazendo isso, por que estou fazendo todas essas coisas terríveis com ela. Preciso que Lucy vá embora. Preciso que ela me odeie o suficiente para ir embora e ficar em segurança. Vou fazer qualquer coisa para mantê-la em segurança. Cada palavra que eu digo me mata cada vez mais, até eu ter certeza de que não sobrou nada além de uma casca vazia. Ela desliza as mãos por baixo da minha camisa, e fico imediatamente duro. Sua boca abre caminho até meu pescoço, e quero rosnar de desejo quando ela mordisca minha pele. Eu preciso dela. Eu a amo.

Mas não posso tê-la, senão vou acabar matando-a.

— Prefiro mulheres com um pouco mais de experiência...

Eu não quero dizer isso. Não quero dizer nada disso. Saber que sou o único homem que já esteve dentro de você me faz sentir como um maldito rei e o homem mais sortudo do mundo. Sinto muito, eu te amo, por favor me perdoa.

Ela diz que me odeia, e aquela casca vazia se estilhaça em mil pedaços e então sei que não resta mais nada.

— E não melhora nem um pouco quando chego em casa e te vejo... Eu não suporto mais esta vida...

Estou mentindo! É tudo mentira. Eu amo a nossa vida e não a mudaria por nada neste mundo. Eu te amo, eu te amo, eu te amo.

Pego as malas da cama e as jogo no chão antes que eu mude de ideia. Passo direto por ela, sem dizer uma única palavra, mesmo que eu queira puxá-la para os meus braços e implorar para ela não me deixar. É tarde demais para isso, agora. Olhando para o seu rosto arrasado, tenho certeza de que todas as mentiras que falei, todas as coisas que eu disse para brincar com as suas inseguranças e fazê-la me odiar funcionaram. Funcionaram exatamente como eu queria. Funcionaram tão bem que eu sei que não existe esperança de um dia obter seu perdão.

Eu não mereço o seu perdão. Eu nunca a mereci, então agora ela vai ser livre para encontrar segurança e felicidade sem ter que se preocupar com o homem destruído com quem se casou, que nunca mais poderá ser consertado.

14

Fisher

PRESENTE

— Como se sente sendo o assunto da cidade? De novo? Caramba, você é o rei da popularidade — diz Bobby com uma risada enquanto o ajudo a lavar seu equipamento.

Bobby administra a loja de mergulho dos pais durante a temporada de verão, bem como o aluguel de carrinhos de golfe e bicicletas, ganhando tão bem que não precisa trabalhar nos meses de inverno. Uma das vantagens de ser amigo dele é que posso mergulhar sempre que quiser, desde que o ajude a lavar os equipamentos quando termino. Bobby e eu fomos mergulhar no início da manhã, antes de todos os turistas acordarem, e foi uma boa maneira de clarear as ideias. Não há nada como ficar sozinho, no fundo do mar, cercado de peixes e corais, com nada além do som do seu equipamento de mergulho enchendo os ouvidos para pensar nas coisas.

— Não é minha culpa que não tem nada melhor para fazer nesta cidade — reclamo enquanto colocamos todo o equipamento limpo em baldes para levar de volta à loja para o próximo mergulho.

— É verdade, este lugar ficou muito chato quando você foi embora — admite Bobby.

Seu telefone apita com uma mensagem, e ele o tira do bolso da bermuda cargo, sorrindo e dando uma risadinha para o que está na tela.

— Quem é? — pergunto, apontando com a cabeça para o celular.

87

Ele levanta o olhar com culpa, tira o sorriso do rosto e rapidamente guarda o telefone no bolso.

— Ninguém, nada, não é nada — responde rapidamente.

— Sério? Não parecia nada. Você deu uma risadinha como uma mulherzinha — brinco enquanto caminhamos pela praia.

— Eu não dou risadinhas. Nunca dou risadinhas. Vai se foder — ele resmunga, jogando um dos baldes no balcão da loja.

Coloco meu balde ao lado do dele, viro e o encaro com a sobrancelha erguida, em expectativa. Leva apenas alguns segundos para ele falar.

— Tudo bem! Era a Ellie. Nada de mais.

Olho para ele em estado de choque e depois jogo a cabeça para trás e dou risada.

— A Ellie? Você está falando sério? Achei que você não a suportava. Por que diabos ela está mandando mensagens que te fazem dar risadinhas? E não tente negar, você deu risadinhas, caralho.

Ele começa a descarregar os equipamentos e enfileirá-los no balcão, para facilitar que os turistas os peguem depois de receberem as instruções.

— Olha, não aumenta as coisas. Eu gosto dela, ok? Ela não é tão megera quanto eu pensava. Na verdade, ela até que é legal — ele diz, dando de ombros.

— Você é um mentiroso de merda. — Dou mais uma risada. — Você nunca pensou que ela era uma megera. Você está tentando trepar com ela desde o dia em que a conheceu e ficou puto quando ela te deu um fora.

— Claro que sim. Você já viu a garota? Cabelo preto comprido, grandes olhos azuis, peitos enormes e uma bunda que dá vontade de morder. Quem não quer trepar com ela? — ele pergunta.

Levanto a mão.

— Bem, claro que não. Ela é a melhor amiga da sua ex. E ela te odeia. Ela provavelmente cortaria o seu pau se você chegasse a mais de um metro de distância.

Pegamos os baldes vazios e os empilhamos na parede dos fundos.

— Vamos voltar ao assunto que importa. O que você vai fazer em relação à Lucy? Você sabe que a sua janela de oportunidade está prestes a se fechar, certo? Enquanto conversamos, ela está em outro encontro com o Esfíncter. Desculpe, eu quis dizer Stanford. Ouvi a Ellie dizer que é um piquenique romântico na praia — ele me informa.

Fecho os olhos e respiro fundo, tentando não imaginar Lucy e Stanfoda juntos, num cobertor estendido na areia.

— Estou tentando fazer isso do jeito certo. Não quero invadir o espaço dela nem irritá-la. Neste momento, eu só quero que ela saiba que estou de volta e não vou a lugar nenhum.

— Acho que está na hora de você "invadir o espaço dela" — me diz Bobby, fazendo aspas no ar. — Stan, o Cara, não vai recuar. Correm boatos de que ele quer comprar a Casa Butler, e ela não está em posição de dizer não. Ele quer se juntar a ela e transformar o local num resort, com parque aquático e spa. Se eles entrarem num negócio juntos, você nunca vai conseguir se aproximar dela.

— O que diabos você quer dizer com "ela não está em posição de dizer não"? Por que ela venderia a pousada? O negócio está na família dela há três gerações, e ela ama aquele lugar — digo, minha raiva começando a crescer.

Que petulância daquele maldito babaca que pensa que pode chegar aqui e comprar o negócio da Lucy sem mais nem menos.

— Cara, a pousada está quase falida. Ela mal consegue sobreviver, e uma construção tão antiga quanto aquela sempre tem uma merda que dá errado e ela precisa consertar. Ela não vai conseguir sustentar aquele lugar por muito mais tempo, antes que o banco assuma o controle. O dinheiro está indo pelo ralo, porra — explica Bobby.

A pousada nunca deu muito lucro desde que conheci Lucy, mas sempre foi mais que suficiente para cobrir suas despesas e gerar alguma renda para ela sobreviver. Além disso, ela recebeu metade de tudo que eu tinha no divórcio. Eu teria dado a ela cada centavo, mas os tribunais não me deixaram. Ela devia ter dinheiro suficiente para fazer o que quisesse com a pousada. O que ela fez com o dinheiro que eu mandei? Será que ela me odeia tanto que se recusou a usá-lo, até para consertar o lugar que tanta ama? Estou com raiva e irritado, supondo que ela nunca usou o dinheiro, só porque veio de mim. Era dela, tudo era dela para fazer o que quisesse. Por que diabos ela não usou? Ela poderia manter a pousada na família e evitar ter que vender para qualquer pessoa, menos ainda para aquele filho da puta que é óbvio que tem outros interesses, além de tirar a calcinha dela.

— Bom, olha só aquilo. Uma linda dama sozinha na praia — me diz Bobby, acenando com a cabeça por sobre o meu ombro.

Viro e vejo Lucy ao longe, sentada num cobertor, encarando o mar.

Digo ao Bobby que falo com ele mais tarde e vou em direção a ela. Observo enquanto ela se inclina para trás e se apoia nas mãos, virando o rosto para o sol, os cabelos compridos caindo nas costas e roçando no cobertor em que está sentada. Ela é tão linda que perco o fôlego. Não sei aonde o filho da puta foi e por que ela está sentada aqui sozinha, mas não me importo. Tudo que me interessa é me aproximar dela de novo.

Ando até ficar diante dela e paro bloqueando o sol do seu rosto. Seus olhos piscam e se abrem, e ela olha para mim, uma careta tomando conta do rosto.

— É bom te ver de novo também — digo com uma risada. — Se importa se eu sentar?

Aponto para o cobertor, e ela hesita. Decido me jogar ao lado dela de qualquer maneira e lidar com as consequências depois. Sento perto o suficiente para sua coxa encostar na minha e seu ombro roçar no meu. Ela se afasta com uma bufada, e eu disfarço o riso.

— Onde está o pequeno Sanford? Achei que vocês tinham um encontro.

Ela olha para mim e balança a cabeça.

— Alguma coisa nesta cidade é particular? E pare de chamá-lo com nomes errados, isso é coisa de criança.

— Você perguntou mesmo se alguma coisa nesta cidade é particular? Você é nova por aqui? — solto com um risinho.

Uma risada explode nela, que finalmente sorri para mim. Foda-se o sol brilhando sobre nós agora, isso é mil vezes melhor.

— É, você está certo, como eu sou boba. Bem-vindo à ilha Fisher, onde tudo é assunto de todos e, se você ainda não sabia disso, não estava conversando com as pessoas certas — diz ela com outra risada.

Depois de alguns segundos silenciosos, ela responde à minha pergunta inicial.

— O Stanford foi chamado para uma reunião. Já tínhamos terminado o almoço, então tudo bem.

Porra de engomadinho. Quem diabos deixa alguém como Lucy no meio de um encontro para ir a uma reunião estúpida? Penso em todas as vezes que a deixei ao longo dos anos, e isso me faz sentir um imbecil.

— Então, como está a pousada? — pergunto de um jeito casual.

Ela desvia o olhar e encara o mar de novo.

— Está bem, você sabe, o de sempre.

Isso não é realmente o que eu queria ouvir, então tento outra vez.

— Tudo bem? Em termos de dinheiro e tal?

Ela pressiona os lábios e olha de novo para mim.

— Está bem — responde entredentes.

— Eu só... Você sabe que se precisar de ajuda pode pedir, certo? Aquele lugar foi tão parte da minha vida quanto da sua por muitos anos. Eu me importo com ele e não quero que nada aconteça.

Ela ri de um jeito cínico, balançando a cabeça para a frente e para trás.

— Você é uma peça, sabia? Você não se importa com a Casa Butler, então para de tentar me convencer dessa mentira. Você odiava tudo que aquele lugar representava e odiava estar preso aqui comigo, cuidando da pousada. Dá um tempo, Fisher.

— Eu nunca odiei a pousada e nunca senti que estava preso aqui — argumento.

— Caramba, você simplesmente não desiste, não é? O que você quer de mim? Por que você voltou para cá?

Suspiro, percebendo rapidamente que essa conversa não está indo na direção que eu queria.

— Ouvi algumas coisas sobre você não conseguir sustentar o lugar e estou preocupado, ok? Quer dizer, o que aconteceu com todo o dinheiro que eu te mandei? Por que você não usou na pousada?

Ela se levanta do cobertor e pega a bolsa com raiva.

— Foda-se você e seu maldito dinheiro, Fisher. Recebi cada centavo seu, e isso me deixou doente. Todo maldito mês, durante treze meses, eu recebia um extrato bancário pelo correio com esses depósitos automáticos idiotas. Já é ruim o suficiente que seu pai sempre me fez sentir como a prostituta que se aproveitou do dinheiro do filho dele, mas nunca pensei que *você* seria tão baixo. Eu não quero o seu dinheiro. *Nunca* quis o seu dinheiro. Pegue a sua fortuna e enfie no cu. Por que você não se concentra em acertar as coisas com as pessoas da ilha que ainda te amam e se preocupam com você? Você sabe, aquelas com quem você brigou antes de ir embora? Faça alguma coisa construtiva enquanto estiver aqui e pare de me irritar.

Ela vira e sai batendo os pés na praia, me deixando ali, de boca aberta. De que diabos ela estava falando? Depósitos mensais? Merda, isso não é bom. Está muito óbvio que ela ainda me odeia, e ainda tenho que me preocupar em tentar esconder a porra do meu pau duro quando me levanto do cobertor para ir pegar as minhas roupas na loja de mergulho, já que não tirei a roupa molhada antes de vir até aqui. Maldito inferno... Ela nunca falou comigo assim. Nunca levantou a voz e certamente nunca xingou tanto também. Minha Lucy endureceu, e é a coisa mais excitante que eu já vi.

Eu me levanto do cobertor, pego-o do chão e sacudo a areia. Não só tenho que descobrir uma maneira de fazer com que Lucy me perdoe e se apaixone por mim de novo, como quero saber do que diabos ela estava falando e tentar amenizar as coisas relacionadas a *isso*. Preciso fazer umas perguntas sérias para o meu avô neste momento. Tenho uma estranha suspeita de que ele está por trás dos depósitos que Lucy mencionou e eu poderia simplesmente brigar com ele. Mas ela teve um bom argumento no meio da falação. Preciso acertar as coisas com as outras pessoas deste lugar que eu ferrei há mais de um ano. Para ela perceber que eu mudei, preciso corrigir tudo que fiz de errado.

Não só com ela, mas com todo mundo.

15

Diário de terapia de Fisher

DATA DA LEMBRANÇA: 8 DE ABRIL DE 2014 — 21H12

Bobby está gritando comigo, mas não tenho ideia do que está falando. Vejo sua boca em movimento, os braços agitados para todo lado, mas a única coisa que escuto é o som dos gritos de Lucy, de hoje à tarde. Eles ecoam pelo meu cérebro, perfurando meu crânio e me obrigando a tomar outra dose só para tentar silenciá-los. Tudo é um borrão, e o lugar gira tão rápido que não sei como não caí do maldito banquinho em que estou sentado. Eu só quero ir para casa. Quero ir para a nossa pequena casa amarela perto do mar e dizer a ela que era tudo mentira. Quero me arrastar para a cama com ela, tocar seu rosto e falar que eu não quis dizer nada daquilo. Então, olho por sobre o ombro de Bobby e vejo um grupo de rebeldes apontando as armas para nós e percebo que nunca vou conseguir fazer isso.

— Vai embora. Simplesmente vai embora e me deixa em paz! — grito.

Estou falando com os idiotas atrás de Bobby com armas apontadas para nós, mas meu amigo acha que estou falando com ele e se afasta.

Preciso de outra bebida. Quanto mais fico bêbado, mais difícil me concentrar nas imagens girando pelo bar, que continuam se transformando no inimigo.

— Parece que você precisa de outra bebida.

Balanço um pouco para o lado quando ouço uma voz feminina no meu ouvido. Talvez seja Lucy. Talvez ela tenha ignorado tudo que eu disse e tenha voltado para mim. Sei que é errado e que ela não deveria estar aqui, mas eu só preciso dela neste momento. Vou vê-la mais uma vez e depois me afastar.

Olho para a mesa e observo enquanto um copo de uísque é colocado na minha frente. Eu o pego antes que alguém o retire e bebo todo o conteúdo, batendo com o copo na mesa.

— Me desculpa, eu te amo — as palavras se arrastam quando estendo as mãos para Lucy, agarro seus quadris e a puxo para o meu colo.

Ela não parece igual e não tem o mesmo cheiro, mas nada disso importa. As pernas dela se erguem sobre as minhas coxas, e eu aperto seu traseiro, puxando-a para perto, para ela não mudar de ideia e me deixar.

— Por favor não vá, me desculpa — murmuro, destruído, enquanto apoio a cabeça no seu ombro.

— Não vou a lugar nenhum, docinho, não se preocupe.

Não gosto da sua voz. Não tem a mesma cadência suave e doce que sempre faz meus ouvidos formigarem e meu coração bater mais rápido. Provavelmente porque meu coração morreu e não há nada dentro do meu peito, exceto um órgão pequeno e inútil. Essa voz é estridente e irritante. Lucy está mudando bem na minha frente, mas não me importo. É culpa minha, de qualquer maneira. É culpa minha ela estar diferente e não parecer igual nem ter o mesmo cheiro. Eu a mudei, eu a machuquei... tudo culpa minha.

Levanto a cabeça e tento me concentrar nos seus olhos, mas tudo que vejo são imagens borradas e rostos girando.

Ela balança os quadris contra mim, e meu pau fica instantaneamente duro para ela, como sempre. Quero estar dentro dela. É o único lugar onde eu realmente existo e posso me esquecer das coisas que fiz.

Sinto sua língua traçar o meu lábio inferior, e alguma coisa me dá vontade de me afastar. Ela não está com o mesmo gosto, e eu odeio isso. Quero a *minha* Lucy, não essa versão bêbada e diferente dela.

Ouço um grito estrangulado vindo de algum lugar distante e viro a cabeça em direção ao som. Não tenho ideia do que era ou de onde veio. Talvez seja o inimigo tentando me enganar. Eles provavelmente estão aqui, só esperando para me matar. Não me importo mais, eles podem me levar. Podem disparar balas por todo o meu corpo, e isso provavelmente seria um alívio, a esta altura. Isso acabaria com a dor de cabeça latejante, daria fim aos tremores que destroem o meu corpo e faria tudo desaparecer. Eu não quero mais machucar, não quero mais ficar confuso, não quero mais nada disso. Quero morrer pela dor e gritar com eles para fazerem isso logo, simplesmente acabarem logo com isso. Tento abrir a boca para deixar os gritos e os berros saírem, mas sinto a língua de Lucy nos meus lábios de novo e me concentro nisso. Viro a cabeça para longe de quem está ao nosso lado e abro e fecho os olhos para tentar vê-la. Ela está no meu colo, nos meus braços, onde tem que estar, e não quero deixá-la ir nunca. Digo à pessoa que está de pé ali para ir embora porque estou ocupado com Lucy, e ela precisa me deixar sozinho.

Ouço gritos de raiva e pés se arrastando, e a Lucy no meu colo fala de novo, e isso me faz encolher. Quero dizer a ela para parar de falar assim. Parar de falar com uma voz diferente, parar de ter um cheiro diferente, parar de ser diferente... simplesmente parar. Para ela ser a *minha* Lucy. Eu preciso da *minha* Lucy.

Alguém me chama de babaca, e eu não consigo deixar de rir. Eu *sou* um babaca. E um monstro e um filho da puta e um pesadelo, tudo junto num pacote de merda, e fico feliz porque eles finalmente perceberam, então digo isso a eles. Não sou herói, não sou um bom homem, não sou um bom marido... Não sou nenhuma dessas coisas, e eles precisam ver isso.

Preciso de outra bebida. Afasto Lucy do colo e saio tropeçando da cadeira. Suas mãos envolvem os meus braços para me estabilizar, mas eu a empurro. Não quero que ela me veja assim. Ela nem deveria estar aqui.

Atravesso a multidão, vou em direção à porta e soco a madeira para abri-la. Dou um passo para fora e nada além do deserto quente e seco se estende diante de mim. Começo a andar, sabendo que preciso voltar para o acampamento. Eu não deveria estar aqui fora sozinho. Por que diabos estou aqui fora sozinho? Um fuzileiro naval deve sempre estar com seu pelotão, no caso de o inimigo nos emboscar. Sinto o suor escorrendo pelas minhas costas, e minhas pernas começam a doer quanto mais eu sigo atravessando a implacável areia do deserto. Eu só preciso chegar ao acampamento. Desde que não haja ataques de surpresa, ficarei bem.

Um homem aparece de repente na minha frente, e eu fico tão assustado ao ver alguém no deserto solitário comigo que puxo o braço para trás e deixo meu punho voar diretamente no seu rosto.

— Sai do caminho! Eu preciso voltar pro acampamento!

Começo a correr, mas é como tentar escapar na areia movediça. Cada vez que meu pé atinge o chão, ele afunda ainda mais, até minhas pernas começarem a queimar com o esforço do movimento. Paro de repente quando vejo uma bomba no chão, bem aos meus pés. Vasculho rapidamente a área e, quando não vejo nada nem ninguém, eu a pego e a jogo com o máximo de força possível. Ouço uma colisão e o som de vidro se quebrando. Não faz sentido. Não há vidro no deserto. A bomba deveria ter explodido assim que eu a joguei. Não me importo, fiz o que deveria fazer. Tirei essa coisa maldita do caminho, de modo que o resto da minha equipe não vai pisar nela por engano. Não posso perder mais ninguém na minha equipe, não posso.

É uma caminhada longa e incansável de volta ao acampamento, e encontro alguns inimigos enquanto sigo, mas eu os derrubo de forma rápida e eficiente, do jeito que me ensinaram. Não consigo encontrar minha arma, mas, felizmente, sou tão bom no combate corpo a corpo quanto com uma arma de fogo. Eu me ouço gritando e berrando enquanto sigo, ainda mais quando há tantas pessoas se juntando a mim de repente no deserto. Elas me olham de um jeito engraçado, apontam e encaram, e eu não entendo o que estão fazendo. Se elas estivessem do meu lado, estariam me ajudando, não paradas ali, sem fazer nada.

Grito com todas elas, digo para moverem a bunda. Grito tantas obscenidades e ameaças que todas estão encolhidas de medo. Ótimo! Elas deveriam ter medo de mim. Sou um maldito fuzileiro naval no meio de uma guerra.

Viro para outro lado para continuar me movimentando, e uma coisa dura como uma pedra me atinge no rosto. Tento afastar a dor, mas isso só faz o mundo ao redor girar. Balanço para o lado, e meus pés tropeçam. Eu me sinto caindo, caindo, caindo, caindo, e, bem quando acho que vou bater no chão, braços me envolvem para evitar que eu caia. Fecho os olhos e deixo o mundo desaparecer, dizendo o nome de Lucy repetidamente, esperando que ela me ouça.

16

Lucy

PRESENTE

— Babaca metido e idiota — murmuro com raiva para mim mesma enquanto piso duro na calçada, atravessando a cidade.

Nem me importo se as pessoas sentadas do lado de fora estão me vendo falar sozinha. Podem olhar, podem ver a merda de que estão falando pelas minhas costas. Se elas perceberem que estou superirritada com meu ex-marido, talvez consigam entender que eu não quero mais nada com ele. Não consigo acreditar que ele teve coragem de falar do maldito dinheiro. Ele me fez baixar a guarda, me fez rir e depois jogou essa merda na minha cara. E, sério, por que ele tem que estar tão bonito? Ele me distraiu usando aquela droga de roupa molhada, enrolada até a cintura com o peito nu para todo mundo ver. Não posso andar sem blusa, e também devia ser proibido o Fisher fazer isso. Meu bom Jesus, que homem gostoso. Ele sempre esteve em boa forma por causa dos fuzileiros navais, mas posso jurar que ele só deve ter feito abdominais e bebido shakes nos últimos treze meses. Nas partes em que ele costumava ser mais cheinho, agora está magro e elegante. Seu peito nu é nada menos que um milagre, e eu precisei de todas as minhas forças para não lamber seus músculos abdominais e os talhos na cintura quando ele sentou ao meu lado. Eu me odeio por tê-lo encarado quando ele se aproximou e bloqueou o sol, mas, meu bom Senhor, eu me senti como se fosse uma mulher moribunda no meio do deserto e ele fosse o único copo d'água do planeta.

Não é justo. Não é justo ele ser tão bonito e me irritar tanto ao mesmo tempo.

Estou tão perdida na minha própria irritação, encarando meus pés e amaldiçoando Fisher enquanto caminho, que não presto atenção ao que está na minha frente até esbarrar em alguém e tropeçar. Mãos aparecem para segurar os meus braços e me estabilizar e, quando olho para pedir desculpas, solto um suspiro.

— Srta. Butler, que bom vê-la.

Jefferson Fisher Jr., meu ex-sogro e a maldição da minha existência durante catorze anos, se assoma sobre mim, alisando a frente do terno azul-marinho de três peças como uma escova, como se eu o tivesse sujado. Ele é o mesmo de sempre, e fico surpresa porque esse homem parece que nunca envelhece. Tão alto e tão bonito quanto Fisher, mas com cabelo grisalho e mais vincos na testa e nos olhos, Jefferson Fisher Jr. lembra George Clooney. Você sabe, se George Clooney nunca sorrisse e sempre falasse com você de maneira condescendente e espalhasse elogios duvidosos como se fossem biscoitos.

— Como está, srta. Butler?

A maneira como ele enuncia meu nome de solteira com um toque de sorriso presunçoso me faz querer dar um soco na sua boca, bem aqui, na Main Street. O dia em que me divorciei de vez do filho dele e voltei para o nome de solteira provavelmente foi o dia mais feliz da sua vida. Deus o livre de alguém como eu continuar andando por aí manchando o nome Fisher.

— Estou bem, sr. Fisher, e o senhor? — pergunto educadamente. Educadamente só porque não pretendo fazer uma cena no meio da cidade e validar ainda mais a sua teoria de que sou um pobre lixo branco que só se agarrou ao filho dele pelo sobrenome e o dinheiro.

— Muito bem, muito bem — responde ele distraidamente, ainda tentando escovar a sujeira imaginária do paletó. — Na verdade, estou muito contente por termos nos esbarrado. Eu queria falar com você sobre a Casa Butler.

Puxo a alça da minha bolsa no ombro, coloco um sorriso falso no rosto e aceno para ele continuar. Ele sempre deixou mais do que claro nas reuniões da cidade que ele acha que a pousada está ultrapassada e é algo desagradável na ilha. Ele quer destruí-la completamente ou vendê-la para alguém que possa reformá-la e transformá-la em algo mais *digno* de sua visão da ilha Fisher. Eu lhe falei várias vezes que ele pode enfiar sua opinião no cu, com delicadeza, é claro. Não é muito fácil quando o Banco Fisher detém a hipoteca da Pousada Casa Butler. Se eu tiver outra série de problemas na pousada como a que tive neste inverno, que esvaziou minha conta bancária e me fez atrasar a hipoteca, eles vão cair em cima como um bando de abutres e tirá-la das minhas mãos.

— Como você sabe, tivemos vários compradores interessados nessa propriedade ao longo dos anos, e você nunca expressou interesse em trabalhar com eles. Sei que você conheceu Stanford Wallis, e ouvi dizer que vocês dois têm passado muito tempo juntos ultimamente.

A desaprovação é alta e clara na sua voz. Ele quase parece mais irritado por eu estar com Stanford do que quando eu estava com o filho dele, e isso simplesmente me irrita *pelo* Fisher. O pai nunca gostou dele, nunca viu a paixão por trás das escolhas que ele fez para a própria vida e não fez nada além de atormentá-lo por não seguir os seus passos.

— Stanford é um jovem muito inteligente, com uma boa cabeça para os negócios. Estou muito orgulhoso do trabalho que ele tem feito para mim ultimamente, e ele compartilhou comigo que está fazendo uma consultoria para você em paralelo. As ideias que ele tem para a Casa Butler e seu futuro nesta ilha não são nada menos que incríveis. Precisamos trazê-la para o século atual, fazer uma atualização, torná-la mais atraente para os jovens que frequentam a ilha em busca das mais novas tendências, das casas noturnas mais animadas e da decoração mais elegante — explica ele.

O que ele está dizendo não é novidade para mim. Stanford foi completamente aberto e sincero desde o primeiro dia em relação ao seu desejo de comprar a Casa Butler de mim e transformar o lugar num resort requintado, com parque aquático, boate e spa. Ele sabe como eu adoro a pousada da minha família e que não consigo imaginar mudar nada nela, por isso não força a barra. Isso não impede que ele jogue ideias de vez em quando e tente mudar a minha cabeça, mas pelo menos ele não é grosseiro nem insistente com isso, como o sr. Fisher.

— Como você sabe, o Banco Fisher detém a hipoteca da Casa Butler, e eu analisei os dados que Stanford vem compilando em relação à sua situação financeira e colocando numa planilha para você. Vamos ser honestos, srta. Butler. A pousada não está indo tão bem como deveria. Como *poderia*. Você está afundando, e rápido. Você poderia muito bem ter perdido a pousada com a execução da hipoteca, se o clima da primavera não tivesse chegasse

99

cedo este ano e trazido turistas para a ilha antes da temporada de verão. Você é jovem e poderia ganhar centenas de milhares de dólares com a venda dessa propriedade. Ela tem uma localização privilegiada perto da balsa e é a primeira coisa que as pessoas veem quando saem do barco e pisam na doca. Você pode se aposentar aos trinta anos e aproveitar a vida. Seu negócio está passando por dificuldades, e você não está sabendo lidar com a situação. Acho que já está na hora de reconsiderar as ideias de Stanford, especialmente se vocês dois realmente forem tentar levar esse *relacionamento* adiante.

Odeio o som de repulsa em sua voz quando ele menciona meu *relacionamento* com Stanford. Não é da conta dele quem eu decido namorar e, independentemente do fato de seu banco ser dono da minha hipoteca, não é da conta dele o que eu faço com a pousada, contanto que eu não atrase de novo os pagamentos. A situação está precária há algum tempo, mas estou fazendo a coisa funcionar. Vou fazer o que for preciso para fazer a coisa funcionar, e ele precisa largar do meu pé. Que inferno.

— Agradeço sua preocupação, sr. Fisher, mas a Casa Butler sempre foi parte da minha família, e é nela que vai ficar — digo na voz mais simpática possível, tentando não ranger os dentes. — Acho que já passou da hora de o senhor se preocupar com a sua própria família, e não com o que estou fazendo da minha vida. Talvez, se o senhor se concentrasse no homem *inteligente* que veio da sua carne, não sobraria muito tempo para se preocupar com o que estou fazendo.

É tão bom dizer a esse homem o que penso dele que nem paro para ponderar se alguém está ouvindo. Segurei minha língua durante tantos anos em respeito a Fisher, mas, agora que não estamos juntos, não preciso mais fazer isso.

— Você tem um filho inteligente, honesto, criativo e com uma cabeça muito boa sobre os ombros. Só porque ele fez uma coisa diferente do que você planejou com a própria vida, isso não lhe dá o direito de cagar para ele e fingir que ele não existe. O Fisher é um homem melhor do que você jamais será no *pior* dia dele, e é muito triste e patético que não consiga ver o que está bem na sua cara. Todos esses anos, ele fez tudo que você pediu, exceto trabalhar na empresa da família. Ele mentiu por você, enfrentou todo mundo nesta cidade estúpida por você, e você nunca lhe agradeceu. Que inferno, seu filho serviu a este país durante quase treze anos, e você *nunca* disse que sentia orgulho dele. Não é de admirar que ele não aguente este lugar e tudo que ele representa.

Eu finalmente paro para respirar, percebendo uma veia saltando tanto da testa do sr. Fisher que parece prestes a estourar. Seu rosto está tão vermelho que fico surpresa por não ter fumaça saindo de seus ouvidos.

Ele dá um passo ameaçador na minha direção e enfia o dedo na minha cara.

— Como você *ousa* falar comigo dessa maneira? Você nunca passou de uma pedra no meu sapato desde que enfiou as garras no meu filho, quando ele ainda era um adolescente. Você e sua família pobre sinceramente pensam que pertencem a esta ilha? A única razão pela qual meu filho e alguém tão inteligente quanto Stanford querem alguma coisa com você é porque eles são facilmente influenciados por mulheres que abrem as pernas por...

— Chega. Tira o dedo do rosto dela antes que eu o arranque por você.

Uma voz baixa e furiosa atrás de mim interrompe o sr. Fisher, mas nem me preocupo em virar. Mesmo sem reconhecer a voz, o calor de seu corpo irradiando contra as minhas costas e o cheiro suave de sua colônia combinada com a água salgada do mar que sempre gruda na sua pele o teriam revelado imediatamente.

— Coloque sua ex-mulher numa coleira, filho — rosna o sr. Fisher entredentes.

— Eu disse que chega! — desta vez, Fisher grita. — Se sair mais uma palavra dessa sua boca, vou varrer essa maldita calçada com a sua cara para todo mundo desta sua preciosa cidade assistir.

A fúria mal dissimulada na voz de Fisher provoca calafrios na minha coluna e arrepios na minha pele, apesar do forte sol do fim da tarde brilhar sobre nós. Os calafrios não são de medo nem de preocupação que Fisher possa fazer alguma coisa maluca, são de pura e absoluta luxúria. Ele sempre me defendeu do pai, mas sempre foi de um modo silencioso e suplicante. Isso é uma defesa direta, de macho alfa, tipo eu-protejo-o-que-é-meu, e é a coisa mais excitante que já ouvi.

Isso não é bom. Isso não é nada *bom.*

— Fisher, eu...

— Sem mais uma palavra — ele rosna, interrompendo-o. — Lucy, o que acha de ir para casa agora?

A julgar pela voz baixa e firme, trata-se mais de uma ordem que de uma pergunta. Eu realmente não gosto quando ele me dá ordens, mas não sou burra. Sou inteligente o suficiente para saber quando me afastar, e agora eu *tenho* que ir embora.

Não digo nem uma palavra e não olho para Fisher enquanto ignoro seu pai e continuo seguindo na direção da pousada. Eu me recuso a pensar que Fisher poderia estar ali o tempo todo, me ouvindo expor suas virtudes. Ele não precisa de mais nada alimentando seu ego já inflado, mas isso tinha que ser feito. Estou tão enjoada e cansada do meu ex-sogro pensando que pode mandar em todo mundo só porque tem mais dinheiro do que Deus.

Acelero os passos e volto para a pousada em tempo recorde, atravessando as portas da frente e entrando na sala de estar sem dizer nada a Ellie e Trip, que ainda estão na sala, me lançando olhares questionadores enquanto passo correndo por eles. Preciso de um banho frio. Um banho frio muito, muito demorado. Talvez isso apague o som da voz de Fisher e o que ela fez com a minha mente.

17

Diário de terapia de Fisher

DATA DA LEMBRANÇA: 30 DE DEZEMBRO DE 2005

— Ah, Fisher, é lindo! — exclama minha mãe enquanto tira o lençol de cima do banco que acabei de fazer para ela. Era para ser um presente de Natal, mas eu tive uns meses difíceis desde que voltei para casa da minha convocação, em setembro. Levei muito mais tempo do que esperava para me acostumar de novo à vida aqui na ilha, e estive determinado a passar todo o meu tempo com a Lucy para compensar o ano e meio que ficamos separados.

Ela passa as mãos no carvalho envernizado com padrões em espiral esculpidos ao redor do nome "Fisher" que queimei na madeira. É o design mais intrincado que já fiz e a primeira vez que trabalhei com queima de madeira, e o resultado ficou muito bom.

— Mal posso esperar para mostrar para todo mundo. Vou colocar no hall, para ser a primeira coisa que as pessoas veem quando entrarem — ela diz com entusiasmo enquanto me dá um grande abraço.

— Você ainda está desperdiçando seu tempo com essas bobagens? — meu pai pergunta com irritação quando entra na sala de estar e senta no sofá, encarando o banco como se fosse uma carcaça morta que eu arrastei para dentro de casa e deixei apodrecendo em seu tapete. Minha mãe se afasta de mim e lança um olhar irritado para meu pai.

— Não é bobagem, Jefferson, e não é desperdício de tempo, é arte. O Fisher é incrivelmente talentoso. Basta ver os detalhes que ele colocou neste banco! — defende minha mãe, passando as mãos na peça com carinho.

103

— É um hobby, e certamente é um desperdício de tempo. Ele devia ir à faculdade e se preparar para uma carreira de verdade, não se dedicar a um passatempo besta que não vai dar dinheiro, nem sair do país para lutar uma guerra estúpida que não tem nada a ver conosco — diz meu pai, contrariado.

Nem me incomodo em lhe dizer que meu "passatempo" está dando mais dinheiro do que ele poderia imaginar. Depois de deixar uma cadeira de balanço como presente de aniversário para Sal colocar na frente de seu restaurante, comecei a receber telefonemas de pessoas que a viram e queriam uma igual. Passado um tempo, as pessoas começaram a encomendar outras coisas, projetos diferentes, novas peças de mobiliário. Foi emocionante e incrível, e eu adorei tudo o que apareceu! Eu estava preocupado havia algum tempo com como iria sustentar Lucy depois do casamento. Eu nunca permitiria que minha esposa assumisse o fardo financeiro da nossa vida juntos, e sabia que não poderíamos viver bem com o meu escasso salário de cabo, especialmente na ilha, onde tudo é mais caro. Esse "hobby" possibilitou que eu desse entrada numa casa para nós dois. Não é nada grande nem requintado como a casa dos meus pais, mas é charmosa e bem perto do mar, e eu sabia que Lucy ia adorar.

Também não me preocupo em me envolver numa discussão com meu pai sobre suas críticas à guerra. Ele está puto comigo desde que descobriu que eu me juntei aos fuzileiros navais, e ficou ainda mais louco quando fui chamado para o serviço ativo. Ele nunca foi patriota; a única coisa com que se preocupa é ganhar dinheiro, e não faz sentido tentar fazê-lo enxergar que a razão pela qual ele é *livre* para ganhar o dinheiro que tanto ama é por causa dos homens e mulheres que lutam do outro lado do mundo.

— Fisher, precisamos revisar o cardápio do jantar pré-casamento uma última vez. Você e a Lucy podem passar aqui uma noite para jantar esta semana? — pergunta minha mãe, tentando acalmar a situação.

Ela provavelmente devia saber que, além de falar sobre minhas escolhas de carreira inaceitáveis, a outra coisa que deixa meu pai irritado é falar de Lucy e do nosso casamento iminente.

Meu pai suspira no sofá.

— Não entendo por que você precisa se casar tão jovem. Você tem vinte e dois anos e ela só tem vinte. Em nome de Deus, qual é a pressa?

Fecho as mãos em punhos e respiro fundo algumas vezes para me acalmar. Não sei por que, a esta altura, eu o deixo me irritar. Ele é assim desde que eu me lembro, sempre infeliz com as minhas decisões e sempre achando que sabe o que é melhor para mim. A verdade é que, apesar de termos dividido o mesmo teto durante quase dezoito anos, meu pai não sabe merda nenhuma sobre mim.

— Não estamos apressando nada. Estamos juntos há quase quatro anos e nos amamos. Tenho um trabalho perigoso e sabemos que não devemos arriscar. Que diferença faz se casarmos daqui a duas semanas ou dois anos? — pergunto.

— A diferença é que existem escolhas muito melhores para você, filho. Mulheres com dinheiro e um status social adequado para alguém com o sobrenome Fisher. Ela e os pais são de classe média, na melhor das hipóteses, assim como os avós dela, que abriram aquela coisa horrorosa esquecida por Deus na fronteira da ilha. Não consigo entender por que você quer se rebaixar a esse nível, já que tem muito mais potencial — reclama ele.

— Você não sabe nada sobre a Lucy e a família dela. Ela é uma mulher incrível, inteligente e maravilhosa, e que me ama. Os pais dela são carinhosos, e me aceitam pelo que eu sou, não pelo extrato da minha conta bancária. Você saberia disso se tirasse um segundo para conhecê-los em vez de julgá-los — argumento.

Meu pai simplesmente sacode a cabeça, irritado, e eu viro as costas para ele, dando um beijo no rosto da minha mãe e dizendo que vou dar uma resposta sobre quando Lucy e eu estaremos livres para jantar e finalizar os planos do casamento antes do grande dia, daqui a algumas semanas.

Enquanto me dirijo à porta da frente da mansão perto do mar onde cresci, me pergunto por que continuo voltando aqui e me torturando com as críticas do meu pai. Faço isso para ver minha mãe, mas nem isso vale as discussões na maior parte do tempo, porque ela nunca me defende. Ela nunca me ajuda na frente do meu pai, apesar de sempre me dizer em particular como tem orgulho de mim.

De pé na calçada da frente, olho para a enorme construção de três andares em estilo europeu que meu pai gosta de chamar de propriedade. É uma monstruosidade a poucos quilômetros da cidade, instalada sobre um penhasco com alguns hectares de jardins bem cuidados de um lado e nada além do mar do outro. Ela dá para a cidade, de modo que meu pai possa se sentir o rei que acredita ser. Nunca me senti confortável morando nesta casa, e a melhor decisão que já tomei foi ir viver com meu avô no dia em que contei aos meus pais que tinha me alistado nos fuzileiros navais, em vez de me candidatar a uma faculdade.

Nunca serei como esse homem. Nunca vou valorizar mais o dinheiro que minha própria família e sua felicidade. Meu pai faz Lucy sentir que não é digna de entrar pela porta da casa deles, e isso me enche de raiva. Odeio que ele a faça se sentir insegura em relação a si mesma e a sua família. Odeio que ele se recuse a ver como ela me faz feliz e como minha vida é boa com ela. Não importa o que aconteça, nunca vou fazer Lucy se sentir como se fosse alguma coisa diferente de perfeita e digna das merdas que tenho de aguentar do meu pai. Não me importa que ele possa comprar e vender a família dela dez vezes. A única coisa que me interessa é que eles são pessoas decentes e carinhosas. São raras as pessoas como eles neste mundo, e tenho sorte de poder chamá-los de minha família daqui a apenas duas semanas.

Entro na minha caminhonete e dirijo o mais rápido possível pelas estradas estreitas da ilha até parar em frente à pousada. Corro e encontro Lucy em pé diante do balcão, de costas para mim, examinando uma papelada. Está usando uma saia cinza curta de lã com botas pretas altas e um suéter branco macio grudado ao peito e à cintura estreita, fazendo minhas mãos coçarem com a necessidade de enfiá-las por baixo da blusa para sentir a sua pele. Ela olha para mim por cima do ombro e sorri, e toda a tensão de estar perto do meu pai se dissipa lentamente.

— Estou quase terminando aqui — diz ela, virando para me encarar. — Como foi na casa dos seus pais? Sua mãe gostou do banco?

— Foi bom, e ela adorou — digo a Lucy, sem querer entrar em toda a merda que meu pai disse. Quero esquecer meu pai e simplesmente me concentrar na mulher diante de mim, que em breve será minha esposa. Quero fazê-la feliz e fazer seus sonhos se tornarem realidade. Nada mais importa, especialmente o que meu pai pensa.

Ela finalmente termina com a papelada e vem na minha direção, deslizando para os meus braços abertos e apoiando o rosto no meu peito.

— Senti saudade — diz baixinho, quando beijo o topo da sua cabeça.

— Também senti. Sempre — respondo, apertando-a com mais força.

Apesar de termos nos visto hoje de manhã, desde que voltei para casa dessa convocação, cada momento que ficamos longe um do outro nos deixa tensos e ansiosos.

Relutante, eu me afasto dela e agarro suas duas mãos, puxando-a para a porta.

— Vem, vamos dar uma volta. Tenho uma coisa para te mostrar.

Corremos de mãos dadas até a minha caminhonete, e Lucy me atormenta durante todos os cinco minutos de carro, me perguntando aonde estamos indo e o que estou aprontando. Eu simplesmente sorrio e me recuso a responder até parar numa calçada e ir até a casa cujos documentos acabei de assinar há alguns dias.

— O que estamos fazendo aqui? — ela pergunta, curiosa, enquanto me segue e ambos saímos do carro.

Eu a encontro na frente da caminhonete e seguro sua mão, puxando-a pelo gramado até a varanda que tem vista para o mar.

— Hum, será que devíamos entrar na varanda dessas pessoas? Acho que isso é considerado invasão — sussurra Lucy enquanto se pressiona nas minhas costas e eu nos conduzo até a porta.

Dou risada quando solto sua mão e remexo nas chaves no meu chaveiro até encontrar a que estou procurando. Eu a enfio na fechadura e viro a maçaneta, abrindo a porta antes de olhar para ela. A lua está brilhando e tem o mar como pano de fundo. Ela olha para mim, confusa e encantada, e não consigo me impedir de beijá-la. No meio do beijo, eu me abaixo e a pego no colo. Ela solta um grito e joga os braços ao redor do meu pescoço, segurando com força.

Entro pela porta e sorrio.

— Desculpa, não posso acender as luzes porque ainda não fiz o depósito de eletricidade. Mas seja bem-vinda ao seu novo lar, futura sra. Fisher.

Vejo seus olhos se arregalarem de choque. Eu a coloco lentamente de pé, e ela gira num círculo, olhando a área iluminada pelo brilho da lua que cintila através de todas as janelas na frente da casa.

— Você está brincando comigo? — ela sussurra, admirada.

Dou uma risada, andando atrás dela e envolvendo os braços na sua cintura.

— Não, não estou brincando. Eu comprei, é nossa. Eu realmente espero que você goste, porque acho que não posso devolver.

Ela não diz uma palavra enquanto continua olhando em volta. Estamos de pé numa combinação de sala de estar, cozinha e sala de jantar. É uma área grande e aberta, onde, não importa o cômodo em que está, você consegue ver tudo. Toda a parede da frente tem janelas do chão ao teto que dão para o mar. É uma casa pequena, com dois quartos e um banheiro, mas amei tudo nela desde a primeira vez que a vi e pude imaginar tão claramente Lucy e eu começando uma vida aqui que tive de comprá-la. Agora me pergunto se fiz a coisa certa. Ela está quieta há tanto tempo que estou começando a ficar nervoso.

— Sério, se você não gostar, tenho certeza que ainda dá tempo de pegar a entrada de volta. Podemos ver outra coisa e você pode...

Ela vira rapidamente nos meus braços e coloca o dedo nos meus lábios.

— Eu adorei. É tão perfeita que quero chorar. Não acredito que você fez isso.

Envolvo minha mão na dela e a afasto da minha boca, beijando-lhe a palma.

— É claro que eu fiz isso. Eu faria qualquer coisa por você. Sei que não é muito, mas podemos reformar e pintar do jeito que você quiser. Adoro a ideia de acordar com você todas as manhãs, sentar na varanda e ver o sol nascer.

Ela fica na ponta dos pés e pressiona os lábios nos meus. Deslizo a língua nos seus lábios, e ela imediatamente se abre para mim. Não demora muito para que o beijo se transforme de doce em feroz, nossa língua batalhando enquanto as mãos vagam freneticamente, tocando cada parte do outro que conseguimos alcançar. Eu a levanto sem interromper o beijo, e ela envolve as pernas na minha cintura. Não conseguindo ver muito bem no escuro, vou até a superfície plana mais próxima que encontro — a bancada na cozinha — e a coloco em cima.

Suas mãos alcançam o botão da minha calça, e minhas mãos deslizam para a parte externa das suas coxas sob a saia de lã. Quando ela abre a minha calça, deslizo os dedos pela borda da sua calcinha e a puxo perna abaixo, jogando-a para o lado. Minha mão imediatamente vai para o meio das suas coxas, meus dedos deslizam por ela e a encontram molhada e pronta para mim. Perco a concentração momentaneamente quando sua mão pequena envolve o meu pau e começa a deslizar para cima e para baixo ao longo do comprimento.

Tento me distrair com pensamentos de alguma coisa além de como Lucy é gostosa para não explodir minha carga na mão dela, e a primeira coisa que aparece na minha cabeça é meu pai babaca e as palavras que ele me disse hoje. Isso me enche de raiva e eu empurro a mão de Lucy para longe do meu pau, me alinho na sua abertura e me empurro para dentro dela com brutalidade. O som do seu suspiro surpreso me traz de volta ao presente, e eu fico imóvel dentro dela.

— Me desculpa, Lucy. Me desculpa, eu te machuquei? — sussurro aos trancos enquanto começo a sair de dentro dela.

Porra, eu preciso me acalmar. Que diabos há de errado comigo?

Suas mãos agarraram a minha bunda e ela inclina os quadris, me puxando para mais fundo dentro dela.

— Não, não, não para. Por favor, não para — ela sussurra baixinho.

Apoio a testa na dela enquanto meu pau pulsa dentro dela. Preciso tanto me mover que isso está me matando. Ela é tão macia, tão quente e tão gostosa, mas estou com medo de me mexer. Tenho medo de que a raiva assuma e eu a machuque de novo. Sei que ela só está me encorajando porque não quer que eu ache que a choquei e a machuquei. Eu sempre sou lento e gentil com ela. Nunca a penetrei com força sem que ela estivesse totalmente pronta para mim, e me demoro, para mostrar como eu a valorizo.

Ela mantém as mãos na minha bunda e me puxa para a frente, e não tenho escolha senão me mexer. Compenso tudo indo devagar, empurrando e puxando meu pau para fora gentilmente, como ela merece. Levo a mão entre nós e deslizo o polegar sobre seu clitóris, exatamente como ela gosta, até que ela esteja gemendo e sussurrando o meu nome. O som do meu nome em seus lábios quando ela está gozando é a única coisa que me mantém com os pés na realidade. Sinto que ela se agarra a mim, e suas coxas se apertam com mais força ao redor dos meus quadris enquanto entro e saio dela de um jeito dolorosamente lento. Ela me segura com firmeza e se balança em mim ao longo do seu orgasmo e eu gozo logo atrás, sussurrando seu nome em seu ouvido e dizendo como eu a amo.

Ficamos apoiados na bancada da cozinha pelo tempo que demoramos para acalmar nosso coração acelerado, nossos braços envolvidos um no outro enquanto continuo a sussurrar palavras de amor e a lembrar a ela como tenho sorte de tê-la.

Meu pai nunca vai aprovar as escolhas que fiz na vida, e eu não posso continuar deixando as opiniões dele me atingirem e foderem com a minha cabeça. Só tenho que aprender a conviver com isso e encontrar a minha própria felicidade sem ele. Aqui, nesta cozinha, está a única felicidade de que preciso.

18

Fisher

PRESENTE

— Explique-se, meu velho.

Estou de pé na cozinha de Trip, com os braços cruzados e batendo o pé no chão.

— Cuidado com essa boca, garoto. Ainda posso lavá-la com sabão. — Ele bufa enquanto se arrasta pelo pequeno cômodo, preparando um sanduíche.

— Você esqueceu que eu apreciava o gosto do sabão — digo, com uma insinuação de sorriso.

— Você sempre foi um presunçoso de merda. Você xingava, eu colocava sabão na sua boca e você me dizia que era delicioso. Lembra aquela vez...

— Para de enrolar — interrompo. — Sei que você tem alguma coisa a ver com esses depósitos mensais para a Lucy. Ela acha que fui eu, eu não tinha ideia do que ela estava falando e agora ela está furiosa comigo.

Trip ri, abrindo a geladeira para guardar a maionese e a mortadela.

— O dia em que você fizer alguma coisa que *não* deixe aquela pobrezinha furiosa, o inferno vai congelar.

Ele fecha a porta, leva o prato à mesa pequena no canto da cozinha e senta. Depois, dá umas mordidas no sanduíche, mastigando o mais devagar possível só para me irritar. Bem quando estou prestes a arrancar o maldito sanduíche da sua mão e jogá-lo do outro lado da cozinha, ele finalmente recomeça a falar.

— Aquela garota passou por maus bocados no ano passado. Você foi embora, e isso quase a quebrou ao meio. A Ellie e eu praticamente precisamos arrastá-la para fora da cama só para fazê-la tomar banho e comer. Depois, ela rastejava de volta para aquela cama e não saía durante dias.

Suas palavras me dilaceram, mas eu sei que preciso ouvi-las. Eu me puni inúmeras vezes com visões do que Lucy havia passado depois do que eu havia feito com ela, mas ouvir tudo sendo despejado na minha cara e descobrir que foi muito pior é simplesmente uma tortura.

— Além disso, seu pai não deixou por menos, dizendo a ela que sabia que era apenas uma questão de tempo até você criar juízo e chutá-la e que vocês duraram muito mais do que ele pensava. O coração da menina já estava partido, e ele ainda aparecia para destruir o orgulho dela. Eu devia ter mandado *aquele* merdinha para o exército quando ele era menino — resmunga Trip. — E então, bem quando ela começa a se reerguer, a sair daquele maldito quarto, uma porra de cano arrebenta na pousada e inunda tudo. Vazou água até o teto do andar de baixo, até a coisa toda quase desabar. Era um trabalho maior do que eu podia fazer, e tivemos que chamar vários profissionais para reformar tudo. A Lucy teve que comprar encanamento, piso e acessórios de banheiro novos. Treze banheiros foram reformados. Foi um trabalho enorme, custou muito dinheiro. Mais dinheiro do que havia na conta bancária dela, incluindo o montante que você mandou durante o divórcio e que ela se recusou a tocar. Como sou sócio majoritário do Banco Fisher, fui pelas costas dela, saquei o dinheiro e usei. Garoto, aquela menina voltou à vida depois disso. Nunca a ouvi gritar tão alto nem xingar tanto.

Ele faz uma pausa para rir, balançando a cabeça enquanto fica sentado ali, relembrando o momento. Posso imaginar a cena perfeitamente, ainda mais depois do sermão que ela me deu na praia mais cedo, e quase começo a rir até lembrar que eu não estava lá quando deveria. Devia ter sido eu a ajudá-la na pousada. O fato de o meu dinheiro ter ajudado não serve de consolo; ao contrário, só me faz sentir pior. Eu nunca quis que ela sentisse que o meu dinheiro poderia consertar tudo ou que ela não poderia fazer algo por conta própria sem a minha ajuda. Dói saber que ela não quis tocar naquele dinheiro e que a escolha foi tirada de suas mãos. Só consigo imaginar quanto isso teria magoado seu orgulho já ferido.

— Isso não explica os depósitos mensais que ela mencionou. De onde diabos eles vieram?

Trip dá de ombros e volta ao sanduíche.

— Acho que eu devo ter comentado alguma coisa com a sua mãe logo depois que você foi embora. Você sabe, como a menina estava sofrendo e se recusava a aceitar qualquer coisa vinda de mim. É melhor você conversar com ela.

Estreito os olhos, mas ele me ignora, termina a refeição e leva o prato à pia para lavá-lo. Está na cara que meu avô sabe mais do que está falando, mas já tenho informações suficientes por enquanto. Hora de seguir para a próxima parte responsável.

* * *

— Não posso acreditar que você voltou para a ilha há duas semanas e esta é a primeira vez que estou te vendo.

Beijo minha mãe na bochecha, e ela desliza a mão pela dobra do meu braço, me conduzindo até a sala de estar. Sentamos lado a lado no sofá de dois lugares e eu viro para encará-la.

— Eu sei, e sinto muito. Só que eu estava muito ocupado. Eu pretendia passar aqui quando cheguei à cidade, mas as coisas ficaram meio malucas com o trabalho — expliquei.

— Eu vi o novo letreiro na frente do Lobster Bucket hoje de manhã, está lindo — ela irradia, estendendo a mão para dar um tapinha na minha.

Aceitei o conselho de Lucy e tentei descobrir um jeito de compensar as pessoas cujos negócios eu fodi na noite do meu surto. As janelas que destruí há muito foram reparadas, então não posso consertá-las, mas pelo menos posso fazer alguma outra coisa para demonstrar meu reconhecimento pelo apoio que eles sempre me deram e me desculpar pelo que fiz. Passei as duas últimas semanas fazendo novos letreiros de madeira para cada um dos três estabelecimentos, bem como novos bancos para a frente das lojas, com o nome da empresa esculpido atrás. Trabalhei direto, só parando para dormir e comer quando meu ombro e meu braço me deixavam na mão, mas valeu a pena. Entregar os presentes pessoalmente e conversar com os proprietários, pessoas que estão na minha vida desde que eu nasci, foi tão gratificante quanto completar treze meses sem beber uma gota de álcool. Nós conversamos, eu pedi desculpas e expliquei o que estava acontecendo naquela época, e todos me perdoaram e me receberam de novo em seus estabelecimentos. Foi um passo na direção certa e me fez sentir bem comigo mesmo pela primeira vez em muito tempo.

— Obrigado — digo à minha mãe. — Entreguei o do Sal hoje de manhã. O velho chegou a derramar algumas lágrimas quando mostrei o letreiro. Só tenho mais um para acabar e entregar, depois terei terminado.

Minha mãe sorri para mim e aperta minha mão.

— Você está com uma boa aparência, Fisher. Saudável, feliz... Gostei da barba — ela diz com um sorriso.

Passo a mão no rosto e dou de ombros.

— Não sei, tenho pensado em raspar.

Ela balança rapidamente a cabeça.

— Ah, não, não faça isso. Ouvi dizer que barba por fazer faz muito sucesso com as mulheres. Pelo menos é isso que a revista *Cosmo* diz.

Nós dois rimos.

— É, bom, só quero fazer sucesso com uma mulher, e ela parece gostar de homens barbeados e de terno, hoje em dia — digo, tentando não parecer tão deprimido.

Apesar de eu ter passado as duas últimas semanas isolado no porão da casa do meu avô, tive de ir à cidade de vez em quando para pegar suprimentos e vi Lucy algumas vezes de longe — sempre com o Fedidoford, sempre linda e sempre sorrindo. Devia ser *eu* a fazê-la sorrir, *eu* cuja mão ela segura enquanto caminha pela cidade. Odeio que toda vez que a vejo ela está usando roupas extravagantes, com o cabelo e a maquiagem perfeitos. Ela nunca foi mais bonita do que quando estava com o rosto limpo, usando apenas short e camiseta.

— As coisas nem sempre são o que parecem, Fisher, você devia saber disso. Olhe quanto tempo eu passei sem perceber como você estava sofrendo. Toda vez que penso nisso quero morrer — ela diz com tristeza.

— Mãe, para. Ninguém sabia, nem a Lucy. Eu não quis dividir esse problema com ninguém. Foi uma época difícil, e eu me destruí. Machuquei muitas pessoas, e fico feliz por você não estar por perto para testemunhar isso — digo.

Eu afastei não só a Lucy naquela época, mas também a minha mãe. Parei de visitá-la e parei de aceitar seus convites para nos encontrarmos na cidade.

Eu já estava arrastando a Lucy para o buraco comigo e não queria que minha mãe também fosse afetada.

— Falando na Lucy, por acaso você não sabe nada sobre uns depósitos que estão sendo feitos todos os meses numa conta poupança no nome dela, certo?

Ela se afasta de mim, cheia de culpa, e começa a mexer na pulseira dourada que carrega no pulso.

— Mããããe? — arrasto a fala e bato com os dedos na perna, esperando que ela admita o que fez.

Ela suspira, entrelaçando as mãos no colo, e finalmente olha de novo para mim.

— Tudo bem. Fui eu, sim. Eu estava preocupada com a Lucy depois que você foi embora. Ouvi seu pai falar com alguém no telefone sobre como ela quase não conseguia pagar as contas, e em seguida o Trip mencionou alguma coisa sobre uma reforma que acabou com as economias dela, e eu me senti mal, então abri uma conta um dia, quando seu pai estava fora da cidade. Desculpe, eu provavelmente não devia ter feito isso, mas não sabia o que fazer. Eu sabia que a Lucy nunca viria nos pedir ajuda, por que ela faria isso? Seu pai nunca a aceitou, e eu tenho sido tão má quanto ele ao deixá-lo tratá-la desse jeito. Eu queria fazer alguma coisa por toda a dor que esta família causou a ela ao longo desses anos.

É difícil ficar bravo com minha mãe, mesmo que suas atitudes tenham ferrado totalmente as coisas entre mim e Lucy. Ela só estava tentando ajudar da única maneira que sabia. Nem passou pela cabeça dela como Lucy se sentiria com o orgulho ferido por receber esse dinheiro, fazendo-a se sentir incapaz de sobreviver por conta própria e dependente de ajuda alheia.

— Tudo bem, mãe. Foi uma coisa muito legal, mas você poderia me fazer um favor e acabar com esses depósitos? Estou pisando em ovos agora por causa deles, e isso não está ajudando no meu caso com a Lucy — explico, aliviando o pedido com um sorriso para não magoar seus sentimentos.

— Pode deixar. Vou cuidar disso amanhã — ela concorda com um aceno de cabeça.

Ficamos sentados em silêncio por alguns instantes, desfrutando o som das ondas do mar batendo nas pedras lá fora, que podemos ouvir pela janela aberta.

— Estou tão feliz por você estar melhor, Fisher. Você realmente parece bem. Tenho certeza que é só uma questão de tempo até a Lucy perceber isso também — ela diz baixinho, com um sorriso.

Balanço a cabeça e me recosto no sofá, olhando pela janela por sobre o seu ombro para ver o mar.

— Não sei, mãe. Eu simplesmente não sei o que fazer. Cometi tantos erros com ela e a magoei tanto. Eu só quero que a Lucy veja que estou diferente agora, que nunca mais vou seguir por aquele caminho, mas, toda vez que tento conversar com ela, parece que só consigo irritá-la. Quero um futuro com essa mulher. Quero amá-la para sempre e cuidar dela. Eu nem sei por onde começar a consertar as coisas...

Deixo a voz morrer, afastando o olhar do mar para encarar minha mãe. Apesar de nunca sermos tão próximos por causa do meu pai, ela sempre foi uma pessoa fácil de conversar ou de pedir conselhos. Adicione a isso o fato de que ela sempre adorou a Lucy, e eu sabia que ela seria a única pessoa com a qual eu poderia contar para me ajudar a esclarecer as coisas.

Ela estende a mão e pega a minha, me levantando do sofá.

— Vem, quero te mostrar uma coisa — ela diz enquanto me conduz pela casa, subindo a escada principal e seguindo pelo corredor até o meu antigo quarto.

Quando ela abre a porta e me puxa, tento obrigar meu coração a parar de bater tão rápido enquanto olho em volta. Anos atrás, ela transformou este quarto num escritório, para ela poder trabalhar nos muitos projetos voluntários que organiza. A mesa do computador ainda fica no canto perto da janela, mas as pinturas e outras obras de arte que costumavam estar penduradas nas paredes foram substituídas por itens emoldurados. Uma parte de mim quer sair correndo para não ter que ver todas estas lembranças, mas sei que não posso fazer isso. A ideia toda de fazer terapia por um ano foi para finalmente exorcizar esses malditos demônios. Que tipo de covarde eu seria se não conseguisse encará-los neste momento?

Caminho lentamente pelo quarto e olho para o meu Coração Púrpura, exibido dentro de uma moldura, ao lado da carta oficial que veio com a medalha. A lesão no ombro foi o catalisador da minha volta para casa por ocasião da última convocação e do que fiz com Lucy na nossa cozinha. Eu não queria deixar meus homens para trás, e certamente não queria deixá-los por uma coisa que eu não considerava uma lesão "de verdade". Homens estavam perdendo a vida e os membros, e eu fui obrigado a ir para casa por causa de alguns pedaços de metal no ombro que lesionaram um nervo. Eu estava puto por ter recebido uma medalha por fazer meu maldito trabalho, tão puto que me recusei a participar da cerimônia e a joguei numa caixa sem olhar para ela, assim que chegou pelo correio.

Ao lado do Coração Púrpura tem um artigo emoldurado do jornal da cidade, publicado depois da minha primeira convocação, sobre o "garoto local" que foi para o exterior. Meu uniforme está pendurado na parte de trás da porta do armário e minha mochila camuflada, manchada de sangue das lesões no ombro, repousa no chão, apoiada na parede.

Fecho e abro os punhos para impedir o tremor enquanto me agacho e passo a mão na mochila, lembrando o peso dela nas minhas costas durante tantos anos e tantas convocações. Todos os itens desta sala foram enfiados numa sacola nos fundos do meu armário na casa que Lucy e eu dividíamos, porque eu não aguentava olhar para eles, sabendo que não me trariam nada além de más lembranças e flashbacks horríveis. Bobby me disse que tinha dado a sacola para minha mãe quando limpou a bagunça que deixei em casa, mas nunca esperei que ela as separasse e transformasse este quarto num santuário, exibindo tudo pelo que eu tinha passado. Lágrimas enchem os meus olhos quando penso em todos os homens que perderam a vida, homens com quem convivi, com quem lutei e que se tornaram meus irmãos. Tantas vidas perdidas, e eu nunca consegui entender por que eu vinha para casa ano após ano. Eu nunca consegui entender por que era um dos sortudos que não foram mandados para casa num caixão coberto com a bandeira.

Olho para cima, vejo uma foto emoldurada do meu casamento com Lucy e imediatamente lembro por que sou tão sortudo.

— Estou tão orgulhosa de tudo que você fez, Fisher. E sinto muito pelo que você passou — diz minha mãe enquanto me levanto e viro para ela. — Espero que você não se importe de eu exibir todo esse material, mas acho que ele não devia ficar escondido. *Você* também deve se orgulhar de tudo o que fez.

Pela primeira vez, olhar para todas essas coisas não me enche de medo. Não escuto gritos e explosões na minha cabeça e não sinto necessidade de beber uma garrafa inteira de uísque para fazer as lembranças desaparecerem.

Servi ao meu país e fiz o meu melhor. Sacrifiquei anos longe da mulher que amo, e está na hora de me orgulhar das coisas que fiz e do que alcancei.

Minha mãe abre o armário onde meu uniforme está pendurado, puxa uma caixa e me entrega.

— Talvez o melhor a fazer seja parar de se preocupar com o futuro e se concentrar no passado. A única maneira de chegar ao fim é começar do início. Talvez a Lucy só precise de uma lembrança de como tudo começou.

Pego a caixa da mão dela e abro a tampa. Não consigo acreditar que me esqueci desta caixa. Eu a guardei no fundo da sacola quando voltei da última convocação, decidido a ignorar a prova de que minha esposa me amou o suficiente para lutar contra os meus demônios de modo que eu pudesse encontrar forças para deixá-la. Folheando cartas, fotos e desenhos da maioria dos meus projetos de trabalho em madeira, encontro um diário que eu escrevia no ensino médio e alguns anos depois. Muito parecido com o diário de terapia que fui obrigado a manter no Centro de Reabilitação de Veteranos de Guerra, esses registros mais parecem contos, uma prova do meu amor eterno pela escrita. Vasculho algumas páginas, olho para cima e sorrio para minha mãe.

É perfeito e é exatamente o que eu precisava. Minha mãe está certa: a única maneira de mostrar a Lucy que temos que ficar juntos é fazê-la se lembrar de onde começamos.

19

Do diário de Fisher
no ensino médio

30 DE SETEMBRO DE 2001

— Não acredito que você fez isso, cara.

Segurando a camiseta da USMC na minha frente, sorrio quando Bobby bate nas minhas costas e balança a cabeça para mim.

— Você ouviu o cara. O país precisa da gente, agora mais do que nunca. O que aconteceu aqui algumas semanas atrás é inaceitável. Nosso país, nossa liberdade e nosso futuro estão em jogo. Não posso simplesmente ficar sentado aqui em Lugar Nenhum, no Meio do Nada e não fazer alguma coisa — explico, enrolando a camisa e enfiando uma ponta no bolso traseiro da calça jeans.

Os fuzileiros navais vieram hoje à nossa escola para fazer uma apresentação de recrutamento. A única razão pela qual me inscrevi foi sair da aula de química avançada, mas, quanto mais o cara falava, mais eu escutava. Estar nos fuzileiros navais não só me tiraria desta ilha quando eu me formasse em junho, mas me daria a chance de realmente *fazer* alguma coisa importante depois do 11 de Setembro. O país tem se sentido impotente e amedrontado nas últimas semanas, e eu estive colado às notícias, desejando que houvesse algo que eu pudesse fazer para aqueles desgraçados pagarem por terem vindo até aqui destruir tantas vidas.

— Você é um verdadeiro herói americano, meu amigo. Você sabe que o seu pai vai ficar muito puto, né? — Bobby ri.

Não dou a mínima para o que meu pai pensa. Quero sair da ilha Fisher desde que me entendo por gente, e essa é a minha chance.

— Ele me disse na semana passada que só ia pagar a minha faculdade se eu estudasse economia e morasse na ilha. Vou jogar essa camisa na cara dele e mostrar o dedo do meio quando chegar em casa hoje à noite — digo ao Bobby enquanto caminhamos até o refeitório, entre uma aula e outra.

A única coisa que me faz pensar duas vezes em relação a me inscrever nas Forças Armadas e deixar esta ilha é meu avô. Trip Fisher é mais um pai para mim do que o meu próprio pai. Embora tenha sido o pai dele que fundou esta ilha, ele nunca se preocupou em ganhar mais dinheiro do que poderia gastar nesta vida ou em encontrar novas maneiras de trazer mais turistas para cá. Ele é o faz-tudo da ilha e mora numa casinha de dois quartos perto da Main Street. É amigo de todo mundo e não se importa de sujar as mãos para ajudar as pessoas aqui, que são todas como parte da família para ele. Meu avô me ensinou a fazer de tudo, desde construir um puxadinho numa casa até consertar uma torneira vazando, para a tristeza do meu pai. Por mais que eu queira fugir deste lugar, não consigo imaginar deixar meu avô por muito tempo. Ele é viúvo desde que eu nasci, pois perdeu minha avó para o câncer quando meu pai era menino. Meu avô já me falou mais de uma vez que acredita que meu pai é desse jeito em parte porque nunca teve a influência de uma mulher enquanto crescia. Trip fez o melhor que pôde, mas às vezes um garoto só precisa da mão macia e do amor delicado da mãe para ajudar a transformá-lo numa pessoa boa e carinhosa. Como meu pai é arrogante e raramente se associa a Trip, a menos que isso o beneficie de alguma forma, eu realmente sou a única família que ele tem.

Vozes altas e o barulho de bandejas e talheres me arrancam dos meus pensamentos quando entramos no refeitório. Meu nome é chamado, e Bobby e eu cumprimentamos nossos amigos enquanto atravessamos o salão até nossa mesa de sempre, no canto dos fundos. Ser o filho do autoproclamado rei da ilha Fisher significa que eu estou no topo da escala de popularidade. Sem querer parecer um merdinha arrogante ou qualquer coisa assim, todos os caras querem ser meus amigos e todas as garotas querem trepar comigo. Nunca fico sem uma festa na sexta à noite e sempre tenho uma garota para esquentar a minha cama no sábado.

Desabando no banco da nossa mesa, uma garota que cometi o erro de pegar alguns fins de semana atrás desliza até o meu lado e envolve os braços na minha cintura.

— Fisher, parece que não te vi o dia todo — ronrona Melanie Sanders no meu ouvido. — Estou com saudade de você.

Bobby desliza do outro lado, se aproxima da melhor amiga dela, Trish McCallister, e coloca o braço ao redor dos seus ombros.

— Você também sentiu saudade de mim, Trish?

Ela soca a mão dele para longe, pega o refrigerante na mesa e joga no colo dele.

— Vai se foder, Bobby.

Todos na mesa riem de Bobby enquanto Trish sai com raiva e ele pega uns guardanapos para tentar se secar.

Eu me livro dos braços de Melanie e me afasto um pouco, tentando não me encolher enquanto me movimento.

— Desculpa, babe. Estive ocupado. O que acha de pegar outra Pepsi para o Bobby?

Tiro alguns dólares do bolso e os atiro na frente dela. Ela os recolhe e sai apressada.

Bobby ri e revira os olhos para mim.

— Bom, acho que isso fecha a lista. Você já trepou com todo o corpo estudantil feminino. Não entendo como nenhuma dessas garotas te odeia.

— Aprendi a ser educado quando digo a elas que não vou repetir o tempo que passamos juntos, ao contrário de você. Sério, cara, você precisa aprender a ser um pouco mais escorregadio. Pegar a Angela duas horas depois de trepar com a Trish provavelmente não foi a melhor jogada — lembro a ele.

— É, as mulheres são loucas e toda essa merda. — Bobby dá de ombros.

Vejo um movimento atrás dele e estico o pescoço para ver uma garota de cabelo loiro-avermelhado tropeçando na bolsa de alguém e tentando impedir que sua bandeja caia no chão. Algumas pessoas riem dela, e seu rosto fica vermelho quando ela se apressa até uma mesa vazia e senta rapidamente. Ela mantém a cabeça baixa, os longos cabelos cobrindo seu rosto enquanto pega o garfo e remexe a comida na bandeja de um jeito avoado. Um barulho na frente do refeitório a faz levantar a cabeça e olhar direto para mim. Seus olhos são tão azuis que dá para ver a cor daqui. Ela não é como a maioria das garotas

121

que frequentam esta escola, que mal cobrem os peitos e a bunda e usam uma verdadeira pintura de guerra, capaz de envergonhar até um palhaço. Eu não a chamaria de linda. Ela está mais para fofa, com o rosto limpo, sem maquiagem, o nariz pequeno e os lábios carnudos cor-de-rosa que ela lambe, nervosa, enquanto continua a olhar para mim. Tem alguma coisa nela que faz meu pau se mexer dentro da calça, e não sei se fico irritado porque uma garota tão diferente do meu habitual me chamou atenção ou se vou até ela e tento conquistar o caminho para dentro da sua calcinha.

Ela finalmente quebra o contato visual e volta a empurrar a comida de uma ponta a outra da bandeja.

— Ei, quem é a nova garota ali? — pergunto a Bobby.

Ele para de tentar secar a calça e vira para ver o que estou olhando.

— Ah, carne fresca do segundo ano. Acho que alguém disse que o nome dela é Lucy. Acabou de se mudar para a ilha. Os pais são donos da Pousada Casa Butler.

Ele vira de novo para mim e estreita os olhos.

— Não é o seu tipo, cara. Nem pense nisso.

Eu finalmente afasto os olhos dela e zombo de Bobby.

— Ah, por favor. É claro que ela não é o meu tipo. Parece que ela vai cair no choro a qualquer momento. Prefiro garotas mais determinadas e com muito mais peito.

Continuo a olhar de relance para ela toda vez que Bobby vira para conversar com outra pessoa na nossa mesa e percebo que o que eu disse para ele é uma mentira total. Claro, sou um homem que gosta de peitos, e essa tal Lucy não tem peitos que explodem da blusa, como a maioria das garotas daqui, mas tem alguma coisa nela que me impede de afastar os olhos. Tenho vontade de ir até ela, conferir se sua voz é tão doce quanto parece e fazer as pessoas pararem de olhar de boca aberta para ela, como se ela fosse parte de um show de horrores. Percebo que sou um hipócrita total, porque também não consigo deixar de olhar, mas pelo menos não estou virando no banco para encará-la como um animal no zoológico, feito metade das pessoas neste refeitório. Ninguém fala com ela nem tenta sentar perto, só a encaram fixamente. Eu entendo, porque não é sempre que temos pessoas novas se mudando para a ilha. Claro, turistas estão sempre indo e vindo durante a temporada de verão, mas são pessoas do continente e parecem ser de outro planeta. Elas acham que é "fofo" vivermos aqui o ano todo e acham nossa cidade "pitoresca". Bagunçam a nossa vida durante alguns meses e depois voltam para casa, para suas cidades movimentadas e seus grandes arranha-céus, e riem das pessoas da ilha que nunca vão embora. Poucas pessoas vêm para cá com o objetivo de ficar para sempre, e isso me deixa mais do que um pouco curioso sobre quem ela é e de onde vem.

Enquanto Bobby está ocupado conversando com alguns caras sobre o que vai acontecer no fim de semana, aproveito a oportunidade para me esgueirar da mesa e ir até Lucy.

Ela olha para mim com surpresa quando me jogo ao seu lado e sorrio.

— Quatro.

Seus longos cílios batem rapidamente, e sua mão se ergue para afastar o cabelo dos olhos.

— Hum, o quê? — ela pergunta baixinho.

— Quatro. O número de coisas que sei sobre você — explico, oferecendo-lhe meu melhor sorriso e levantando a mão para enumerar as coisas nos dedos. — Seu nome é Lucy Butler, você está no segundo ano, sua família é dona da Pousada Casa Butler e você é adorável.

Estendo a mão na frente dela para cumprimentá-la, desejando ver se sua pele é tão macia e suave quanto parece.

— Meu nome é Fisher.

Ela encara a minha mão por um segundo antes de revirar os olhos e se levantar da mesa.

— Sim, eu sei quem você é. Não estou interessada.

Nem tenho tempo de ficar chocado antes de ela pegar a mochila do banco, colocá-la no ombro e se afastar de mim sem mais uma palavra. Não consigo evitar encarar seu traseiro quando ela sai e impedir o sorriso que domina o meu rosto. Não estou acostumado a ser rejeitado quando se trata de garotas. Claro, meu pai rejeitou todas as malditas ideias que eu já tive, mas garotas? Isso nunca aconteceu. Tudo que preciso fazer é ativar o meu charme que qualquer garota neste refeitório vai querer cavalgar o meu pau em questão de segundos.

Lucy Butler é uma exceção e, neste momento, isso me faz respeitá-la mais do que qualquer pessoa de merda nesta ilha inteira. Isso também a torna mil vezes mais atraente. Talvez eu tenha que me esforçar um pouco mais para me aproximar dela. Ah, isso vai ser muito divertido.

20

Lucy

PRESENTE

Não consigo parar de pensar no que aconteceu no centro da cidade duas semanas atrás. As palavras do pai de Fisher continuam ecoando na minha cabeça. Será que estou endividada demais? Será que estou fantasiando que posso realmente fazer este lugar funcionar e mantê-lo para sempre? Estou me afogando em dívidas e tenho atrasado a hipoteca com bastante frequência de uns tempos para cá. Quando meus pais assumiram a pousada, acharam que era uma hipoteca acessível, e realmente era na época, até que os reparos e o custo de manutenção se multiplicaram mês após mês. A única coisa que está me salvando neste momento é uma pousada cheia de hóspedes e a renda que a alta temporada proporciona.

Eu me jogo na cama num dos quartos de hóspedes e olho ao redor com o coração pesado. Com um tema de farol diferente em cada aposento, o quarto Farol Fisher sempre foi o meu preferido. Decorado em vários tons de azul para representar o mar que se vê pelas duas grandes janelas na parede principal, é repleto de fotos emolduradas que eu tirei do farol aqui no extremo sul da ilha, bem como de algumas réplicas de esculturas que colecionei ao longo dos anos. Este quarto parece um lar. Este quarto *é* um lar. Saio da cama, vou até a janela e acaricio a escultura de madeira com sessenta centímetros de altura que fica no chão, entre as duas janelas. É uma réplica quase perfeita do farol, que mal se consegue ver de longe. Não lembro de onde veio, mas sempre foi minha decoração preferida da casa. Talvez porque, quando olho para ela, me lembro de tempos melhores, tempos mais felizes. Tantas coisas boas aconteceram comigo naquele farol, e todas envolvem Fisher.

Quando saio do quarto, passo lentamente pelo restante da pousada. Com onze quartos de hóspedes enormes, era a maior pousada quando meus avós a construíram. Agora que a cidade cresceu, existem vários hotéis com características especiais, como piscinas internas e academias vinte e quatro horas, com os quais a Casa Butler não pode competir. No entanto, sempre foi isso que eu amei em relação a este lugar. Não é uma imitação de vários hotéis por todo o mundo, com a mesma decoração em cada andar e pessoas gritando e correndo pelos corredores. Quando você vem à Casa Butler, vem para relaxar e desfrutar a paz e a tranquilidade que só uma cidade marítima pode oferecer. Você vem pelo design antigo que o leva de volta a uma época em que a vida era mais simples.

A Casa Butler é um sobrado tradicional, de madeira, em estilo georgiano com uma escada central e duas salas grandes de cada lado — uma sala de estar e a área de recepção de um lado, e uma biblioteca com bar lateral do outro. Toda a parte de trás da casa no primeiro andar é ocupada pela cozinha e pela sala de jantar, além de uma pequena lavanderia. Tradicionalmente, nos sobrados georgianos, há uma lareira em cada extremo da casa, uma na sala de estar e outra na biblioteca. A maior parte da casa ainda tem os pisos originais, exceto as áreas que tiveram que ser reformadas depois que o maldito cano se rompeu no andar de cima no ano passado, estragando algumas tábuas de pinho.

Atravesso a cozinha e a sala de jantar, até as portas de vidro deslizantes nos fundos da construção. Eu as abro e saio para o espaço mais marcante da Casa Butler: a varanda que se estende ao longo de toda a parte de trás da casa e dá para o mar. É enfileirada com cadeiras de balanço, todas feitas à mão por Fisher, e sento na minha preferida, aquela com faróis esculpidos no apoio de cabeça. Olho para o mar e contemplo o céu escurecer conforme o sol se põe.

Dois hóspedes estão sentados na ponta mais distante da varanda, e eu sorrio e aceno enquanto eles balançam e apreciam a paisagem. Tento não chorar quando penso neste lugar sendo derrubado e trocado por um resort ultramoderno. Ninguém vai poder sentar aqui para admirar o mar, com as luzes cintilantes de navios distantes que salpicam a superfície. Todos estarão ocupados demais espirrando água no enorme parque aquático que vai bloquear a vista e fazer as pessoas se esquecerem da beleza do lugar onde estão. Quando me mudei para cá, achei que seria apenas uma parada antes de eu ir para a faculdade e, um dia, viajar pelo mundo. Eu queria tanto ver o que o mundo tinha a oferecer, mas rapidamente percebi que este lugar, a minha ilha, era tudo que eu precisava.

Bem, isso e o amor de um bom homem.

As coisas mudaram e, embora eu tenha perdido esse homem, pelo menos ainda tinha a pousada. Agora, eu me pergunto se não parei no tempo, se não estou tentando me apegar a algo que nunca mais vai voltar para mim — a popularidade de uma pousada em estilo antigo *e* o homem que realizou todas as minhas esperanças e sonhos, até que um dia parou de fazê-lo. Talvez seja hora de finalmente eu me deixar ir. Ficar aqui, tão ligada a esta casa, é me manter enraizada no passado, ainda desejando coisas que não tenho nada que desejar. Ficar aqui mantém acesas as lembranças do que poderia estar vivo, e isso está me impedindo de seguir adiante.

Ouço o barulho das portas de vidro deslizantes e viro para ver Trip atravessá-las. Ele olha para o mar enquanto senta na cadeira de balanço ao lado da minha. Balançamos em silêncio por alguns minutos, antes de ele finalmente falar.

— Você é teimosa, menina Lucy. Sempre foi uma das coisas que gostei em você.

Sorrio para sua voz rouca, apoiando a cabeça na parte de trás da cadeira.

— Mas às vezes essa teimosia pode te deixar cega para o que está bem na sua frente. Sei que você não ficou feliz quando peguei aquele dinheiro que o Fisher te deu e paguei todas as reformas deste lugar.

Pressiono os lábios, pensando naquela época, há um ano, quando tudo que eu queria era desistir, ao descobrir o prejuízo que aquele cano estourado tinha provocado na pousada. Eu ainda estava completamente irritada com o divórcio, e saber que metade do dinheiro do Fisher tinha sido depositado na minha conta bancária sem nenhum aviso me deixou furiosa. Prometi nunca tocar naquele maldito dinheiro, não importava o que acontecesse. Então, Trip agiu pelas minhas costas e tocou nele de qualquer forma.

— Eu sei que você pensa naquele dinheiro como um tapa na cara, um jeito do Fisher provar que era melhor que você porque tinha mais dinheiro, mas você o conhece melhor que isso.

Paro de balançar, virando o corpo para encarar o velho.

— Eu achava que o conhecia melhor que isso, mas obviamente não conhecia. Tudo bem, ele não me mandou aquele dinheiro para ser malvado, mas os malditos depósitos mensais foram desnecessários e cruéis, e você sabe disso. Ele queria apagar a vida que dividíamos juntos, mas continuou mandando esses lembretes estúpidos todos os meses durante o ano passado. Todo mês, quando penso que finalmente estou começando a esquecer que ele está por aí em algum lugar, vivendo uma vida sem mim, recebo um maldito depósito, e isso me atinge de novo.

Trip para de balançar também e finalmente desvia o olhar do mar para me encarar.

— Não foi ele, garota. O Fisher não sabia de nada até você contar. Ele não teve nada a ver com aqueles depósitos, se bem que meu neto teria te dado cada centavo que tinha pelo resto da vida, se pudesse. Ele sabia que não era certo te ofender assim, não importava quanto fosse difícil para ele não cuidar de você. Se eu soubesse como você estava irritada com esses malditos depósitos, teria contado a verdade há muito tempo, para você não tirar conclusões precipitadas.

Estreito os olhos para ele.

— Trip Fisher, foi você que abriu essa conta?

Ele solta uma risada e balança a cabeça para mim.

— Sou velho, mas não sou burro. Você provavelmente ia me bater com o meu próprio martelo se eu fizesse algo assim. Não, não fui eu. Se você pensar bem no assunto, tenho certeza que vai descobrir que tem outra pessoa na família Fisher que sempre gostou de você.

Olho para ele com curiosidade por um segundo antes que a resposta me atinja no rosto.

Merda.

Grace Fisher, a sogra que me aceitou enquanto o marido dela odiava me ver, que me elogiava quando ele não estava por perto e ia me visitar quando Fisher estava em serviço, para se certificar de que eu estava me saindo bem com a pousada. Eu devia saber que ela poderia fazer uma coisa dessas, mas minha raiva em relação ao Fisher me deixou cega para o que estava bem na minha frente, como disse Trip.

Eu me sinto péssima. Dei um esporro em Fisher na praia duas semanas atrás, e ele nem sabia do que eu estava falando. Eu o culpei por uma coisa que ele não fez e deixei a raiva tomar conta de mim.

— Ele está na minha casa, trabalhando numas coisas no porão — Trip diz casualmente, enquanto volta a balançar e encarar o mar.

— Meio presunçoso da sua parte, não acha? O que te faz pensar que eu me importo com onde ele está agora?

Trip simplesmente ri e ignora a minha pergunta. Claro que ele sabe que eu me importo, o homem é como um maldito leitor de mentes e sabe que vou me sentir culpada pelo que acabei de saber e vou querer me desculpar.

Saio da cadeira de balanço, fazendo um espetáculo de alongamento e agindo como se não pretendesse ir direto para a casa de Trip quando sair da varanda.

— Acho que vou verificar umas papeladas e encerrar a noite. Você vai ficar aqui mais um tempo? — pergunto casualmente.

Ele acena com a cabeça e me dá uma piscada.

— Áhã. Acho que vou ficar sentado aqui, ah, talvez por uma ou duas horas e aproveitar a vista. É a melhor da ilha. Divirta-se com a sua papelada e não se preocupe comigo.

Dou um tapinha no ombro dele, viro e me dirijo às portas deslizantes para abri-las. Trip fala assim que eu entro:

— A chave está embaixo do tapete de boas-vindas, na varanda da frente.

Rosno para ele enquanto saio pisando duro pela casa.

Velho irritante e intrometido.

* * *

Ao abrir a porta da casa de Trip, ouço uma música suave vinda do porão. Eu a reconheço imediatamente, e meu coração bate mais rápido. "Storm", do Lifehouse, era uma canção que eu tocava em *repeat* nas primeiras semanas depois que Fisher foi embora. Eu era como uma adolescente com o coração partido, ouvindo músicas deprimentes enquanto chorava minha dor no travesseiro.

If I could just see you, everything would be alright. If I'd see you, this darkness would turn to light.

A música fala do terrível sentimento de perda que se experimenta quando a pessoa que você ama vai embora, e é uma representação perfeita daquilo que senti depois que Fisher me deixou. Ouvir isso naquela época despedaçou meu coração já frágil e agora me faz relembrar aquele tempo e toda a dor.

Eu me movimento atordoada, o som me atraindo como se fosse um ímã, me torturando ainda mais com as palavras que assombraram os meus sonhos durante meses. Quando chego ao pé da escada, paro e olho. Fisher está de costas, com bermuda cargo bege e camiseta azul-escura, inclinado sobre algo em que está trabalhando. Os músculos dos seus braços ondulam quando ele desliza um pedaço de lixa sobre a madeira, pressionando para deixá-la o mais lisa possível.

Suas mãos e antebraços estão cobertos de poeira, e penso em todas as vezes que eu sentava em nossa varanda e o observava fazendo a mesma coisa, fascinada por ele e pela beleza que ele criava com aquelas mãos. As mesmas mãos que trabalhavam incansavelmente para fazer uma coisa tão bonita com um pedaço de madeira velha me tocavam com amor e carinho.

Continuo caminhando em sua direção, atraída pelo seu corpo e pela sua presença. Meu pé esbarra em um pedaço de madeira apoiado na parede e o derruba, e com o barulho Fisher vira a cabeça na minha direção.

Ele olha para mim com surpresa, seus olhos percorrendo os meus traços, e eu me pergunto o que ele vê no meu rosto neste momento. A música ainda está tocando, as palavras girando ao meu redor, me levando de volta para uma época em que eu me sentia perdida e sozinha e precisava dele. Só dele.

I will get lost into your eyes. I know everything will be alright.

Seus olhos castanhos encaram os meus, e penso em todas as vezes que ele me olhou, realmente me olhou e me viu de verdade, como está fazendo agora. Quero dizer que não tenho ideia do que estou fazendo aqui, que não tenho ideia do que estou fazendo com a minha vida desde que ele foi embora. Agora que ele está de volta, eu me sinto ainda mais perdida e confusa, como se estivesse no meio de um furacão, sem conseguir encontrar a saída.

Fisher joga a lixa no chão sem uma palavra, atravessa o espaço que nos separa e vem até mim, as mãos envolvendo o meu rosto e os lábios grudando nos meus antes que eu possa piscar. Sua boca desliza pela minha e seu corpo pressiona o meu até minhas costas baterem na parede da escada atrás de mim. Assim que sua língua gira ao redor da minha, todos os pensamentos desaparecem da minha mente. Seguro sua camiseta e o puxo para mais perto, precisando de mais. Suas coxas, seus quadris e seu abdome pressionam os meus, e o peso do seu corpo empurrando o meu dificulta a respiração, mas eu não me importo. Não preciso de ar quando a respiração dele está na minha boca, me dando vida.

Só agora percebo como senti falta do gosto e da sensação dele. Fantasias e lembranças não são nada comparadas à coisa real. Aprofundo o beijo, empurrando mais sua língua, sentindo gosto de hortelã e café e algo que é tão próprio de Fisher que meu coração bate mais rápido, emocionado por ter isso de volta depois de sentir essa ausência por tanto tempo. Fisher toma tudo que tenho para oferecer com os lábios e a língua. Suas mãos agarram o meu rosto, intensificando o beijo, me punindo com a sua voracidade. Eu me lembro de cada momento em que beijei esse homem; as inúmeras vezes disparam pela minha mente e eu me perco nele, esquecendo os obstáculos que ainda estão entre nós. Solto um gemido em sua boca e, com a mesma rapidez que começou, o beijo termina. Fisher tira as mãos do meu rosto e imediatamente sinto o ar frio nas bochechas, em vez do calor das suas palmas. Ele se afasta de mim, respirando fundo e passando a mão nervosa pelos cabelos curtos e escuros.

— Caramba, Lucy — murmura baixinho.

Um lampejo da lembrança de Stanford murmurando o mesmo para mim algumas semanas atrás flutua na minha mente, mas eu ignoro. O xingamento de Stanford foi repleto de choque e irritação, enquanto o de Fisher contém apenas desejo e necessidade.

Stanford. Merda! Que diabos estou fazendo?

— Lucy, eu...

Eu me afasto da parede, contorno Fisher e me aproximo do trabalho dele, interrompendo o que ele ia dizer. Não quero suas malditas desculpas. Se ele se desculpar comigo neste momento, vou perder totalmente a cabeça neste porão. Fui uma idiota não me controlar assim que desci aqui, mas essa música estúpida e esse homem estúpido estão ferrando com meu juízo. Com seus ombros largos e seus braços fortes ao meu redor, eu me senti segura e protegida. O cheiro leve e amadeirado da sua colônia ainda está queimando nas minhas narinas, e o sabor da sua boca ainda está impresso na minha língua. Minhas bochechas e meu queixo queimam por causa do arranhão da sua barba, e tenho que respirar fundo para me impedir de virar e beijá-lo de novo. Tenho um namorado. Eu não devia estar com o meu ex-marido, que provavelmente estava a dois segundos de me dizer que nunca quis me beijar com tanto vigor, tão completamente que eu me esqueci do homem na minha vida com quem eu deveria construir um futuro e de todas as formas como Fisher me magoou.

— Que lindo, Fisher — digo, mudando de assunto e passando as mãos sobre o letreiro no qual ele estava trabalhando quando cheguei.

Ele adora falar sobre seu trabalho, e essa é a melhor maneira de distraí-lo do maldito elefante branco que se instalou aqui neste porão.

— Obrigado — ele responde, aproximando-se de mim, mas mantendo alguma distância entre nós.

Olho para as palavras "Ruby's Fudge Shop" intrincadamente esculpidas no meio, com um belo design espiralado de doces e outros confeitos.

— Aceitei seu conselho e decidi me desculpar levando alguns presentes. Este é o último, espero terminar hoje à noite para poder entregar amanhã.

A lanchonete do Sal, o Lobster Bucket e a Ruby's Fudge Shop — os três estabelecimentos que ele danificou no ano passado, antes de deixar a ilha. Meu coração fica emocionado por ele ter me ouvido e feito uma coisa tão atenciosa por essas pessoas.

— Isso é incrível, Fisher. Tenho certeza que eles vão amar — digo, tentando não deixar esse lado doce de Fisher transformar minhas entranhas em geleia.

Mudo de assunto outra vez, voltando ao verdadeiro motivo para eu ter vindo aqui. Não foi para beijá-lo e definitivamente não foi para ver o velho Fisher, aquele homem que sempre derreteu o meu coração.

— Olha, sinto muito por aparecer assim, mas eu queria me desculpar pelo jeito como me comportei na praia. O Trip me disse que não foi você quem depositou aquele dinheiro, então... me desculpa. Fui uma imbecil total — explico, deslizando as mãos para dentro do bolso traseiro do short e chutando com o dedo do pé algumas sobras de madeira espalhadas pelo chão.

— Não precisa se desculpar, Lucy, está tudo bem. Já conversei com a minha mãe, e ela vai parar de fazer os depósitos. Ela só... Bom, você sabe como ela é. Ela não conhece outra maneira de pedir desculpas ou de ajudar alguém — ele diz, dando de ombros.

— Obrigada. Você pode agradecer a ela por mim? Sei que a intenção dela foi boa, mas... você sabe, na verdade não é adequado, já que... — Deixo a voz morrer, sem acrescentar: "Já que estamos divorciados e eu estou namorando outra pessoa, apesar de termos nos beijado há alguns minutos e meu corpo ainda estar queimando, desejando mais".

— Estou feliz por você ter vindo, na verdade — ele diz, indo para o canto da sala. Ele limpa as mãos no pano dobrado na parte traseira da bermuda antes de se abaixar e levantar a tampa de uma caixa, revirando lá dentro até encontrar o que quer. Quando volta a se levantar, vira e se aproxima de mim, me estendendo alguns pedaços de papel dobrado. — Eu queria te dar isso.

Pego os papéis da sua mão e tento não prestar atenção quando nossos dedos se roçam, obrigando-me a não suspirar.

— O que é isso? — pergunto quando começo a desdobrar os papéis.

Ele rapidamente estende a mão e envolve a minha para me interromper.

— Não abra isso agora. Só... mais tarde. Quando quiser. É só uma coisa que eu achei e queria que ficasse com você.

Sua mão livre vem até o meu rosto, e ele passa a ponta dos dedos na minha bochecha enquanto meu coração tropeça e eu prendo a respiração.

— Deixei um pouco de poeira em você. Me desculpe.

O sorriso no seu rosto me diz que ele não se arrepende de colocar as mãos empoeiradas no meu rosto e arrastar a minha boca até a dele. Dou um passo para trás rapidamente para poder respirar de novo, e sua mão se afasta.

Aperto os papéis que ele me entregou e vou em direção à escada. Preciso de alguma distância neste momento. Se eu passar mais um segundo aqui sozinha com ele, não tenho ideia do que diabos vou fazer, mas provavelmente será algo ainda mais estúpido do que beijá-lo.

— É melhor eu ir — digo, hesitante. — Mais uma vez, me desculpa por aquele dia na praia.

Eu me afasto do seu olhar e acelero escada acima. Sua voz me chama quando chego ao topo.

— Até logo, Lucy in the Sky with Diamonds.

21

Do diário de Fisher no ensino médio

28 DE OUTUBRO DE 2001

— Cada elétron tem uma carga elétrica negativa e cada próton tem uma carga elétrica positiva. As cargas são iguais em intensidade, mas opostas em sinal. Então, basicamente, eles se atraem.

A única razão pela qual ainda não consegui pegar no sono é porque eu podia ouvir a voz de Lucy o dia todo. Não sei que diabos está acontecendo comigo, mas eu nem olho para outra garota há quase um mês. Obviamente, perdi a cabeça. Ela é o oposto total de quase todas as garotas nesta ilha. É tímida e resguardada, nunca se esforça para ser alguma coisa que não é para tentar se encaixar com o restante das ovelhas desta escola. Só fala quando é chamada na aula e sempre anda com o nariz enterrado num livro. Não acho que metade das garotas daqui tenham lido alguma coisa além de revistas de moda, mas Lucy lê *Anna Karenina* e *E o vento levou* por prazer. A única vez em que demonstra uma pitada de personalidade ou uma atitude meio irritada é quando está comigo, e eu adoro saber que consigo provocar essas emoções nela.

Além disso, ela é muito inteligente. É a única aluna do segundo ano que faz aulas de química avançada e só tira nota máxima. Quando nosso professor me disse que eu precisava melhorar as notas ou me arriscaria a não me formar na primavera, imediatamente me inscrevi para ter aulas particulares. De jeito nenhum vou deixar de me formar e adiar o treinamento dos fuzileiros navais. Por sorte, Lucy estava na lista de tutores, e eu dei um jeito para todas as minhas datas disponíveis coincidirem com as dela, de modo que a professora não tivesse escolha senão nos juntar.

Lucy faz uma pausa na explicação e olha por cima do livro de química para me ver encarando sua boca, e não a página em que estamos. Não consigo evitar. Sua boca me deixa louco. Ela nunca usa essa merda pegajosa e lustrosa de brilho labial que todas as outras garotas usam. Seus lábios têm sempre um tom perfeito de rosa, e ela os mantém brilhantes apenas passando a língua neles, como está fazendo agora.

— Ei. Foco — ela me repreende, batucando o lápis no livro e me obrigando a afastar o olhar da sua boca para encarar os seus olhos.

— Estou focado. O que você está dizendo é que os opostos se atraem — digo, com uma piscada e um sorriso.

Eu sei que ela fica nervosa quando tento seduzi-la, e é isso que eu am... gosto nela. Ela é a única garota por aqui que não se joga em cima de mim quando tento flertar.

Ela geme e revira os olhos para mim, e meu sorriso se amplia.

— É, mas só no mundo científico. Por que você está na aula de química avançada se ainda não conhece as lições básicas?

Apoio os cotovelos na mesa e afasto os olhos dos dela. Em seguida passo as mãos no rosto e suspiro.

— Você acreditaria se eu te dissesse que só me inscrevi por causa das gostosas da turma?

Essa é a única coisa que me perturba na Lucy. Tudo bem, a única coisa que me perturba mais do que pensar em beijá-la, acariciar seus cabelos compridos para sentir como são suaves ou apertar seu traseiro perfeitamente redondo. Ela nunca cai nas minhas conversas. Seus olhos azuis me cortam como raios laser quando tento jogar uma conversa fiada nela.

— Boa tentativa — ela diz, jogando o lápis na mesa e virando a cadeira para me encarar. Ela cruza as pernas sobre a cadeira e inclina a cabeça para o lado. — Só existe uma garota relativamente bonita na nossa turma, e eu sei que ela tem um namorado muito sério e que é seu amigo. Que tal a verdade?

Odeio o fato de ela nunca se considerar bonita só porque não se parece com nenhuma outra garota nesta escola. Ela é linda de um jeito natural, da garota que mora ao lado, e nem percebe isso.

— Duas — murmuro distraidamente enquanto olho para suas pernas e penso em passar as mãos em suas coxas.

Ela balança a cabeça para mim, confusa.

— Tem duas garotas mais que relativamente bonitas na nossa turma. Na verdade, eu não classificaria você como *apenas* bonita. Tenho certeza de que tem uma palavra muito melhor para sua aparência, mas acho que ainda não foi inventada — digo, com um sorriso malicioso.

— Você pode falar sério por um minuto? — ela pergunta, irritada.

— Eu *estou* falando sério. Não consigo tirar os olhos de você desde que você entrou no refeitório no primeiro dia — respondo baixinho, sendo honesto pela primeira vez em muito tempo.

Sei que Lucy não confia em mim, e isso me mata. Todos os dias na escola, ela vê uma garota pendurada em mim, só para provar que ela tem razão em ter cuidado comigo. Se Lucy soubesse que eu só queria empurrar essas garotas para longe de mim e sair com ela, que eu as *tenho* afastado toda vez que aparece uma oportunidade de passar algum tempo com ela. Recusei encontros, recusei boquetes, recusei até festas em que tenho certeza de que rolaria uma transa, só para poder passar uma hora com ela na biblioteca.

— Por que você não vai a nenhuma festa que as pessoas dão nos fins de semana? — digo de repente, tentando levar a conversa para o lado dela, para não dizer nada idiota que me faça parecer um covarde.

— Perguntei primeiro — argumenta ela. — Por que você se inscreveu em química avançada?

Esfrego os dedos no lábio inferior, algo que faço quando estou nervoso ou frustrado. Lucy me faz sentir essas duas coisas. Ela também me faz querer ser totalmente sincero com ela. Eu não a conheço há muito tempo, mas já sei que ela nunca me julgaria nem zombaria de mim.

— Meu pai me obrigou a me inscrever — admito com um suspiro. — Disse que daria uma boa impressão no meu histórico para a faculdade. Você sabe, a faculdade que *ele* escolheu para mim, fazendo as aulas que *ele* aprovou. Eu odeio matemática, e química é só isso. Eu preferia estar ao ar livre, ajudando meu avô a consertar coisas na ilha, a ficar preso dentro de uma sala de aula ou uma sala de reuniões, mas parece que meu pai pensa que eu só sirvo para isso.

Ela nem parece chocada quando cuspo essas coisas. Seus olhos ficam suaves, cheios de compreensão. Graças a Deus ela não está me olhando com piedade. Eu não conseguiria lidar com essa merda.

— Bom, pense nisso dessa maneira. Mesmo no caso de você fazer algum trabalho mais braçal, não faz mal saber um pouco de química. Então, você pode emputecer secretamente o seu pai aprendendo uma coisa que vai te ajudar a fazer o que *você* quer — ela diz com um pequeno sorriso.

Não consigo impedir a gargalhada alta, do tipo que faz a barriga doer, que escapa da minha boca. Nunca a ouvi falar palavrão e, apesar de ser apenas "emputecer", alguma coisa dentro de mim se abalou ao ouvi-la se soltar assim, só para tentar me fazer sorrir.

— Vamos sair daqui um pouquinho? — pergunto no meio da risada. — Estou ficando claustrofóbico de ficar nesta biblioteca tanto tempo.

Ela ergue uma sobrancelha para mim, desconfiada, e eu rio de novo.

— Não se preocupe, Lucy in the Sky with Diamonds, prometo não usar as mãos. Achei que poderíamos dar uma volta na ilha. Posso te mostrar alguns dos meus lugares preferidos que ninguém conhece.

O apelido simplesmente saiu voando da ponta da minha língua e, surpreendentemente, ela não me olhou com raiva por isso. Percebo que seu rosto desanima um pouco quando menciono que não vou usar as mãos, e isso me faz querer inflar o peito de orgulho. Lucy gosta de mim e *quer* que eu toque nela. De repente, nada mais importa além de descobrir o que faz essa garota se empolgar. Ela concorda rapidamente com o passeio, e arrumamos os livros e saímos em direção à minha caminhonete.

Quinze minutos depois, estamos subindo algumas pedras no extremo oposto da cidade. A vista do topo está de tirar o fôlego, como sempre.

— Bem-vindo ao Farol Fisher — anuncio, afastando os braços e girando num círculo. — É foda ter que dividir o sobrenome com quase tudo nesta merda de cidade, mas este é o único lugar onde não me importo com isso.

Protejo os olhos do sol e encaro a enorme estrutura listrada em vermelho e branco que dá vista para o mar, e Lucy faz o mesmo enquanto dou uma pequena aula de história.

— Costumava ter um guarda que tomava conta do farol e morava lá dentro. Ele guiava a luz para os barcos de pesca na época em que se usavam lâmpadas a óleo e engrenagens de relógio. Você consegue imaginar isso? Morar sozinho neste farol, dia após dia, ano após ano, sem ninguém para te julgar, dizer o que fazer ou se meter na sua vida? Seu único trabalho era garantir que os barcos ficassem seguros e voltassem para casa — digo, melancólico, enquanto deslizo as mãos para dentro dos bolsos frontais da calça jeans e olho para longe, observando a crista das ondas a poucos quilômetros da costa. — Agora os computadores cuidam de tudo, e ninguém precisa realmente vir aqui, a menos que alguma coisa quebre. Isso significa que só eu e meu avô podemos caminhar por dentro dessa beleza e olhar para o mar, fingindo que somos as únicas pessoas do mundo. É melhor à noite, quando está tudo bem escuro e parece que você está parado na beira do mundo. Parece que, se você der um passo para fora das rochas, simplesmente vai desabar no nada e desaparecer para sempre. Às vezes, desaparecer parece ser a melhor ideia do mundo.

Encaro o oceano infinito, me perguntando por que não me sinto envergonhado de ter acabado de dizer a Lucy muito mais sobre os meus sentimentos do que jamais disse a alguém. O sol brilha no meu rosto, e eu me sinto em paz. Estar neste lugar, com Lucy ao meu lado, possibilita isso. Ela não faz mil perguntas nem sente necessidade de preencher o silêncio com uma conversa inútil. Ela se contenta em me ouvir e curtir o momento silencioso. Sei o que ela vê quando me olha — um cara arrogante e popular com quem todos querem estar por causa do meu dinheiro, e não por quem eu sou. Na cidade, sou o filho do homem mais rico da ilha e tenho que me comportar com um pouco mais de equilíbrio e educação, mas aqui, no canto da ilha onde ninguém pode me ver, posso ser apenas eu mesmo. Com Lucy, posso ser eu mesmo — um menino de cidade pequena que ama de verdade o lugar onde mora, mas sonha com coisas maiores e melhores.

Ouço seus passos pelo cascalho e, de repente, sua mão pequena e quente desliza pela minha. Ela entrelaça os dedos nos meus e aperta a minha mão enquanto olhamos em silêncio para o mar.

Neste momento, percebo que conhecer Lucy *é* minha coisa maior e melhor.

22

Lucy

PRESENTE

Faz uma semana que fui à casa de Trip, e Fisher me beijou no porão. Tudo bem, eu também tive participação no beijo, mas estou tentando bloquear essa parte da minha mente, especialmente porque Stanford e eu tivemos uma semana excelente juntos. Até consegui convencê-lo a evitar o centro da cidade e ficar aqui na pousada, não querendo correr o risco de esbarrar em Fisher. O plano era impor certa distância entre nós e tirá-lo da minha cabeça para assim me concentrar em Stanford.

Infelizmente, não está funcionando.

A ausência não só está deixando meu coração mais apaixonado, mas também está atiçando demais minha libido, e a culpa está me enlouquecendo. Colocar a língua na garganta do meu ex-marido um dia e beijar o homem com quem estou namorando no outro me faz sentir a prostituta nojenta que o pai de Fisher me acusou de ser. Estou beijando Stanford quando ainda sinto o gosto de outro homem nos lábios, aquele que faz meu sangue ferver e me enlouquece de várias maneiras.

— O que está te incomodando?

Estou de quatro num dos banheiros de hóspedes, quando olho por sobre o ombro e vejo Ellie encostada na moldura da porta.

— Nada — minto, voltando ao que estava fazendo.

— Você só esfrega banheiros quando está puta ou irritada com alguma coisa, então pode abrir o bico, docinho.

139

Continuo esfregando, colocando um pouco mais de força e soprando um fio de cabelo que escapou do meu rabo de cavalo.

— Não tem nada para falar. Os banheiros estavam nojentos e, como os hóspedes estão todos na praia, pensei que poderia começar a limpeza para você não ter que fazer isso quando terminar de preparar o almoço.

Ela ri, dá um passo para dentro do cômodo e arranca o pano da minha mão, sacudindo-o e segurando-o diante de si.

— Certo, então você simplesmente decidiu, por capricho, usar uma camiseta antiga do Fisher para limpar os banheiros. Uma camiseta que eu sei muito bem que você ainda usava para dormir até uma semana atrás — ela pondera.

Arranco a camiseta das suas mãos com raiva e volto ao trabalho. Droga, eu realmente adorava essa camiseta. Era do campo de treinamento do Fisher, cinza, escrito "Fuzileiros Navais" na frente, em preto. As letras estavam tão desbotadas depois de anos de lavagem que mal se conseguia lê-las, e o tecido estava tão fino que eu tinha medo de que mais um ciclo de rotação na máquina de lavar a destruísse, mas eu a adorava mesmo assim. Ela descia até o meio das minhas coxas e era a melhor camisola do mundo. Também tornava mais fácil pensar em Fisher e sonhar com ele, e isso tinha que parar.

Ouço um som de ânsia de vômito seguido de uma tosse suave e viro para ver Ellie com a mão na boca.

— Você está bem? — pergunto, levantando do chão e me aproximando dela.

Ela ergue a mão livre e me afasta.

— Estou bem, estou bem. Essa camiseta está muito fedorenta. Parece água do vaso e... aaargghhh, água do vaso. Balancei esse negócio, e agora o cheiro está por toda parte.

Não tenho ideia do que ela está falando. Não consigo sentir nenhum cheiro além da água sanitária que eu estava usando. Ela sai do banheiro e vai para o corredor, respirando fundo algumas vezes quando chega lá fora.

— Sabe, você tem agido de um jeito meio estranho ultimamente. O que diabos está acontecendo com *você*? — pergunto, desconfiada, enquanto ela se dobra e coloca as mãos nos joelhos para respirar.

Eu me sinto um pouco culpada por não termos tido tempo de conversar recentemente. Estive ocupada com a pousada, com Stanford, tentando evitar Fisher, e ela estava ocupada com... Com que diabos *ela* estava ocupada? Sei que está aqui trabalhando; as salas limpas e as refeições frescas que saem sempre da cozinha são prova disso, mas o que mais Ellie tem feito, já que esta é a primeira vez que a vejo na última semana? Ellie e eu nos vemos todos os dias, mesmo quando estamos ocupadas.

Ela finalmente se levanta e balança a cabeça para mim.

— Não, não estamos falando de mim. Não há nada acontecendo comigo que valha a pena falar quando tem *muita* coisa acontecendo com você. Lucy, seu ex-marido e amor da sua vida está de volta à ilha há mais de três semanas, e não consigo deixar de notar que você ficou muito mais atenciosa com Stanford desde que isso aconteceu. Você tem se esforçado muito para mostrar a todo mundo que vocês dois estão perfeitamente felizes juntos, mas eu te conheço. Sei que deve ser difícil para você ver o Fisher de novo depois de tanto tempo. Não precisa mentir para mim. Você sabe que pode me contar tudo.

Apoio as costas no corredor, fecho os olhos e deixo a cabeça bater na parede.

— Isso é uma merda. É uma merda muito, muito grande — sussurro.

Ouço seus pés se mexerem, e ela fica ao meu lado, o braço encostado no meu.

— Não sei o que está acontecendo comigo. Eu tinha despachado o Fisher da minha cabeça e do meu coração. Tinha deixado a raiva dominar e estava bem assim. Tinha aprendido a viver sem ele. Mas depois de três semanas, de três *minutos* com ele, de repente estou questionando tudo — digo enquanto inclino a cabeça para o lado e a apoio em seu ombro. — Você sabe o que ele fez na semana passada? — pergunto, tirando do bolso traseiro as páginas do diário que li tantas vezes que o papel quase começou a se desfazer.

Entrego a Ellie, e ela os desdobra e começa a ler.

— Essas são páginas de um diário que ele escreveu no ensino médio, no ano em que me mudei para cá, quando nos conhecemos e dei aulas particulares de química para ele. Tudo que ele sentiu, tudo que passou pelo seu coração, foi derramado nessas páginas, e isso me matou, Ellie. O jeito como ele me via e a maneira como ele se abriu para mim, como nunca tinha feito com ninguém. Eu me lembrei de cada instante daquela época com ele, e doeu tanto.

Faço uma pausa e estreito os olhos, com vergonha das centenas de vezes que li essas páginas na última semana, sozinha na cama à noite, depois que

Stanford se despedia de mim com um beijo e fazíamos planos para o dia seguinte.

— Uau — diz Ellie baixinho quando chega à última página e as devolve para mim.

— Eu sei — digo a ela com um suspiro, então as dobro e guardo de novo no bolso traseiro.

— Eu sei que você vai me odiar por dizer isso — Ellie sussurra —, mas talvez seja bom você se lembrar disso. Sua cabeça tem estado tão cheia de coisas ruins, e ele está só tentando te fazer lembrar que também houve bons momentos. Vocês dois cresceram juntos e construíram uma vida juntos. Não foi tudo ruim, e ele está tentando fazer você perceber isso. Ele é uma pessoa diferente agora, Lucy. Todo mundo está vendo isso. Acho que ele só quer que você também veja.

— O problema é esse. Eu *vejo*. Eu vejo muito do antigo Fisher por quem me apaixonei, e isso está me destruindo.

— Acho que o que você precisa é de uma pausa — anuncia Ellie de repente, enquanto se afasta da parede e para na minha frente. — Tome um banho e vá até a cidade comprar um fudge da Ruby. Acho que um duplo de chocolate com creme de amendoim vai te fazer bem.

Ela está certa, estou presa na pousada há uma semana, e isso só está me fazendo remoer as coisas. Eu lhe dou um abraço rápido, corro até o meu quarto e tomo uma ducha. Visto um jeans velho e uma camiseta da Casa Butler e prendo os cabelos molhados no alto da cabeça, num coque bagunçado.

* * *

Paro o carrinho de golfe numa vaga livre, a poucos metros da Ruby's Fudge Shop, e imediatamente vejo a única pessoa que eu esperava evitar quando viesse à cidade. Eu devia ter imaginado. De pé aqui na calçada, eu o encaro, feliz por ter colocado os óculos escuros, para não deixar tão óbvio que estou olhando para ele. Hoje, Fisher juntou a bermuda cargo cáqui de sempre com uma camiseta vermelha da USMC, que aperta seu tórax em muitos lugares certos. O boné da Casa Butler, sujo, surrado e incrivelmente desbotado, está virado para trás. A visão provoca todo tipo de emoções em mim, e tenho de pressionar a mão no coração para tentar fazê-lo parar de bater tão rápido.

142

Dei esse boné a Fisher antes de ele ir para o treinamento dos fuzileiros. Ele o levou em todas as convocações e me disse que o usava mais que os capacetes incômodos que eles recebiam. Já esteve do outro lado do mundo e voltou inúmeras vezes, e não consigo acreditar que ele ainda o tenha.

Paro de olhar para ele por tempo suficiente para perceber que sua caminhonete preta F150 está bem na frente da doceria da Ruby, e acho que ele acabou de chegar e ninguém percebeu que ele está quebrando uma das principais leis do verão na ilha: nenhum veículo motorizado na Main Street. Ele se destaca em meio ao mar de carrinhos de golfe brancos e bicicletas estacionados ao longo da rua. Eu o vejo lutando para tirar alguma coisa da caçamba da caminhonete e percebo por que ele quebrou a lei e entrou de carro na cidade. Veio entregar o letreiro em que estava trabalhando quando passei na casa do Trip na semana passada. Ele ocupa metade da traseira da caminhonete e nunca caberia em um simples carrinho de golfe.

Empurro os óculos escuros para o topo da cabeça, corro até a parte de trás da caminhonete e seguro o letreiro do outro lado. Está absolutamente lindo, com a tinta e a cobertura final de verniz, e não quero que estrague nem que Fisher machuque o ombro.

Surpreso, ele levanta o olhar.

— Ei, o que você está fazendo aqui?

— É meu dia de fudge duplo de chocolate com creme de amendoim — digo, dando de ombros, enquanto trabalhamos juntos para tirar o letreiro da traseira da caminhonete.

Ele ri e depois faz uma pausa.

— Esse negócio é realmente pesado. Você vai se machucar se tentar me ajudar a levantar.

Olho furiosa para ele antes de continuar o trabalho, puxando o letreiro para fora sozinha antes que ele volte rapidamente a me ajudar.

— Eu levantei coisas muito mais pesadas que isso sozinha durante anos, muito obrigada.

Continuamos movendo o letreiro sem dizer mais nada, e imediatamente me sinto mal por ter retrucado. Em um segundo, consegui fazê-lo lembrar todas as vezes que ele me deixou sozinha para resolver as coisas, e não era isso que eu pretendia.

143

Segurando o letreiro comprido e retangular entre nós, caminhamos até a calçada, onde um cliente que está saindo da doceria segura a porta para podermos entrar.

— Fisher! Ai, meu Deus, o que você fez?!

O grito entusiasmado de Ruby enche a pequena doceria quando ela sai correndo de trás da vitrine e se aproxima de nós. Ruby tem quase setenta anos, e ela e o marido, Butch, abriram a loja quando se mudaram para a ilha depois que ele voltou do Vietnã. Ruby e eu conversávamos com frequência enquanto Fisher estava em uma de suas muitas convocações, e ela me deu bons conselhos durante esse período, mas não nos falamos muito depois de tudo que aconteceu no ano passado. Eu tinha vergonha porque ela conseguiu fazer as coisas funcionarem para o marido depois que ele voltou da guerra e eu não consegui.

Colocamos o letreiro no chão em frente à vitrine, e Ruby envolve Fisher num grande abraço.

— É tão bom te ver de volta — ela diz para ele baixinho antes de recuar e dar um tapinha em suas bochechas.

Ele sorri para ela, e eu o vejo corar quando fala sobre o presente que fez para ela.

— Eu só queria fazer alguma coisa para compensar o que aconteceu no ano passado. Desculpe eu não estar aqui para consertar a janela da frente. Sei que o letreiro não apaga o que eu fiz, mas foi a única ideia que me ocorreu.

Ruby leva um instante para analisar o letreiro, e eu observo enquanto as lágrimas enchem seus olhos. É realmente muito bonito. Feito de um velho pedaço de carvalho, Fisher o pintou nos tons amarelo-claro e cor-de-rosa da loja e esculpiu "Ruby's Fudge Shop" no centro, numa letra cursiva arredondada, com desenhos de fudges, doces e outros produtos vendidos na loja.

— Ah, Fisher, que lindo.

Ela passa as mãos com carinho no letreiro antes de virar para encará-lo.

— A única coisa que realmente queríamos era que você melhorasse e voltasse para nós, mas entendo por que você precisou fazer isso e agradeço. Vai ficar maravilhoso pendurado na frente da loja.

Ela vira a cabeça e grita:

— Butch! Vem aqui ver o que o Fisher fez!

Alguns segundos depois, Butch sai pela porta dos fundos e se junta a nós, balançando a cabeça em aprovação. Ruby segura a minha mão e me puxa para contornar a vitrine, montando uma caixa com todos os meus sabores preferidos de fudge enquanto Fisher e Butch discutem a melhor maneira de pendurar o letreiro.

Ruby fala sobre os negócios e os turistas que a cidade está recebendo nesta temporada, mas me desligo da conversa depois de alguns minutos, quando ouço Butch perguntar a Fisher como ele está passando.

— A guerra muda todo mundo, filho, não há vergonha nenhuma nisso. Se não mudar, é porque você já estava muito fodido. O importante é que você fez o certo e encontrou o caminho de volta para casa.

Fisher assente, deslizando as mãos para dentro dos bolsos da frente da bermuda.

— Fiquei meio perdido por um tempo, mas ajudou ter alguma coisa aqui, me guiando de volta.

Engulo em seco e pisco para afastar as lágrimas, me perguntando se ele estava falando de mim, de Trip ou de qualquer outra coisa que o tenha atraído de volta para a ilha.

Butch dá um tapinha no ombro dele e faz que sim com a cabeça.

— Não perca isso de vista. Ninguém melhor do que eu para entender sua necessidade de cumprir seu dever com o país, mas às vezes você tem que descobrir por conta própria que existem coisas mais importantes do que lutar uma batalha que talvez nunca ganhemos. Às vezes, há coisas mais importantes para lutar bem aqui, em casa.

Butch e Fisher olham para mim, e eu desvio o olhar com culpa, pegando um pedaço de papel vegetal e ajudando Ruby a encher a caixa que ela começou a montar para mim.

Os dois falam durante mais alguns minutos e eu paro de ouvir escondido. Ruby me presenteia com uma caixa de fudges, e ela e Butch dão um abraço em Fisher antes de sairmos. Fisher se oferece para ajudá-los a pendurar o letreiro quando eles quiserem enquanto chegamos à calçada banhada de sol.

— Bem, acho que vou voltar para a pousada — digo com um sorriso constrangido enquanto começo a me afastar.

— Lucy, espera — ele diz, envolvendo a mão no meu braço e me virando delicadamente para si. — Como você já está aqui na cidade, que tal almoçarmos? Não faz sentido comer a sobremesa se você ainda nem almoçou, certo?

145

Ele olha para minha caixa de fudges, e praticamente o vejo salivar. Os doces da Ruby sempre foram um ponto fraco para o Fisher, e sempre que eu levava alguns para casa, tinha que escondê-los, para ele não comer tudo antes de eu pegar um pedaço.

— Você só está dizendo isso porque quer que eu divida meus fudges com você. — Dou risada.

Ele dá de ombros.

— Culpado. Então, e o almoço?

Faço uma pausa, contemplando todos os motivos pelos quais essa é uma péssima ideia. Eu devia evitar o Fisher, e não passar mais tempo com ele para confundir ainda mais a minha cabeça e o meu coração já confusos.

— Prometo não usar as mãos — ele dá uma risadinha, em sinal de rendição.

O fato de ele ter usado exatamente as mesmas palavras tantos anos atrás, na primeira vez que me levou ao farol, não passa despercebido. Não sei se foi coincidência ou se ele fez isso de propósito, mas funcionou. Estou tão perdida em lembranças que faço que sim com a cabeça, distraída, deixando-o me levar para o outro lado da rua.

Uma hora depois, com a barriga tão cheia de frutos do mar que parece que vou explodir, apoio as mãos no estômago e me recosto na cadeira.

Fisher escolheu sabiamente o Lobster Bucket para o almoço, porque sabe que é meu restaurante preferido. Nossa mesa está repleta de restos de caranguejos, camarões, moluscos, mariscos cozidos e espigas de milho. Estou mais que levemente surpresa e talvez um pouco triste porque Fisher não passou a refeição toda tentando me seduzir ou zombar de Stanford de alguma forma. Conversamos sobre a pousada, Ellie, Bobby, sobre seu trabalho com madeira e as encomendas que ele recebeu desde que voltou para a ilha. Nossa conversa foi fácil e amigável, exatamente como era antes de as coisas ficarem sombrias.

— Você não vai vender a Casa Butler, não é? Você ama aquele lugar, Lucy. Ele é parte de você — Fisher me diz enquanto olhamos para a vista e limpamos as mãos nos guardanapos umedecidos com aroma de limão que o restaurante nos forneceu.

— Amar e saber quando é hora de deixar ir são duas coisas diferentes — digo baixinho, de repente me perguntando se estou me referindo à pousada ou a ele, e mudando rapidamente o rumo dos meus pensamentos. — Os tempos mudaram, Fisher. Hoje em dia, as pessoas querem wi-fi gratuito e estações para carregar o celular onde quer que estejam. Querem ficar conectadas, postar selfies e cuidar das suas colheitas naquele jogo idiota — explico, irritada. — Elas não querem se desligar do mundo, porque têm medo de perder alguma coisa. Não se importam com a beleza nem com a tranquilidade deste lugar; não se importam em passar horas simplesmente admirando o mar. Elas querem parques aquáticos, spas e boates, e eu não posso dar todas essas coisas a elas. Creio que chegou a hora de eu enxergar isso.

Percebo que voltei a meus pensamentos iniciais, misturando meus sentimentos em relação a Fisher e à pousada até não saber a qual dos dois realmente estou me referindo. Ele mudou, mas nunca percebeu que eu também mudei. As coisas que eu queria e precisava se transformaram e cresceram enquanto ele estava fora. Ele estava tão perdido, e eu não podia dar o que ele queria, por mais que tentasse. Não posso mais viver assim, nem com a pousada nem com ele. Não posso continuar batendo a cabeça na parede, tentando fazer com que as pessoas vejam que nem tudo tem que mudar, mas às vezes você não tem escolha. Ou você muda ou você fracassa.

Fisher de repente se levanta e segura minha mão, me puxando consigo.

— Vem, quero te mostrar uma coisa.

Ele me arrasta para longe da mesa, pagando rapidamente pela refeição ao sair. Não afasto minha mão, embora devesse, enquanto voltamos para a Main Street e caminhamos alguns quarteirões até o Centro de Informações Turísticas. Ele abre a porta e entramos no prédio grande e refrigerado, caminhando até uma estante enorme na parede mais distante. Ele finalmente solta minha mão e alcança uma das prateleiras para pegar uma pasta volumosa, com centenas de papéis. Ele a abre e vira para mim, segurando a pasta diante de si.

— Aqui, dá uma olhada nisso.

Confusa, pego a pasta, desviando o olhar para uma carta escrita à mão, perfurada com três buracos e presa ali dentro. Eu a analiso rapidamente, e minha boca se abre em estado de choque. É uma carta para a cidade de um dos hóspedes da Casa Butler, na qual ele relata em detalhes a beleza da ilha e como adorou ter passado uma semana numa pousada tão linda, com funcionários tão simpáticos, uma proprietária incrível e a melhor vista de todas.

Quando chego ao fim, Fisher vira para a próxima página e vejo outra carta, semelhante à primeira, descrevendo como a paz e o charme retrô da pousada eram exatamente o que eles buscavam. Página após página, a pasta inteira contém bilhetes e cartas de turistas dizendo que adoram o fato de a pousada ser uma das poucas na ilha que não estão sobrecarregadas com todas as últimas tecnologias e distrações, e como eles esperam que isso nunca mude.

As lágrimas escorrem pelo meu rosto quando chego à última página, e Fisher tira calmamente a pasta das minhas mãos e a coloca de volta na prateleira.

— Nem tudo tem que mudar, Lucy. Às vezes, as pessoas estão perfeitamente felizes com a forma como as coisas costumavam ser. A vida simplesmente desvia da rota e faz com que elas esqueçam por um instante — Fisher me diz calmamente. — Meu pai, algumas das pessoas que vêm aqui, perderam de vista o que é importante, mas você nunca fez isso. Essa pasta prova que o que você tem aqui nesta ilha é algo que vale a pena manter, algo pelo qual vale a pena lutar. Você não pode parar de lutar, Lucy. Você nunca pode parar de lutar por uma coisa que ama e na qual acredita.

Enquanto saímos, seco as lágrimas e tento não pensar no fato de ter certeza de que ele estava falando sobre outras coisas além da pousada.

Antes de nos despedirmos, ele coloca a mão no bolso traseiro e me entrega alguns papéis dobrados. Eu devia me recusar a pegá-los e simplesmente me afastar, dizendo para ele parar de tentar me puxar de volta para o passado, mas não faço isso. Eu os aceito sem dizer uma palavra, entro no carrinho de golfe e corro para a pousada, onde me tranco no quarto e leio as páginas da nossa história, sem conseguir parar de chorar.

23

Do diário de Fisher no ensino médio

22 DE JUNHO DE 2002

O som das ondas batendo na praia a poucos metros de distância, bem como os gemidos suaves e sussurrados de Lucy, enche meus ouvidos enquanto a penetro lentamente.

Ela solta um pequeno suspiro de dor, e eu paro imediatamente para olhar em seus olhos.

— Me desculpa! Merda, me desculpa. Não queria te machucar.

Lucy sorri para mim, e vejo lágrimas cintilando em seus olhos com a luz do luar que brilha acima de nós. Ela estende a mão e passa os dedos suavemente no meu cabelo, enquanto prende as pernas nos meus quadris e me puxa para perto.

— Estou bem, Fisher. Eu juro que estou bem, só continua.

Ela arqueia o corpo e cola os lábios nos meus, e eu não tenho outra escolha além de continuar. Eu me movo o mais devagar possível, apesar de isso me matar. Ela é tão incrível envolvida em mim que quero me afundar dentro dela para aliviar a dor que está se formando na porra do meu saco.

Minha língua desliza pela sua boca tão devagar quanto meu pau dentro dela, e Lucy reage imediatamente, movendo os quadris contra mim.

Estamos namorando oficialmente há pouco mais de sete meses, e eu falei várias vezes que estava perfeitamente bem fazendo o que já fazíamos e não precisava de mais nada. Pela primeira vez desde que perdi a virgindade, aos quinze anos, eu não precisava de sexo para provar nada com uma garota, mas Lucy insistiu que estava pronta. Não vou mentir: eu queria transar com ela desde o primeiro instante em que a beijei, mas encontrar maneiras novas e criativas de fazê-la gozar nos últimos sete meses simplesmente era o paraíso. Em teoria, seria bom que isso acontecesse de maneira espontânea, sem nenhum planejamento, mas era da virgindade dela que estávamos falando. Eu queria que fosse especial e romântico e fiz tudo que pude para que isso acontecesse. No centro de uma coleção de potes em forma de coração iluminados pelas velas que coloquei dentro de cada um, espalhei várias camadas de cobertores na areia para nos proteger. Não era uma cama, mas era o melhor que eu podia fazer, considerando que nós dois ainda morávamos em casa, ela com os pais e eu com meu avô, e ter alguma privacidade por causa disso era algo bem difícil.

Trazê-la aqui para a base do farol, onde eu percebi pela primeira vez que estava me apaixonando por ela, tornou tudo ainda mais especial.

— Eu te amo, Lucy. Eu te amo demais — sussurro em seu ouvido enquanto nos movimentamos. Eu tinha jogado um cobertor em cima do meu traseiro para nos proteger de olhares curiosos, se alguém decidisse ir até o farol.

Suas pernas se apertam nos meus quadris, e ela me puxa para perto e me enfia mais fundo com os músculos das coxas. Eu quero que isso dure muito mais do que vai durar. Já sinto o orgasmo se apressando dentro de mim e tento desacelerar, mas os sons suaves dos suspiros de Lucy e seu hálito quente no meu ouvido estão impossibilitando isso. Sou tão suave e gentil com ela quanto possível, mostrando, da melhor maneira que consigo, o quanto ela significa para mim.

As mãos de Lucy descem pelas minhas costas até ela segurar a minha bunda, me impelindo a continuar, e eu me perco completamente dentro dela. Os dois orgasmos que dei a ela ccm as mãos e a boca para garantir que ela estava totalmente pronta para mim antes de deslizar para dentro dela são a única razão pela qual não me sinto alguém com ejaculação precoce. Eu sabia que ia machucá-la e queria fazer o possível para facilitar.

Ela sussurra o quanto me ama e como é bom eu penetrá-la, e não consigo mais me controlar. Sua voz suave dizendo uma coisa tão excitante me faz gozar, enquanto sussurro seu nome na lateral do seu pescoço.

Depois de levar alguns segundos para recuperar o fôlego, saio lentamente de cima dela e descarto o preservativo numa sacola de plástico que contém a caixa de camisinhas que comprei hoje mais cedo. Puxo seu corpo contra o meu e nos cubro com um cobertor. Ficamos abraçados, admirando o Atlântico, a luz do farol reluzindo na superfície da água a cada dois segundos.

— Prometo que na próxima vez vou durar mais que trinta segundos. Caramba, parece até que era *eu* que estava perdendo a virgindade. — Dou uma risada tímida.

Sinto seu corpo tremer ao rir de mim.

— Eu te falei, Fisher, está tudo bem. Foi perfeito, absolutamente perfeito.

Eu a abraço com mais força, e ela apoia as mãos em cima das minhas.

— Você está com medo? — ela sussurra depois de alguns minutos em silêncio.

— Não. Estou mais nervoso que qualquer outra coisa — admito.

Amanhã, saio da ilha para passar doze semanas no campo de treinamento na ilha Parris, na Carolina do Sul. Apesar de não ser tão distante da ilha Fisher, não vou poder voltar para casa nem ver Lucy durante três meses. Deixá-la agora me assusta mais que ser arrasado pelo Corpo de Fuzileiros Navais.

— Sei que já falei isso uma centena de vezes, mas estou muito orgulhosa de você, Fisher, por fazer aquilo em que acredita, não importa o desejo do seu pai. Vou morrer de saudade, mas sei que você vai se sair muito bem e que logo, logo vai estar aqui de volta.

Não sei como tenho tanta sorte. Nunca vou entender por que Lucy decidiu me dar uma chance depois da reputação que conquistei ao longo dos anos, mas não vou estragar isso. Meus amigos estão falando muita merda desde que Lucy e eu começamos a passar mais tempo juntos e eu finalmente consegui fazê-la admitir que éramos um casal. Bobby é o único que não me provoca. Talvez seja porque ele tenha se dedicado a conhecê-la, ao contrário da maioria das pessoas na escola. Ele realmente gosta da Lucy, pensa nela como uma irmãzinha e não tem nenhum problema em dizer às garotas para elas se foderem quando fazem comentários irônicos sobre como estou me rebaixando quando nos veem juntos. Essas vagabundas têm sorte de nunca terem dito essas coisas na minha frente. Acho que Bobby vê como Lucy me faz bem. Ela torna as brigas com meu pai mais suportáveis e me faz querer voltar correndo para esta ilha, só para estar com ela de novo. Ela me faz curtir o meu lar, porque ela *é* o meu lar.

— Você acha que vai ser convocado assim que terminar o treinamento? — ela pergunta baixinho.

Dou de ombros, apoiando o queixo em sua cabeça.

— Não sei, pode ser. Está em todos os noticiários que a merda toda já se espalhou por lá. Se eles me disserem para ir, eu *tenho* que ir, Lucy. Por mais que eu queira ficar aqui com você e nunca mais ir embora, isso é uma coisa na qual acredito, uma coisa que eu tenho que fazer.

Ela vira nos meus braços embaixo do cobertor e envolve o meu rosto com as mãos.

— Essa é uma das razões pelas quais eu te amo. Você ama o seu país, quer o melhor para ele, e eu entendo que você tem que fazer isso. Não significa que não vou sentir saudade, me preocupar, querer que você estivesse aqui comigo, mas você precisa fazer aquilo em que acredita, Fisher. Eu sempre estarei aqui, te esperando, quando você voltar para casa.

Pela primeira vez desde que assinei aquela linha pontilhada para me juntar ao Corpo de Fuzileiros Navais, estou realmente com dúvidas. Não porque estou com medo de ir para a guerra, mas porque tenho medo de perder Lucy. Tenho medo de que, depois que eu for embora, tudo mude. Só preciso ter um pouco de fé de que somos fortes o suficiente para passar por tudo que vier pela frente.

24

Fisher

PRESENTE

Meu Deus, vou vomitar. Vou vomitar aqui mesmo na calçada.

Concordei em encontrar Bobby no Barney's para atirar alguns dardos principalmente porque estava cansado de ouvi-lo me encher o saco dizendo que eu preciso sair da casa do Trip antes de me transformar num velho como ele. Nos últimos dias, não fiz nada além de andar de um lado para o outro na casa do Trip, imaginando se Lucy leu as páginas do diário que lhe dei. Será que elas a deixaram triste? Será que a deixaram feliz? Será que a fizeram lembrar de uma época em nossa vida em que não tínhamos nenhuma preocupação além de passar o maior tempo possível juntos?

Obviamente, ou ela não leu, ou elas não significaram merda nenhuma para ela. Do outro lado da rua, diante de todo mundo, Lucy está com a língua enfiada na garganta do Fodidoford. Tudo bem, não exatamente na garganta dele, porque tenho certeza de que manifestações públicas de afeto tão explícito não fazem o tipo desse cara, mas mesmo assim. Ela está com as mãos em seus ombros e ele a está abraçando com respeito, os lábios dos dois unidos.

As pessoas passam por eles sem prestar atenção. Será que não veem que isso é muito errado? Isso não lhes dá vontade de socar a parede e gritar para os dois pararem com essa merda?

Provavelmente não. Acho que sou só eu que estou com vontade de matar alguém neste momento.

Teoricamente, eu sei que é só um beijo, mas na minha cabeça é como se eles estivessem praticamente trepando, apoiados na parede do Banco Fisher. Um beijo é uma coisa íntima, e você não sai beijando qualquer um, mas ela está fazendo exatamente isso com o Stan-Infeccionado-Ford, como se não fosse grande coisa, como se ela não tivesse agarrado as minhas costas e deslizado a língua pela *minha* boca e respirado pesado nos *meus* lábios uma semana atrás.

Cerro os punhos e conto até dez quando eles finalmente se separam, e Lucy acena de leve para o sujeito enquanto ele caminha pela rua na direção oposta. Eu devia me afastar e fingir que não testemunhei essa merda, mas não consigo. Meus velhos amigos, raiva e rancor, estão borbulhando, implorando para sair e brincar. Eu os chutei para o lado meses atrás, quando aprendi técnicas para expressar minhas emoções de maneira saudável e construtiva, mas seu chamado é tão alto que ecoa em meus ouvidos.

Atravesso a rua, meu foco em Lucy enquanto ela vira e vai para o beco ao lado do banco. As pessoas chamam o meu nome e acenam para mim, mas eu as ignoro. Entro no beco e a vejo a meio caminho, coberta em sombras enquanto se dirige para a praia. Observo os músculos de suas pernas ficando tensos enquanto ela anda, a saia oscilando de um lado para o outro enquanto seus quadris balançam.

Eu me movimento mais rápido, diminuindo o ritmo quando estou logo atrás dela e consigo sentir o cheiro da sua pele e seu calor. Meus braços envolvem seu corpo e eu a viro rapidamente, empurrando-a de cara para a parede.

Ela começa a gritar e a lutar contra mim, e eu rapidamente coloco a mão em sua boca e aperto os lábios em sua orelha.

— Shhhh, sou eu.

Ela imediatamente relaxa em meus braços, seu corpo se derretendo contra o meu, e isso me deixa mais irritado. Ela estava agora mesmo com as mãos e os lábios em outro homem, mas o som da minha voz ainda a transforma em geleia. Isso deveria me deixar feliz, deveria me fazer sentir bem em relação a voltar para esta ilha para recuperá-la, mas só me enche de ciúme.

— Eu te vi beijando aquele cara, porra — sussurro com raiva em seu ouvido, com um braço envolto em sua cintura enquanto a outra mão desce até sua coxa.

Lucy choraminga quando minha palma atinge a pele nua da sua perna, e eu lentamente a deslizo para cima e entro embaixo da sua saia.

Ela sussurra meu nome baixinho, mas eu a interrompo. Não sei se ela está tentando me fazer parar ou me desejando, mas não me importo de descobrir isso agora.

— Esses lábios são *meus*.

Minha mão continua subindo por baixo da sua saia, parando quando alcanço o cós da sua calcinha. Minha consciência está gritando para eu me afastar, mas assim que minha mão escorrega sob o tecido de algodão e meus dedos sentem como sua boceta está molhada, sei que não tem jeito de parar.

— Esse corpo é *meu*, e eu morro por você dar para ele — sussurro implacavelmente enquanto giro o dedo em seu clitóris.

As mãos dela sobem, as palmas batendo no prédio enquanto eu a provoco com o dedo.

— Eu não suporto te ver com ele. Não consigo *aguentar* ver você dando para ele o que costumava me dar.

Mergulho rapidamente dois dedos dentro dela, e Lucy geme meu nome em voz alta, as costas arqueadas, forçando a bunda no meu pau. Ouço as vozes abafadas das pessoas rindo e falando na entrada do beco enquanto passam pela rua, completamente alheias ao que está acontecendo, a poucos metros de distância. O beco é tão escuro que elas não conseguiriam nos ver, mesmo que estivessem olhando, mas ouvir essas vozes deveria colocar algum juízo na minha cabeça, porra. Qualquer um poderia entrar no beco, usando este atalho para chegar à praia, como Lucy estava fazendo antes de eu atacá-la. A ideia de alguém nos ver dessa maneira só me obriga a me mover mais rápido e empurrar com mais força, meu corpo tremendo no dela com a necessidade de fazê-la gozar.

Meus dedos deslizam para dentro e para fora dela, e é a melhor sensação do mundo, porra. Senti saudade disso, do calor do seu corpo, dos gemidos suaves que saem de seus lábios quando atinjo o ponto perfeito.

— Ele te faz gemer assim, Lucy? — sussurro, fazendo o polegar girar no seu clitóris e pressionando os dedos dentro dela, profundamente.

Ela empurra os quadris contra a minha mão e implora por mais.

— Por favor, Fisher, por favor...

Meu polegar se move mais rápido e meus dedos empurram ainda mais fundo.

— Você fica molhada assim para ele, Lucy? Caramba, você está tão molhada, porra... — Deixo a voz sumir quando pressiono os lábios na lateral do seu pescoço. Minha mão começa a se mover com brutalidade entre as pernas dela, mexendo os dedos com tanta força e rapidez que chego a sentir os músculos do meu braço queimando. Não penso em machucá-la, só em marcá-la e deixá-la com uma lembrança de mim que fique com ela na próxima vez que estiver com *ele*. Meus lábios recuam da pele do seu pescoço e meus dentes tomam seu lugar, mordendo com força.

Cada palavra que digo me lembra do babaca com quem Lucy tem passado seus dias e noites em vez de mim, alimentando meu ciúme e minha raiva até o ponto em que sei que deveria recuar. Eu não deveria me aproximar dela quando estou tão exaltado, mas não consigo parar, agora que estou dentro dela.

Acelero o movimento do polegar em seu clitóris, massageando-o de um lado para o outro, sentindo-o pulsar na minha mão quando ela move os quadris mais rápido, me ajudando a levá-la até mais perto do orgasmo.

Meus dentes continuam a afundar na pele macia do seu pescoço enquanto pego o ritmo, até que os sons das pessoas falando na rua são afogados pelos sons dos meus dedos deslizando com força dentro da sua boceta molhada.

Pelo nó em sua voz enquanto geme e a rapidez com que está movendo os quadris contra a minha mão, percebo que ela está perto de gozar. Eu me lembro de tudo em relação ao corpo de Lucy, todas as pequenas nuances e sons, e odeio que ela esteja tentando apagar tudo isso da mente com outro homem.

— Pense em mim quando gozar, droga — rosno, minha mão batendo na sua boceta com a força dos meus dedos penetrando nela com brutalidade e rapidez. — Veja o *meu* rosto, sinta as *minhas* mãos e grite o *meu* nome.

Enfio os dedos uma última vez, o mais fundo que consigo, e aumento a pressão no polegar. Lucy goza na minha mão, e meu nome certamente está em seus lábios quando ela goza.

Assim que a ouço gritar o meu nome, uma coisa dentro de mim estala. A névoa de irritação que ofuscou os meus olhos e a fúria nos meus ossos saem de mim num ímpeto.

Solto uma respiração trêmula e puxo rapidamente os dedos, me afastando rápido. Minhas costas batem no prédio oposto, e eu coloco as mãos na cabeça, em desespero.

Lucy vira e rola o corpo na parede, como se estivesse sem ossos, fazendo um grande esforço para se mover. Ela provavelmente está com dor. Eu a empurrei contra esse prédio porque deixei a raiva me dominar, porra. Eu jurei que nunca mais iria machucá-la, e olha só o que eu fiz. Voltei a ser um animal que não consegue se controlar nem controlar as próprias emoções.

— Fisher.

Ela diz o meu nome baixinho e se afasta da parede, dando um passo na minha direção. O brilho de uma lâmpada de um poste próximo ilumina seu rosto, e eu imediatamente vejo uma marca vermelha na lateral do seu pescoço, provocada pelos meus dentes. Estendo as mãos diante de mim, balançando a cabeça.

— Não, não. Só... fica aí. Porra, que diabos há de errado comigo? Me desculpa, sinto muito mesmo, droga.

A expressão suave nos seus olhos instantaneamente se transforma em repulsa, e tenho certeza que reflete a minha.

— Não se atreva. Não se *atreva* a me pedir desculpas! — ela grita.

Sua raiva me choca e me faz sentir pior. Passei tantos meses longe dela, tentando encontrar uma maneira de me controlar e, apenas alguns segundos depois de vê-la beijar outro homem, estraguei todo o progresso que fiz.

— Eu não devia ter feito isso. Eu não devia ter te tocado desse jeito. Sinto muito mesmo — sussurro, desejando que alguém apareça neste beco agora mesmo para me dar uma surra.

Lucy balança a cabeça e seca com raiva as lágrimas nas bochechas. Eu a fiz chorar. Eu a machuquei e a fiz chorar *de novo*, porra. Eu quero que ela me bata, me soque, me xingue.

— Você não entende, você simplesmente não entende merda nenhuma! — ela rosna enquanto mais lágrimas escorrem.

Eu entendo. Entendo completamente. Entendo que devia tê-la deixado em paz. Eu não devia ter voltado aqui, acreditando que estava melhor e não sendo nada além de gentil e amoroso com ela.

— Isso nunca mais vai acontecer, eu juro — sussurro, derrotado, tentando não deixar minhas próprias lágrimas escorrerem.

— Vai se foder, Fisher. *Vai se foder!* — ela grita.

Então vira e sai correndo pelo beco, e tudo que consigo fazer é ficar aqui, vendo-a ir embora.

25

Do diário de Fisher

3 DE MARÇO DE 2004

—— Fisher, por favor. Está congelando! Achei que íamos passar nossa última noite juntos fazendo alguma coisa um pouco mais quente. Talvez com menos roupa.

O riso melódico de Lucy faz cócegas em meus ouvidos enquanto ela tenta suavizar a situação e fingir que não há uma nuvem negra sobre nós. Ela lutou contra as lágrimas todas as vezes que conversamos sobre nossos planos para hoje, nosso último dia juntos. Isso me faz amá-la ainda mais do que já amo, sabendo que ela está fazendo tudo que pode para ser forte de modo que eu possa me afastar dela amanhã sem a distração da preocupação e do arrependimento.

Aumento a pressão na sua mão e a puxo até as últimas grandes rochas, no topo da pilha de pedras que alinha os dois lados do Farol Fisher. Eu me movimento atrás dela, envolvendo os braços na sua cintura e a mantendo perto, apoiando o queixo no gorro de tricô que cobre sua cabeça. Encaramos silenciosamente o mar escuro e infinito diante de nós, com algumas ondas raivosas sendo os únicos pontos brilhantes num mar que seria preto e vazio.

— Eu adoro este lugar. Sempre sinto que somos as únicas pessoas no mundo quando estamos aqui. O mundo inteiro desaparece, e somos só eu e você — Lucy sussurra, e sinto as vibrações da sua voz atravessando as suas costas e rugindo delicadamente em meu peito. Eu a abraço mais forte, evitando pensar que depois de amanhã não vou poder tocar seu rosto, ouvi-la rir nem ver seu sorriso durante dezoito longos meses. Minha primeira convocação logo após o treinamento foi de apenas nove meses e se arrastou, por isso eu sei que ficar longe de Lucy por um período de tempo duas vezes maior será algo parecido com tortura.

Não pensei duas vezes ao me inscrever para os fuzileiros navais no último ano do ensino médio. Não hesitei quando cheguei em casa e falei que não seguiria os passos do meu pai nem me tornaria o próximo maldito rei da ilha Fisher. Nunca me arrependi do conflito que minha decisão causou na família, fazendo minha mãe chorar e meu pai me deserdar. Jefferson Fisher Jr. só fala comigo quando estamos em público e ele tem que fingir que é um pai de família maravilhoso e que me apoia. Eu até concordei com a mentira que ele contou à ilha sobre como eu me mudei da mansão no penhasco para a casa de dois quartos do meu avô na cidade porque queria "uma nova experiência" antes de embarcar. Eu não me importava com nada além de fugir desta maldita ilha e do legado que nunca desejei.

Mas, no dia em que assinei aqueles malditos papéis, conheci Lucy Butler. Depois de dezoito anos morando nesta cidade insignificante, onde todo mundo se conhece e os únicos rostos novos eram temporários, Lucy foi um sopro de ar fresco no meu mundo estagnado. Ela não soprou a minha vida como um furacão, mas abalou o meu mundo da mesma forma. Lucy era mais como uma brisa suave que sussurrava na minha pele, me provocando, me acalmando e me obrigando a persegui-la só para senti-la novamente. Na primeira vez que a fiz sorrir, senti que o mundo finalmente fazia sentido. Na primeira vez que a fiz rir, senti como se eu pudesse andar sobre a água. Na primeira vez que ela me beijou, aqui neste mesmo lugar, eu me senti como o maldito rei que meu pai sempre quis que eu fosse.

Quase três anos depois, nada mudou. Eu ainda odeio tudo em relação a esta cidade, mas continuo voltando porque não aguento me sentir como me sinto quando estou longe dela — como se nada fizesse sentido, como se eu estivesse sozinho lá no meio daquele oceano escuro, tentando não afundar. Mas Lucy me mantém consciente, me lembrando de que ainda há pessoas boas neste mundo que o amam e não esperam nada em troca.

Dada a situação no Oriente Médio, ser convocado de novo era inevitável, e eu estava morrendo de vontade de voltar à ação, mas receber as ordens mesmo assim foi uma droga, e eu fiz uma coisa muito idiota naquele dia. Tudo que eu conseguia pensar era em Lucy mais uma vez colocando a vida em espera, aguardando um homem que não sabia se ia voltar para ela. Lucy tinha uma boa vida aqui, cheia de festas na praia com amigos, de trabalho na pousada que ela adorava e de diversão que a nova temporada turística sempre prometia. Eu tinha o deserto e as bombas, os ataques aéreos e os terroristas suicidas. Tínhamos poucos anos de diferença, mas uma vida à parte em experiência, e eu disse isso a ela.

Foi a única vez que ela me bateu. Minha menina doce, tímida e linda reluziu de raiva e me chamou de todos os nomes que conseguiu pensar depois de me socar. Rio para mim mesmo quando me lembro daquela noite há algumas semanas, e Lucy vira nos meus braços, deslizando as mãos para cima para apoiá-las no meu peito enquanto me encara.

— O que é tão engraçado? — ela pergunta com um sorriso.

A luz que gira ao redor do farol atrás de nós desliza pelos seus traços, e eu passo alguns segundos memorizando seu rosto — as bochechas cor-de-rosa por causa da baixa temperatura do ar, os cabelos loiro-avermelhados sedosos que escapam do gorro e se espalham pelos ombros, os olhos azuis brilhantes cintilando quando ela sorri e a leve sugestão de sardas salpicando o nariz.

— Eu só estava pensando no dia em que recebi minhas ordens e você me mostrou seu gancho de direita.

O canto de sua boca se inclina para cima em outro sorriso, e com a luz fraca da lua e o brilho constante do farol, vejo seus olhos ficarem nublados de preocupação. Eu queria trazê-la para cá para dizer como eu a amo, e agora já estraguei tudo. Percebo que ela está pensando que eu a trouxe aqui para fazer o mesmo discurso que fiz depois de receber as minhas ordens, sobre como talvez não seja uma boa ideia ela me esperar, que talvez seja melhor se ela seguir em frente. Suas mãos apertam com firmeza as lapelas do meu casaco de lã e ela fica na ponta dos pés para não precisar inclinar o pescoço para me olhar nos olhos.

— Nem pense nisso, Fisher. Não me importa se os fuzileiros navais te transformaram numa máquina de luta musculosa, eu ainda consigo te dar uma surra –– ela ameaça. Em seguida respira, se preparando para me dar mais um esporro, e eu rapidamente me abaixo e interrompo suas palavras com um beijo. Seus lábios são macios e frios nos meus, mas, com um deslize da minha língua, eles imediatamente se aquecem e ela se abre para mim. Ela geme, levantando os braços e colocando-os ao redor dos meus ombros, me puxando para perto. Eu a inspiro, gravando seu cheiro na memória para poder recuperá-la a cada instante em que eu estiver longe dela nos próximos dezoito meses.

Então recuo e pego suas mãos, colocando-as entre nós. Sem afastar meus olhos dela, tiro sua luva esquerda e a jogo nas pedras aos nossos pés, beijando a ponta de cada um dos dedos enquanto falo.

— Eu amo sua risada — digo, beijando a ponta do polegar. — Amo que você me faz querer ser um homem melhor — admito, beijando a ponta do indicador. — Amo que você me apoia, apesar de o que eu faço ser difícil para você — digo suavemente, beijando a ponta do dedo médio. — Amo como você é forte e independente — digo, beijando a ponta do mindinho.

Enfio a mão no bolso do casaco e tenho um momento de pânico quando não sinto o que deveria estar lá. Vasculho e finalmente encontro o objeto escondido, e solto um suspiro de alívio enquanto o pego e o deslizo lentamente em seu anelar.

— Amo o jeito como você me olha. Amo o jeito como você me *ama*. Não importa como, eu sempre vou encontrar o caminho de volta para você — sussurro, beijando a ponta do dedo que agora abriga um anel de diamante.

A luz do farol volta a circular naquele instante, e vejo uma lágrima escorrer pelo seu rosto. No dia em que abrimos o jogo e ela me convenceu de que eu estava sendo babaca e que não havia nada que ela *pudesse* fazer além de me esperar voltar para casa porque eu estava levando seu coração comigo quando ia embora, falei para ela vir a este farol sempre que estivesse triste. Eu disse a ela que, não importava onde eu estivesse, eu saberia que ela estaria aqui e imaginaria a luz do farol me guiando de volta para ela.

— Eu sei que somos jovens. Merda, eu sei que *você* é jovem e eu já sou um maldito velho aos vinte e dois anos, mas não me importo — digo, com uma risada nervosa. — Eu vou passar o resto da minha vida te amando. Seria muito mais fácil se você estivesse lá comigo. Por favor, casa comigo. Casa comigo, Lucy Butler. Podemos viajar pelo mundo, podemos envelhecer juntos nesta droga de ilha, podemos fazer tudo que quisermos. Não me importa o que vamos fazer ou onde vamos fazer, contanto que eu esteja com você.

Finalmente paro de falar e esfrego os dedos no lábio inferior enquanto a encaro, observando-a examinar o anel no dedo cada vez que a luz passa por nós. Não quero imaginar o farol sempre que fechar os olhos no próximo ano e meio; quero imaginar este anel no seu dedo e saber que ela é minha, saber que tenho algo pelo qual vale a pena lutar e voltar são e salvo para casa.

— Sim — ela finalmente sussurra enquanto um sorriso ilumina o seu rosto. — Sim, eu aceito me casar com você, Jefferson Fisher.

Solto a respiração que estava prendendo enquanto Lucy pressiona as palmas no meu rosto e olha nos meus olhos.

— Tenha coragem e cuidado. Volte para casa e para mim e eu me caso com você. Só, por favor, volte para casa e para mim.

Sua voz falha enquanto ela tenta não chorar. Eu a puxo para o meu peito e a seguro com força, desejando nunca mais ter que soltá-la, não ter que entrar na primeira balsa pela manhã e me afastar dessa mulher que é tudo para mim. Aproveito esses momentos para curtir a sensação do seu corpo no meu, seu cabelo roçando o meu rosto, e penso, pela milésima vez, em como somos perfeitos um para o outro. Experimento tudo e me entrego completamente, porque, depois de amanhã, terei de me desligar de tudo isso. Às seis horas, quando a balsa se afastar da ilha rumo ao continente, terei de fechar a minha mente para o cheiro de sua pele e o som de sua voz. Vou deixar de ser um rapaz apaixonado e me tornar um fuzileiro naval. Vou fazer o meu trabalho e não vou deixar nada me distrair. Distrações podem matar uma pessoa, e eu vou fazer tudo que estiver ao meu alcance para cumprir minha promessa a Lucy.

Sempre vou encontrar o caminho de volta para ela.

26

Lucy

PRESENTE

Desço a escada, dou um passo para trás e encaro a frente da pousada. Acabei de pendurar uma fileira de bandeirinhas embaixo das janelas que dão para a rua e o resultado ficou excelente. Estamos a poucos dias do Quatro de Julho, e é sempre uma grande festa na ilha. Na noite passada, enquanto eu estava arrumando as camas quando os convidados estavam jantando, deixei bandeirinhas para as pessoas segurarem durante o desfile, além de um folheto que lista as atividades do dia. Todas as lojas se esforçam para decorar as vitrines, e a Main Street fica enfileirada dos dois lados com bandeiras americanas penduradas em todos os postes de luz. Temos um desfile e um torneio de softball, os comércios na rua principal colocam mesas para degustação de comidas e outros itens, e o dia termina com uma enorme festa na praia e um show de fogos de artifício.

Na semana passada troquei as tagetes amarelas e laranja nos canteiros por petúnias vermelhas, brancas e azuis, peguei emprestada uma impressora de tecidos na loja de suvenires da cidade e fiz umas duzentas camisetas da Pousada Casa Butler para vender na minha mesa na Main Street antes do desfile e organizei um formulário do piquenique de almoço para os hóspedes preencherem. Planejei diversos e excelentes tipos de cardápio para eles escolherem, para que possam pegar sua cesta já embalada na cozinha no dia e levá-la para onde quiserem na ilha para curtir. Todos os hóspedes fazem pedidos.

Dizer que eu fiz o que pude para me manter ocupada na semana passada é eufemismo. Minhas emoções estão tão confusas que pensei em me mudar para o Barney's e beber até morrer. Tenho revirado na cama todas as noites desde o incidente no beco, e tem sido difícil conter a frustração. Parte de mim está repleta de culpa por ter deixado as coisas chegarem tão longe com Fisher, e outra parte implora que isso aconteça de novo, mas eu sei que não vai acontecer. Ele se fechou e me afastou, e eu não o vejo desde então, mas ele deixou novas páginas do seu diário na minha caixa de correio. Sei que essa é sua maneira de pedir desculpas outra vez pelo que aconteceu na semana passada, e me destrói por dentro ler essas páginas e me lembrar de como tínhamos esperança em relação ao nosso futuro juntos.

Sinto mais culpa por como deixei as coisas acontecerem com Fisher do que pelo que estou fazendo com Stanford. Mesmo que eu nunca mais fale com Fisher, preciso terminar com Stanford. Ele tem participado de reuniões no continente durante toda a semana, então, pelo menos, não precisei encontrar desculpas para evitá-lo para ele não ver a marca que os dentes de Fisher deixaram no meu pescoço. Inconscientemente, levanto a mão e passo a ponta dos dedos no local onde a marca já desapareceu, e meu pulso acelera quando me lembro da sensação dos seus dentes mordendo a minha pele.

Deixo a mão cair, fecho os olhos e suspiro, sabendo que não é justo comigo nem com Stanford continuar essa relação, já que nunca haverá um futuro para nós dois. Eu só tenho espaço no coração para um homem, e ele sempre será ocupado por Fisher.

Eu não percebi como senti falta do toque dele até sua mão deslizar no interior da minha coxa. Eu devia ter lembrado a nós dois que tenho namorado e por isso eu devia ter empurrado Fisher, mas não consegui fazer isso. Eu queria as mãos dele em mim, queria seus dedos dentro de mim mais do que queria respirar, mais do que queria ser fiel a Stanford, mais do que queria ser racional. Odeio que ele ainda tenha tanto poder sobre mim, a ponto de eu me esquecer de tudo na vida, exceto da sensação do seu corpo no meu, da sua respiração no meu ouvido e das suas mãos me levando ao orgasmo. Foi tão animalesco, tão bruto, e simplesmente tão perfeito. Por que Fisher não conseguiu ver como eu queria aquilo? Por que ele não conseguiu ver que eu curti cada minuto até ele se fechar? Eu sei que sua perda de controle foi resultado do ciúme por Stanford me beijar na rua, e dói pensar que talvez ele realmente não me desejasse tanto quanto queria me punir por eu estar com outro homem. Passei o último ano lutando para me tornar mais forte, mais independente e descobrindo quem eu sou e, em apenas alguns minutos num beco escuro, Fisher apagou tudo isso. Ele me faz precisar dele, me faz desejá-lo e me deixa fraca.

— Ah, querida, está lindo!

Viro e sorrio para meus pais, que estão parados atrás de mim, olhando para a pousada.

Eu me junto a eles na calçada, dando um abraço e um beijo na bochecha de cada um. Meu pai me abraça um pouco mais forte do que o habitual antes de recuar e tirar meu cabelo do rosto.

— Você parece cansada. Tem dormido direito? E emagreceu. Quando foi a última vez que comeu?

Dou risada da sua preocupação, pensando que ele se parece muito com Trip, e saio do seu abraço.

— Pai, eu estou bem. Só estou ocupada com a pousada, você sabe como é no verão.

Ele desvia o olhar com culpa e eu beijo sua bochecha de novo, tentando lhe garantir, mesmo sem palavras, que não há motivo para ele se sentir culpado. Aos vinte e um anos, quando vi como a pousada estava pesando nos ombros de meus pais já idosos, eu me apresentei e os convenci a se aposentarem e aproveitarem a ilha sem ter o fardo de uma pousada para administrar. Passei meses assumindo lentamente as tarefas que cada um realizava. Em certo momento, eles perceberam que eu *conseguia* fazer tudo e, o mais importante, que eu queria cuidar de tudo. Eles viram como eu ficava feliz trabalhando aqui e administrando as coisas e, relutantes, recuaram e transferiram a pousada para o meu nome. Tenho certeza de que eles sabem como eu luto para manter o lugar funcionando, mesmo que eu não compartilhe todos os detalhes com eles, e toda vez que os dois passam por aqui, dá para ver escrito no rosto de ambos que eles gostariam de poder ajudar mais. Passo a metade dessas visitas convencendo-os de que não preciso de ajuda e que eles nunca devem se sentir mal por terem se aposentado e não terem dinheiro sobrando para me dar quando estou afogada em contas. Assumir a pousada quando eu estava no ensino médio e ter que fazer tantos consertos no prédio já antigo acabou com as economias da nossa família. Mesmo que eles tivessem dinheiro para me dar, eu nunca aceitaria. Foi minha decisão administrar a pousada, e a responsabilidade é toda minha.

— O Trip está por aí? Preciso perguntar para ele sobre uma torneira que está vazando na nossa cozinha — pergunta meu pai, olhando ao redor.

— Ele está no andar de cima, no quarto Marblehead, colocando uma maçaneta nova na porta do banheiro — explico.

Meu pai me dá um tapinha no ombro antes de desaparecer escada acima.

— Você tem alguns minutos para sua velha mãe intrometida? Parece que não conversamos há séculos — diz minha mãe com um sorriso.

Entrelaçamos os braços e atravessamos os fundos da pousada para chegar até a varanda. Ela senta numa das cadeiras de balanço enquanto vou até uma mesa lateral e pego dois copos de chá gelado no dispensador de bebidas de vidro que eu encho duas vezes por dia.

Entrego um copo a ela, sento ao seu lado e começo a tomar o meu.

— Você colocou hortelã? — ela pergunta.

— Ãhã — respondo.

— Hummm, está delicioso.

Alguns minutos silenciosos se passam antes que ela faça outra pergunta aleatória.

— Aqueles guarda-sóis lá embaixo são novos? Não me lembro de serem listrados de amarelo e branco.

Ela aponta o copo para os guarda-sóis que colocamos na areia todas as manhãs para os hóspedes.

— Hum, não. São os mesmos que usamos há alguns anos.

— Hummm — ela responde de um jeito distraído outra vez, tomando um gole de chá.

— Fala logo, mãe.

Ela coloca o copo na mesa entre nós e vira para mim.

— É tão óbvio assim?

— Tenho certeza de que você não passou aqui para falar de hortelã e guarda-sóis, então, sim, é bem óbvio — respondo.

Ela olha para o mar e para as famílias deitadas na praia a alguns metros de distância antes de suspirar profundamente.

— Encontrei o Fisher na cidade ontem.

Meu estômago dá uma cambalhota como se eu estivesse descendo numa montanha-russa, e meu coração começa a bater mais rápido.

166

— Sério? O que ele te disse? — pergunto calmamente, não deixando transparecer que estou morrendo de vontade de saber como ele estava, o que ele disse e o que ele fez.

Tenho um momento de pânico absoluto ao pensar que ele deixou escapar o que aconteceu no beco, e minha vontade é correr lá para dentro e me esconder num armário.

— Ele te ama, Lucy — ela diz baixinho.

Eu a encaro, boquiaberta.

— Ele disse *isso*? — pergunto, em estado de choque.

Ela ri levemente e balança a cabeça para mim.

— Não, não com essas palavras, mas sou velha o suficiente para saber quando estou olhando para um homem torturado que sente falta da esposa.

— Ex-esposa — lembro a ela.

Ela agita a mão no ar com desdém.

— Só no papel.

É minha vez de rir.

— Hum, tenho certeza de que esse é o único lugar que importa.

— Você ainda é esposa dele onde conta: no coração e na alma. Dá para ver isso quando ele diz seu nome, e eu me pergunto quando é que você vai ver também — ela reflete.

Balanço a cabeça e reviro os olhos, limpando cada gota de condensação no meu copo para ter alguma coisa para fazer. De repente, me sinto ansiosa com tantas emoções conflitantes disparando pelo meu coração e pela minha mente que não consigo entender nenhuma delas.

— É complicado, mãe. Estou saindo com alguém, e o Fisher... É simplesmente complicado — tento explicar.

— O amor não é fácil, querida. Sei que você passou por muita coisa com o Fisher e sei que é difícil você confiar nele, mas ele está tentando. Ele tem tanto medo de fazer a coisa errada. Ele quer ser um bom homem para você. Quer cuidar de você, e te ama, e eu não acho que... — Ela faz uma pausa, respirando fundo e tentando organizar os pensamentos.

— Você não acha o quê? — sussurro, forçando-a a continuar.

Ela estende a mão por sobre a mesa entre nós e pega a minha.

— Acho que o Stanford nunca vai ser o tipo de homem que você precisa. O tipo de homem que vai te amar com tanta paixão e devoção. O tipo de homem que vai cuidar de você, mas também recuar e te deixar ser forte por conta própria.

Engulo as lágrimas e aperto a mão dela para deixá-la saber que não estou ofendida pelo que ela está falando sobre Stanford. Tenho tido os mesmos pensamentos em relação a ele ultimamente, então isso não é nenhuma novidade para mim. Neste momento, estou mais preocupada com a parte da paixão na equação entre mim e Fisher. É uma coisa que eu quero e preciso, mas da qual ele parece ter medo.

— Como eu sei que o Fisher vai ser esse homem? — pergunto. — Ele foi por muito tempo, e eu nunca achei que alguma coisa ia nos separar. Ele me disse coisas horríveis antes de sair da ilha. Não posso simplesmente esquecer ou fingir que nada disso aconteceu.

— Claro que você não pode fingir que nada disso aconteceu, Lucy. Essas coisas partiram o seu coração e te mudaram. Acho que ele não espera que você esqueça e o perdoe tão rapidamente. Ele sabe que tem muito trabalho a fazer para conquistar sua confiança e sabe que tem muitas explicações para te dar. Só estou pedindo para você dar uma chance para ele se explicar; uma chance para ele mostrar que nunca quis te magoar.

Parece muito fácil quando ela diz. Entregar novamente meu coração a Fisher e confiar que ele vai cuidar. Mas não é fácil. Isso me assusta absurdamente. Talvez eu consiga perdoar o que ele me disse quando não estava em seu estado de espírito normal, mas foi ele quem decidiu terminar as coisas para sempre com os documentos do divórcio. Foi ele quem esteve com as mãos em cima da Melanie, e Deus sabe o que ele andou fazendo com ela enquanto ainda usava minha aliança no dedo. Como perdoar essas coisas?

— Ele era um homem destruído, Lucy, e eu sei que te destruiu junto. A guerra não muda apenas um fuzileiro naval, muda a todos que o amam. Nunca pensei que um dia ia conseguir perdoá-lo por magoar o meu bebê, mas vê-lo ontem e ouvi-lo falar sobre você e o que você significa para ele... Dê uma chance para ele, só isso.

A culpa está de volta com força total, e tenho de soltar a mão da minha mãe, deixar o copo de lado e me abraçar para aguentar firme. Não sei o que estava acontecendo na mente de Fisher no ano passado, quando cheguei em casa e o encontrei fazendo as minhas malas e ele me disse palavras tão dolorosas, mas sei que era algo muito ruim. Ele estava se fechando para mim havia semanas, e eu sempre me senti um fracasso por não fazer mais por ele. Eu tentei muito, mas não foi o suficiente. Eu teria dado tudo para ficar e ajudar, mas como poderia, já que ele não queria isso? Quero que ele seja sincero comigo, me diga o que aconteceu naquele dia e me ajude a entender por que ele achou que o divórcio era a resposta para todos os seus problemas.

Eu me sinto hipócrita por querer que Fisher se abra quando não fiz nada além de evitá-lo como uma praga e procurá-lo só para me comportar como uma mulher perversa. Não tenho certeza se estou preparada para perdoá-lo pelo que fez comigo, mas sei que ele não merece a minha raiva agora. Nunca tivemos problema em conversar até o fim do nosso relacionamento. Almoçar com ele no Lobster Bucket algumas semanas atrás e voltar aos velhos tempos me fez sentir saudade da leveza de estar com ele. Tentei esquecê-lo, seguir em frente e ser feliz, mas, assim que ele reapareceu na minha vida, percebi que deixá-lo ir era impossível, porque ainda o amo. Tentei fingir que estava apenas confusa por estar perto dele de novo, mas não posso mais fazer isso.

Eu o amo e estou morrendo de medo de ele partir meu coração mais uma vez.

27

Do diário de Fisher

23 DE JANEIRO DE 2006

A mansão de dois mil metros quadrados dos meus pais está lotada de convidados e funcionários do bufê, e, quando olho pela janela do meu antigo quarto, vejo mais e mais carros entrando para serem estacionados pelos manobristas que minha mãe contratou.

Puxo, nervoso, a gravata azul-clara do meu smoking preto, tentando afrouxá-la para não sentir que estou sufocando. Minhas palmas estão suando, minhas mãos estão tremendo, e eu realmente não quero acrescentar um desmaio a essa combinação. Gostaria de poder dizer que é só o tremor do casamento que me faz sentir assim, mas seria mentira. A única coisa que me impede de saltar desta janela do segundo andar é saber que vou me casar com Lucy. O problema que estou tendo é com todas essas pessoas. São muitas pessoas, porra. Desde que voltei da convocação, tenho evitado aglomerações, preferindo ficar sozinho trabalhando nos móveis ou encolhido em algum lugar na casa com Lucy. Não consigo lidar com o barulho, a conversa e todas as perguntas que acompanham o fato de estar perto de pessoas.

— Ah, querido, sua gravata...

Continuo olhando fixamente pela janela enquanto minha mãe atravessa o quarto na minha direção, mexendo na minha gravata e deixando-a ainda mais apertada do que antes. Ela passa a palma das mãos na frente da gravata para alisá-la quando termina, depois dá um passo para trás para me olhar.

— Perfeito! Você está tão bonito, Fisher! — Ela volta e abotoa o paletó do meu smoking, escovando com as mãos os ombros e as mangas para tirar algum fiapo ou fio de cabelo perdido enquanto tagarela sobre essas merdas que não me importam. — Quase todos os convidados já chegaram, e o pessoal do bufê está oferecendo canapés e champanhe enquanto eles aguardam para sentar. Espere só para ver os arranjos de flores que encomendei para a recepção. Pedi para trazerem hortênsias e orquídeas azuis por avião para combinar com as cores do casamento...

Eu me desligo dela e tento contar de trás para frente na minha cabeça, de cem até um. Mesmo estando um andar acima de todos os convidados e funcionários, ainda consigo ouvir o zumbido das vozes e risadas, o tilintar dos copos e a batida das portas. Meus ouvidos começam a zumbir e minha cabeça dói tanto que parece que vai explodir. Quero paz... Quero Lucy. Preciso que Lucy me abrace e sussurre em meu ouvido que está tudo bem.

Devo ter murmurado o nome de Lucy em voz alta enquanto minha mãe resmungava sobre a comida e a decoração, porque ela cruza os braços e me olha furiosa, arrancando-me dos pensamentos.

— Você não pode ver a noiva antes do casamento, dá azar — ela me informa.

Não, azar é não ter o casamento que eu queria, a pequena reunião íntima de familiares e amigos próximos na praia, ao pôr do sol. Azar é esse circo que está acontecendo no andar de baixo, com centenas de pessoas que Lucy e eu nunca vimos. Meu pai foi contrário ao casamento desde o primeiro dia, mas certamente está desempenhando o papel de pai orgulhoso do noivo hoje, convidando todos com quem ele já fez negócios e puxando o saco deles assim que entram. Ele tem desfilado com pessoas pela "propriedade" durante toda a manhã, mostrando obras de arte caras e coisas do gênero, dando seu sorriso falso sempre que alguém pergunta se ele está empolgado para virar sogro.

Um ruído estridente soa em algum lugar da casa, e instintivamente cubro a cabeça e me jogo no chão. Prendo a respiração e espero que o som de tiros e explosões ocupe o ar, mas nada acontece. De repente, sinto a mão da minha mãe no meu ombro e balanço a cabeça para clarear os pensamentos, me sentindo um idiota total.

— Fisher? — ela sussurra, nervosa, enquanto me levanto e respiro fundo algumas vezes.

Não estou no deserto, estou na casa dos meus pais. Está tudo bem, eu só preciso me acalmar.

— Estou bem, mãe, não é nada — digo distraidamente enquanto a contorno e vou em direção à porta. Não faz sentido admitir que eu simplesmente tive um flashback. Tenho certeza de que ela percebeu assim que me joguei no chão e protegi a cabeça.

Preciso de Lucy. Não me importa o que diz a tradição, preciso vê-la agora mesmo, senão eu nunca vou conseguir me acalmar. Preciso ver que ela está segura e feliz e não mudou de ideia em relação a se casar e entrar para essa família de merda.

Assim que saio no corredor, acelero, disparando até chegar à escada que leva ao terceiro andar. Subo dois degraus de cada vez, meu coração batendo mais rápido e meu ânimo melhorando quanto mais me aproximo do quarto onde Lucy está. Quando chego no alto da escada, saio correndo, a gravata voando atrás de mim enquanto vou para o lado oposto da casa.

Nem paro para bater quando estanco diante das portas duplas, fechadas no fim do corredor. Segurando as duas maçanetas, empurro as portas e entro no enorme quarto que minha mãe preparou para Lucy se arrumar. Há espelhos enfileirados nas paredes, maquiagem e produtos capilares entulham as mesas, mas eu só tenho olhos para a mulher de pé, diante de uma janela que se estende do chão ao teto.

O que surge à minha frente é a coisa mais linda que já vi em toda a minha vida.

Finalmente me aquieto e começo a respirar de novo quando a vejo. O sol do inverno reluz intensamente através da janela, cercando-a como um halo, e ela parece um anjo. Ela *é* um anjo. Ela é meu anjo e me mantém com os pés no chão e me vigia, sempre cuidando de mim. Os últimos meses foram difíceis para nós dois, mas Lucy nunca deixou isso transparecer. Ela não reclama quando quero ficar em casa, longe das outras pessoas; ela simplesmente se encolhe comigo no sofá e me diz como me ama. Ela não fica assustada nem me olha com piedade quando tenho um pesadelo e a acordo no meio da noite; ela me abraça, fala comigo sobre coisas que aconteceram na ilha enquanto eu estava fora e diz que sentiu a minha falta.

É estranho sentir que você não consegue respirar sem outra pessoa. Fisicamente, eu sei que estou respirando e meu coração está batendo quando ela não está por perto, mas, na minha alma, parece um filme que foi colocado no modo "pausa", esperando alguém voltar para a sala. Quando estou longe dela, parece que a minha vida está em estado de espera, e Lucy é a única pessoa que pode reiniciá-la.

— Nossa... Você está deslumbrante — sussurro enquanto a analiso da cabeça aos pés.

Ela está usando um vestido branco tomara que caia que envolve cada curva do seu corpo, e seus cabelos estão cacheados em ondas suaves ao redor do rosto, caindo nas costas. Dou um sorriso, sabendo que ela conseguiu ganhar pelo menos uma discussão com minha mãe em relação ao casamento. Minha mãe achou que ela ficaria melhor com os cabelos presos no alto da cabeça, mas Lucy recusou a ideia, sabendo que eu adoro seu cabelo solto e natural. O véu está preso em alguma parte do cabelo e cai pelas costas, formando uma cauda no chão atrás dela. Lucy segura o tecido da saia e o tira do caminho quando vira para me encarar.

Eu me demoro para atravessar o quarto, para poder observá-la. Quando estamos diante um do outro, ela olha para mim e sorri.

— Sua mãe sabe que você está aqui? Recebi ordens estritas para ficar longe de você até a cerimônia — ela me diz com uma risada.

Envolvo as mãos suavemente em seu pescoço e arrasto os polegares na pele lisa de suas bochechas. Tenho medo de tocá-la em qualquer outro lugar e estragar o cabelo e a maquiagem, mas não consigo estar tão perto dela e *não* tocá-la.

— Não dou a mínima para o que a minha mãe diz. Eu precisava te ver.

O rosto de Lucy se ilumina, mas rapidamente se transforma em preocupação enquanto ela encara os meus olhos.

— Ei, você está bem? — ela pergunta baixinho, levantando as mãos e pressionando-as no meu peito.

Tiro um cacho solto dos seus olhos com a ponta dos dedos e sorrio.

— Agora estou. Eu só precisava te ver — eu a tranquilizo.

Ela entra no círculo dos meus braços, descendo as mãos e colocando-as ao redor da minha cintura antes de apoiar a bochecha no meu peito.

— Você vai estragar o cabelo e a maquiagem — protesto, apesar de já estar abraçando-a e puxando-a para mais perto.

— Não importa — ela diz, apertando minha cintura com mais força. — Só importa isto, bem aqui. Nenhuma daquelas pessoas lá embaixo, nenhuma decoração ou comida elaborada, nada é mais importante do que nós, aqui e agora. Eu te amo, Fisher, e, apesar de não termos o nosso casamento na praia ao lado do farol, este ainda é o dia mais feliz da minha vida.

Beijo o topo da sua cabeça, evitando desarrumar seus cabelos, e nós dois ficamos ali, nos braços um do outro, olhando para o nosso farol, instalado no meio dos penhascos.

— Um dia eu vou me casar com você ao lado daquele farol. Vamos simplesmente renovar os votos ou alguma coisa assim — digo a ela.

A risada de Lucy ressoa no meu peito, e ela inclina a cabeça para trás para me olhar.

— Vamos convidar a sua mãe? Porque, se convidarmos, ela pode tentar decorar o farol e convidar a cidade toda.

Dou uma risadinha e encolho os ombros.

— Talvez a gente consiga manter tudo em segredo e convidá-la cinco minutos antes de começar. Digamos, no décimo quinto aniversário do dia em que eu finalmente te convenci a namorar comigo. Vou te encontrar no farol e você pode se tornar minha esposa de novo.

Lucy faz que sim com a cabeça e fica na ponta dos pés para beijar o meu queixo.

— Combinado. Vou te encontrar no farol.

Apenas alguns minutos abraçado a Lucy e já me sinto mil vezes melhor. Ainda consigo ouvir o ruído no andar de baixo, mas não me incomodo. Ouço uma porta bater e não pulo de ansiedade. Lucy faz tudo ser melhor... Ela faz o mundo à minha volta desaparecer até restar apenas nós dois, e ela está certa, isso é tudo que importa.

Recuo e pego suas mãos, puxando-a em direção ao armário no outro lado do quarto.

— Tenho uma coisa para você. Entrei aqui hoje de manhã antes de você chegar para se preparar — digo enquanto vamos até o armário. — Feche os olhos.

Ela obedece, ficando ao meu lado com um enorme sorriso no rosto.

— Achei que tínhamos combinado de não comprar presentes de casamento um para o outro, Fisher. Casar com você é o único presente de que preciso.

Solto as mãos dela e abro a porta, pegando o presente que fiz.

— É, bom, eu menti. Abre os olhos.

174

Ela abre os olhos devagar, e eles imediatamente se enchem de lágrimas quando ela vê o que estou segurando.

— Achei que poderíamos pendurar perto da porta da frente da nossa casa — digo.

Passei as últimas semanas fazendo uma placa para ela. Não é muito, e definitivamente não são as pérolas caras que minha mãe insistiu que eu comprasse para ela, mas eu sabia que Lucy ia preferir ganhar um presente vindo do coração a qualquer coisa que eu pudesse comprar.

— Ah, Fisher, que linda — ela me diz enquanto acaricia a placa oval.

Esculpi as palavras "Casa dos Fisher, desde 2006" e, abaixo, nosso farol.

— Mal posso esperar para pendurar em casa. E para me tornar a sra. Fisher.

Coloco a placa no chão e a puxo de volta para os meus braços.

— Tudo é perfeito ao seu lado, Lucy. Você é a minha luz e a minha vida, e tudo que eu preciso é que o seu amor me guie de volta para casa, não importa aonde eu vá.

28

Fisher

PRESENTE

— Fisher, senta, senão você vai fazer um buraco no tapete.

Paro de andar e olho para Seth Michelson enquanto ele se balança numa das cadeiras que fiz para o escritório dele durante minha estadia aqui. Com mais de sessenta anos e a cabeça cheia de cabelos brancos, Seth é um veterano do Vietnã que passa o tempo livre, desde que se aposentou como funcionário de uma usina de aço, morando num subúrbio de Beaufort, Carolina do Sul, e atuando como voluntário no hospital do Centro de Reabilitação de Veteranos de Guerra da região. Eu o considero meu amigo agora, apesar de tê-lo odiado quando o conheci. Ele aconselha veteranos nos postos de reabilitação administrados pelo centro, onde passei o último ano da minha vida. Não é terapeuta formado nem nada assim, mas sabe tudo sobre as dificuldades de readaptação à vida civil, após o combate numa zona de guerra. O centro de reabilitação tentou me empurrar para alguns psiquiatras depois que Bobby me deixou na porta deles, com uma mensagem de despedida em que ameaçava me dar outra surra se eu não buscasse ajuda e me reerguesse. Nenhum dos jalecos brancos que entraram desfilando no meu quarto tinha estado na guerra; eles simplesmente cuspiam fatos e números que tinham lido em livros e me estimulavam a deitar e discutir meus sentimentos em relação à minha mãe. Depois de algumas semanas de surtos violentos de raiva intensificados pelos efeitos da abstinência de álcool, Seth entrou, sentou na minha cama e não disse uma palavra. Permaneceu ali, apoiado nos meus travesseiros, até que ficou entediado com o silêncio, pegou um livro da minha mesa de cabeceira e começou a ler. Isso me irritou tanto que passei a gritar com ele. Os gritos se transformaram em outro surto, e eu arranquei o livro da mão dele e joguei do outro lado do quarto. Ainda assim, ele não disse uma palavra. Continuei gritando, e ele começou a examinar as unhas, até que os meus gritos se transformaram em xingamentos murmurados, e esses xingamentos murmurados se transformaram em fala. Falei e falei, até minha voz ficar rouca e eu esgotado, escorregando na parede e me encolhendo no chão. Quando terminei, ele se levantou da minha cama, veio até mim, me deu um tapinha nas costas e disse:

— Eu volto amanhã. Vamos dar um passeio.

Depois daquela tarde, vi Seth todos os dias da minha estadia no centro de reabilitação. Ele me contou o que presenciou no Vietnã e como lidou com isso depois que voltou para sua esposa e sua filhinha recém-nascida, mas, na maior parte do tempo, só ouviu. Quando eu tinha um dia ruim e descontava nele, ele chamava minha atenção e me dizia para sair do modo babaca. Quando eu sentia pena de mim mesmo, ele me dizia para parar de ser maricas e pensar em todas as coisas boas com que eu tinha sido abençoado na vida. Seth foi meu salvador durante o período mais sombrio da minha vida, e, com todos os pensamentos contraditórios na minha cabeça durante a semana passada, eu sabia que era hora de pegar a balsa até o continente e vê-lo. Passei a última hora repassando os eventos que ocorreram desde a última vez que falei com ele, o dia em que deixei o hospital, pouco mais de um mês atrás.

— Então você está surtando por ter machucado a Lucy e a afastado, estragando todos os seus planos de se aproximar dela outra vez. Esse é o resumo? — pergunta Seth.

— É claro que eu a machuquei. Empurrei o rosto dela na parede de um maldito prédio e mordi o pescoço dela. Eu perdi o controle, Seth. Depois de passar um ano inteiro aprendendo a controlar a raiva, eu perdi a porra toda quando a vi beijando aquele babaca do namorado dela — explico, começando a andar de um lado para o outro de novo.

— Suponho que ela gritou com você? Te mandou parar, te empurrou, te bateu, te socou, te xingou? — pergunta Seth. Dá para perceber a diversão na sua voz, porque ele sabe muito bem que isso não aconteceu, senão eu teria incluído na minha explicação.

— Foi tudo muito rápido. Ela não teve tempo de lutar comigo, mas eu sei que ela queria — digo, sem nenhuma convicção na voz.

Seth ri.

— Sério? Você agora lê mentes?

— Vai se foder — rosno. — Eu conheço a Lucy e sei que não é isso que ela queria de mim. Eu me tornei um animal e tenho certeza que agora ela me odeia ainda mais do que antes. Ela tem o sr. Perfeito, que provavelmente usa luvas brancas quando toca nela para não sujá-la, e ela tem a mim, que a agarra num beco escuro.

Seth se levanta da cadeira de balanço e se aproxima para ficar em pé na minha frente.

— Você passou treze meses longe dela, então é possível que não a conheça tão bem assim. As coisas mudam, as *pessoas* mudam. Você não acha que o que aconteceu com você depois das convocações também afetou a Lucy? Mudou alguma coisa dentro dela e a tornou um pouco mais forte, um pouco mais confiante e maleável?

É a vez de Seth andar de um lado para o outro, e eu o observo, ouvindo-o falar.

— Minha Mary Beth era uma ratinha quando fui para o Vietnã. Nunca levantava a voz, nunca discutia... Era uma daquelas esposas que eram vistas e não ouvidas, do jeito que a mãe lhe ensinou. Ela era a calma da minha tempestade, e isso funcionou até eu voltar para casa um pouco diferente de quando saí e viver com raiva. Ela se alimentou dessa minha raiva, e tivemos umas brigas realmente violentas. Ela chegou a jogar pratos e copos na minha cabeça enquanto eu reclamava, gritava e me enfurecia. No dia seguinte, eu ficava de joelhos e praticamente soluçava de arrependimento, e ela simplesmente ria e me abraçava. E dizia: "Seth, brigar com você é a melhor diversão que tenho há anos. Se precisa liberar um pouco da sua raiva, não tenho nenhum problema em você fazer isso comigo. Mas, se você alguma vez encostar a mão em mim com algo que não seja paixão, vou pegar a espingarda no armário do corredor e atirar na sua bunda".

Seth dá uma risadinha, e não consigo evitar de rir com ele. Ele para de andar em círculos e olha para mim de novo.

— Eu nem tinha percebido que, enquanto eu estava passando por toda aquela merda e me transformando numa pessoa diferente, Mary Beth estava mudando comigo. Ela percebeu que gostava de um pouco de drama, contanto que nenhum de nós fosse cruel ou fizesse mal ao outro de propósito. Isso também apimentou as coisas na cama, e foi assim que tivemos mais três filhos.

Seth pisca para mim e eu reviro os olhos para ele, fingindo repulsa em relação à sua conversa sobre sua atividade picante na cama.

— Você me contou muito sobre a Lucy durante o tempo que esteve aqui, e a única coisa que sempre ressaltou é que ela é forte. Mais forte que qualquer pessoa que você conhece, incluindo você, e foi por isso que você sentiu necessidade de enviar os papéis do divórcio — me lembra Seth. — Você não queria fazê-la descer até o nível de fraqueza que estava sentindo na época. Se ela é tão forte como você diz, não acha que ela teria dito alguma coisa se não quisesse o que você estava fazendo com ela? Não acha que ela teria te dado uma surra se isso a irritasse?

Fecho os olhos e penso em cada momento naquele beco, mesmo que parte de mim queira esquecer. Penso em como seu traseiro se empinou para trás e como ela implorou por mais. Penso em como ela gozou rápido com meu nome nos lábios. Penso na expressão no seu rosto quando a afastei e pedi desculpa, e uma luz se acende na minha cabeça. Ela definitivamente estava chateada naquele momento, perto de me dar uma surra, mas não por causa do que eu tinha feito, e sim porque *eu* tinha me arrependido daquilo. Enquanto eu estava mergulhado na culpa porque achei que a tinha machucado, ela estava com raiva porque... Merda.

Quer dizer que a minha Lucy gosta de uma pegada mais agressiva?

Sufoco a empolgação que esse pensamento provoca quando minha mente volta para as marcas que deixei no corpo dela no dia em que voltei para casa da minha última convocação e para a maneira como ela se abraçou, como se estivesse se segurando, na noite em que a obriguei a ir embora da nossa casa. Toda vez que perco o controle das minhas emoções, é Lucy quem sofre. *Não posso* perder o controle quando se trata dela.

— Não quero magoá-la como fiz no dia em que terminei tudo. Tenho muito medo de me transformar naquele homem novamente e atacá-la. É melhor quando eu fico calmo e não sou dominado pelas emoções e pela raiva — digo, caminhando até a janela para ver a rua lá embaixo.

Beaufort lembra muito a ilha Fisher. Não há carros na rua nem pessoas correndo para chegar aonde desejam. Seth me disse que ele e a família escolheram deliberadamente uma pequena comunidade, cansados da agitação da cidade grande que enfrentaram durante os quarenta anos em que ele trabalhou numa siderúrgica de Detroit. Até conhecer Lucy, eu achava que era isso que eu queria. Viver na cidade grande, onde as coisas realmente aconteciam, fugir da ilha que tinha sido meu inferno pessoal. Ironicamente, não foram quase sete anos numa caixa de areia no Oriente Médio que me fizeram apreciar a beleza da minha ilha. Foi passar um ano num posto de tratamento a menos de oitenta quilômetros de distância, onde eu ainda podia ouvir o som do mar e sentir o cheiro do sal, que me deu forças para melhorar. Não havia nada como estar perto de tudo que eu sempre quis rejeitar para me recompor e voltar para a ilha à qual eu pertencia, onde as coisas faziam sentido. Eu odiava estar longe não só de Lucy, mas também da *minha* praia, do farol, da nossa casinha perto do mar e da nossa comunidade, onde todos se conhecem. Mesmo agora, parece que minha pele está cheia de insetos que quero coçar e afastar. Estou me coçando de necessidade de voltar para casa, para a minha Lucy.

— Você não bebeu nada desde que voltou para casa, certo? — pergunta Seth.

Balanço a cabeça.

— Não, e a loucura é que nem sinto vontade de beber, mesmo com toda essa merda na minha cabeça. É bom estar limpo e focado, mas, mesmo sem o álcool, ainda existem momentos em que fico confuso e tenho que me concentrar muito para me acalmar.

— Claro que sim, filho. Isso se chama transtorno de estresse pós-traumático e provavelmente vai ficar com você pelo resto da vida. Mais de quarenta anos depois, às vezes eu ainda acordo suando frio e levo um minuto para perceber que não estou afundado até o pescoço num arrozal, ensopado até os ossos, esperando minha cabeça ser explodida — explica Seth. — Você não pode manter essa merda aí dentro, senão isso vai te comer vivo, você sabe muito bem. Você passou anos guardando esses pesadelos e problemas para si, e olha o que isso provocou no seu casamento. Converse com a sua mulher, Fisher. Se quiser que ela volte a confiar em você, é preciso dar a ela o mesmo nível de confiança. Você precisa acreditar que ela é forte o suficiente para receber o que você tem a dar.

Seth e eu caminhamos pelo entorno do posto de reabilitação, e eu falo com alguns dos caras que entraram pouco antes de eu sair. Vejo muito de mim mesmo neles e, pela primeira vez em muito tempo, me sinto orgulhoso por ter chegado tão longe desde que entrei aqui. Seth está certo; não posso esperar que Lucy confie em mim se eu não fizer o mesmo com ela. Ela precisa entender o que estava acontecendo comigo enquanto eu estava me resolvendo, há mais de um ano. Claro, as páginas do diário sobre épocas mais felizes, que tenho mandado para ela, são uma ótima maneira de lembrar como éramos ótimos juntos, mas não posso esperar que ela nos dê a chance de um futuro novo se eu não falar sobre os maus momentos também.

Por mais que eu queira manter minha raiva e meu ciúme o mais longe possível de Lucy, tenho que aceitar que eles são parte de mim. Eles vivem e respiram dentro de mim, e não posso simplesmente ignorá-los e esperar que eles se afastem. Sei que nunca vou magoar Lucy como no dia em que a obriguei a ir embora da nossa casa, mas que garantia eu tenho que não vou magoá-la ainda mais com minhas palavras e atitudes quando esses sentimentos se apoderarem de mim, como aconteceu naquele dia no beco? Quero acreditar que Seth está certo, que Lucy teria encontrado um jeito de me parar se realmente não quisesse aquilo, mas é difícil vê-la como algo diferente da garota doce, tímida e linda com quem me casei, não importa como as coisas tenham mudado desde então. É difícil imaginar que ela gostaria que eu a tocasse com qualquer coisa que não fosse mãos suaves, mas também não consigo apagar seus gemidos de prazer, me dizendo que estava adorando o que eu estava fazendo com ela.

Com a promessa de Seth de que vai levar Mary Beth à ilha em breve, saio e pego um táxi para a balsa.

Sei que Lucy vai estar ocupada com todos os eventos do Quatro de Julho, mas talvez eu possa convencê-la a me dar um pouco do seu tempo. Já passou da hora de eu me abrir com ela.

Sobre tudo.

29

Lucy

PRESENTE

— Você *não* vai jogar essa partida de softball hoje!

— Você não pode me dizer o que fazer, seu babaca. Vai embora!

Levanto os olhos da minha papelada quando ouço gritos vindos da varanda e vejo Ellie entrar voando pela porta da frente, com Bobby correndo logo atrás.

— É claro que eu *posso* te dizer o que fazer, e você vai me escutar, maldição! — argumenta Bobby.

Nunca o vi tão acelerado, e isso me obriga a fazer uma pausa. Apesar de Bobby não ser o que eu chamaria de gostoso, como Fisher, ele parece um menino e é um fofo com seus cabelos cacheados castanhos, seus olhos azuis reluzentes e seu sorriso fácil. Ele tem a mesma altura da Ellie, cerca de um metro e setenta, e tem sorte de ela não estar usando saltos, senão ela estaria se assomando sobre ele e provavelmente derrubando-o no chão, pela expressão furiosa em seu rosto.

— Você não manda em mim, porra! Eu sabia que não devia te contar! — grita Ellie, pisando duro logo atrás de mim, sem nem olhar na minha direção.

Bobby corre atrás dela, e eu jogo a caneta no balcão e o sigo, me perguntando que diabos está acontecendo. Felizmente todos os hóspedes já estão na Main Street, esperando o início do desfile, e não sentados na primeira fila para assistir a essa competição de gritos.

Bobby finalmente alcança Ellie na cozinha, abraçando-a por trás quando ela tenta sair pelas portas de vidro deslizantes.

— Quer parar de tentar fugir de mim? — ele argumenta, levantando-a e afastando-a da porta.

Ela chuta e agarra os braços dele até que ele a solta e se afasta, se colocando entre Ellie e a porta para ela não tentar escapar de novo.

— Quer parar de me seguir? Vai embora!

— Não vou a lugar nenhum até você concordar em se casar comigo! — grita Bobby.

Minha boca se abre de repente, e meus olhos se arregalam em choque. O que diabos está acontecendo agora?

— Ai, meu Deus, quer parar?! Eu não vou me casar com você, eu nem *gosto* de você! — retruca Ellie.

— Mentira! Você está apaixonada por mim, caramba, só está com medo de admitir!

Ellie bate o pé como uma criança e cruza os braços. Provavelmente eu deveria dizer alguma coisa, tentar fazê-los parar de discutir e me dizer o que está acontecendo, mas estou muito atordoada para fazer qualquer coisa que não seja ficar parada aqui na entrada.

— Você é *muito* babaca! — grita Ellie.

— Você está certa, eu sou muito babaca. Nisso nós concordamos. Mas também não vou te deixar fazer isso sozinha — acrescenta Bobby.

— Sou perfeitamente capaz de fazer isso sozinha. Eu cuido de mim mesma desde os dezenove anos e não preciso de um cara que acha que precisa casar comigo só porque estou grávida!

Uau. O quê?!

— Ellie? — sussurro, finalmente deixando clara a minha presença.

Ela se sobressalta ao ouvir minha voz, os olhos cheios de lágrimas encontrando os meus do outro lado do cômodo. Olho para minha amiga de um jeito interrogativo, e ela simplesmente dá de ombros, secando com raiva as lágrimas que começaram a escorrer pelo seu rosto.

Descobrir que Ellie está grávida me deixou completamente chocada, mas descobrir que ela está *namorando* é ainda mais inusitado. Ellie está sozinha desde que seu marido, Daniel, foi morto em combate, apenas um ano depois do casamento. Eles foram namorados no ensino médio, assim como Fisher e eu, e, quando ele recebeu ordens que o transferiram da Carolina do Sul para o Texas, eles se casaram para ela poder acompanhá-lo. Ela me contou inúmeras vezes, depois de algumas taças de vinho, que sabe que nunca vai amar ninguém como amou o marido. A maneira trágica como ela o perdeu marcou demais seu coração, que se manteve trancado a sete chaves durante todos esses anos. Eu a protejo sempre que vejo um cara tentar paquerá-la ou chamá-la para sair, mas também reconheço que ela precisa seguir em frente.

Bobby segura seus braços e a vira para encará-lo. Fico em silêncio em um canto e o deixo dizer o que precisa, esperando que ele saiba o que de fato está fazendo. Se ele magoar a minha melhor amiga, eu acabo com ele.

— Eu sei que não sou o Daniel. Eu nunca tentaria tomar o lugar dele no seu coração nem na sua vida, mas espero que você possa abrir um espacinho para mim aí dentro e me dar uma chance. Caso não tenha notado, estou completamente apaixonado por você, Ellie. Sou apaixonado por você desde o dia que te conheci e você me mandou cair fora quando te convidei para sair — Bobby ri. — Quero me casar com você porque eu te amo e não consigo imaginar passar o resto da vida discutindo com mais ninguém além de você. Não estou te pedindo para casar comigo por causa do bebê, estou te pedindo para casar comigo por *minha* causa. Porque eu quero isso mais do que já quis alguma coisa na vida.

Ele solta os braços de Ellie e se inclina para a frente, dando um beijo na testa dela antes de se afastar.

— Não diga não. Pelo menos não agora. Simplesmente pense no assunto. Você sabe onde me encontrar.

Bobby se despede de mim com um aceno de cabeça antes de virar e sair pelas portas deslizantes. Assim que ele sai, corro até Ellie e a abraço, enquanto ela soluça no meu ombro. Nunca a vi chorar, *nunca*, e fico arrasada de ouvir tanta angústia em sua voz.

— Vai ficar tudo bem, Ellie, eu prometo. Você não está sozinha. Se você não quiser o Bobby, eu vou estar aqui. Sempre vou estar aqui — digo a ela.

Ela solta um gemido, saindo dos meus braços.

— O problema é esse. Eu *quero* o Bobby! Ele é um babaca arrogante, mas é doce e me ama e, que inferno, acho que eu também estou apaixonada por ele!

Seguro a mão dela e a puxo para a varanda, apontando para uma cadeira de balanço.

— Senta!

Ela obedece imediatamente. Eu me apoio na balaustrada, cruzo os braços e a encaro.

— Fala.

Ela revira os olhos.

— Não sou a droga de um cachorro, Lucy. Ei, você não devia estar no desfile?

— Não tente mudar de assunto, mocinha. Me explica aquilo que eu acabei de ver na cozinha. Por que você não me contou que estava namorando o Bobby?

Ellie suspira, puxando as pernas para cima da cadeira e envolvendo os braços ao redor delas.

— Porque nós não estávamos realmente namorando, só estávamos transando. Não era grande coisa até... meio que se tornar uma grande coisa. Eu comecei a gostar dele de verdade, e isso me deixou morrendo de medo. Eu ficava pensando no Daniel e em como eu estava manchando a memória dele por ter sentimentos por outro homem.

Eu me afasto da balaustrada e me agacho na frente dela.

— Ah, querida, você não está manchando a memória do Daniel. Você realmente acha que ele ia gostar que você passasse o resto da vida sozinha? Que você nunca mais se apaixonasse por alguém e nunca mais fosse feliz? Não consigo acreditar nem por um minuto que ele teria desejado isso para você.

Ellie seca as lágrimas que começam a escorrer.

— Eu sei disso, na minha cabeça eu sei disso. O problema é que... acho que eu amo o Bobby mais do que amei o Daniel. Eu não sei, tudo aconteceu tão rápido com ele, e todos esses sentimentos que vieram do nada. Eu não estava procurando alguém para amar e, de repente, ele apareceu na minha vida. Eu me sinto culpada, porque os meus sentimentos pelo Bobby são muito mais fortes do que eram pelo Daniel, e eu odeio isso. Odeio o fato de estar me esquecendo dele e de não parar de pensar no Bobby.

Seguro sua mão e a aperto.

— Você não está esquecendo o Daniel, está apenas seguindo em frente, meu bem. Você amou o Daniel quando vocês dois eram muito jovens. Vocês deveriam ter tido mais tempo juntos, mas não tiveram, e isso é uma merda. Ninguém pode tirar o amor que você teve por ele, e não existe vergonha

185

nenhuma em se apaixonar outra vez. Você está mais velha agora, viu mais do mundo e da vida. Aprendeu mais sobre o amor e encontrou alguém que te desafia e não tem medo de te mostrar as suas falhas. Se você ama o Bobby, e parece que ele realmente te ama, por que se castigar e não dar uma chance para esse sentimento?

Ellie suspira, inclinando a cabeça para trás na cadeira.

— Eu realmente quero me casar com ele, Lucy. Não acredito que estou dizendo isso, mas é verdade. Eu vejo um futuro com ele, e isso me deixa superfeliz. Não me sinto assim há muito tempo.

— Acho que você precisa dizer isso a ele — argumento.

— O Bobby nunca vai acreditar que estou aceitando o pedido dele porque realmente quero me casar com ele. Ele vai achar que estou fazendo isso por causa do bebê. Ai, meu Deus, eu vou ter um bebê — Ellie de repente sussurra, em choque.

Dou risada da expressão de pavor que surge em seu rosto.

— Ele vai acreditar quando você disser exatamente o que acabou de me dizer. E, quando vocês dois tiverem o seu "felizes para sempre", você pode dar o meu nome para esse bebê como forma de agradecimento.

— Então eu espero que não seja um menino, senão vai ser o garotinho mais feminino do mundo — Ellie finalmente ri.

— Estou tão feliz por você, Ellie — digo com sinceridade.

— Também estou feliz por mim — ela responde com outra risada. — E você? Quando vai ter o seu "felizes para sempre"?

Suspiro, pensando nas coisas que minha mãe me falou sobre o Fisher. Nós dois precisamos conversar. Quero uma explicação para tudo o que aconteceu entre nós, e uma oportunidade de ter uma conversa tranquila e sincera com ele sobre como me sinto e o que desejo para o meu futuro.

— Não sei se um "felizes para sempre" está no meu destino, mas vou tentar — admito.

— Isso significa que você vai dar um pé na bunda do Stanley? — ela pergunta com uma expressão empolgada no rosto.

— Sério? — pergunto a ela, irritada.

— Quer dizer, ele te fez feliz por um tempinho, e eu dei uma chance para o cara. Mas, Lucy, ele é um tédio. Eu gosto do jeito que você é quando está com o Fisher, só isso — ela diz, dando de ombros.

— E como é isso, exatamente? — questiono.

— Você parece um daqueles fogos de artifício quando está com ele. E, sim, eu fiz uma piada de Quatro de Julho *no* dia 4 de julho. De nada — ela brinca. — Não sei, você ganha vida quando está perto dele. Fica apaixonada, elétrica e meio maluca. Você *vive* de verdade quando está com ele. Não vejo você fazer isso há um tempo, e definitivamente não com o Stan-Molenga-Ford.

Nós duas conversamos um pouco mais sobre Fisher, e eu conto o que aconteceu no beco, sem entrar em muitos detalhes.

— Legal, então minha amiga Lucy gosta de uma boa pegada — diz Ellie com uma risada.

Bato na mão dela e reviro os olhos.

— Não foi por isso que eu te contei essa história — repreendo. — O problema é que o Fisher pensa que eu sou feita de vidro. Ele acha que eu ainda sou a mesma mulher com quem ele se casou e que ele não pode encostar em mim um pouco mais forte que eu vou quebrar. Ele tem medo do temperamento explosivo dele e de como ele é intenso, e não sei como dizer que *eu* não tenho medo e que é justamente o contrário, eu *quero* isso. Eu quero tudo dele.

Ellie dá de ombros.

— Então, que tal você mostrar para ele em vez de dizer? Os homens entendem melhor quando veem. Você poderia falar com o Fisher até ficar azul e ainda assim ele não entenderia. Ele ainda ia pensar que você só estava tentando acalmá-lo ou dizendo o que achou que ele queria ouvir. Reúna toda coragem que puder e *mostre* para ele que você quer toda essa paixão.

Penso no conselho da Ellie enquanto ela me ajuda a pegar as camisetas para vender na Main Street. Embora Fisher e eu realmente precisemos conversar sobre tantas coisas importantes, Ellie está certa. Ele nunca vai acreditar nessa parte do que tenho a dizer, a menos que eu lhe prove, que eu lhe mostre que não tenho medo da sua raiva nem do seu ciúme e que, se ele estiver falando sério sobre resolver as coisas, eu quero *tudo* isso com ele desta vez, não só o que ele escolhe compartilhar comigo.

30

Fisher

PRESENTE

Toda a cidade, incluindo os turistas, lota o pequeno campo de beisebol ao lado do Barney's. As arquibancadas se encheram rapidamente, então a maioria das pessoas levou cadeiras e cobertores, se espalhando ao redor da cerca de metal que rodeia o campo, animando as equipes. Todo ano, as empresas colocam seus nomes num boné se tiverem funcionários que vão jogar, e o prefeito sorteia os times para que o jogo seja justo. Eu realmente não tinha intenção de jogar este ano, mas uma lesão no tornozelo de um participante me fez entrar como substituto no terceiro tempo de ataque. Fui capitão do time no último jogo do qual participei, dois verões atrás, e digamos que não deu muito certo. Meu consumo de bebida tinha começado a sair do controle naquela época, e tudo me irritava, até o que deveria ser uma competição divertida e amigável entre as empresas locais. Eu quase fui expulso do jogo por gritar com meu time toda vez que eles faziam uma jogada de merda, mas Lucy fez o possível para me acalmar e convencer a todos de que eu estava tendo um dia ruim.

Dizer que fiquei um pouco surpreso por todo mundo implorar para eu jogar hoje é eufemismo. A única razão pela qual concordei é porque o time que precisava de mim é o da Lucy, e o capitão é meu pai. Ele fez questão de não deixá-la rebater e a mandou o mais longe possível dentro do maldito campo.

É o fim da nona entrada, e nosso time está perdendo por 3 a 1, as bases sofrendo com duas eliminações. O cenário não parece muito bom para o Fisher's Fireballs. Se não conseguirmos levar nossos jogadores até a primeira base, o jogo acabou. Pensei que estar na área dos reservas com Lucy seria a oportunidade perfeita para conversarmos, mas, toda vez que tentei, ela fez o possível para me evitar. Percebo que este não é o lugar mais apropriado para se ter uma conversa séria, mas, neste momento, só quero que ela sorria para mim e me dê algum tipo de sinal de que tudo vai ficar bem entre nós. Estivemos juntos em muitos jogos de softball no Quatro de Julho ao longo dos anos, mas esta é a primeira vez que tive de me controlar para não levantá-la nos braços e comemorar com ela quando nossa equipe faz uma boa jogada. As pessoas sempre gritavam para nós no campo externo por roubarmos beijos, darmos tapinhas na bunda um do outro e não prestarmos atenção ao jogo. Sinto falta de me divertir com ela, de fazer coisas normais e ser o casal que todos provocavam porque não conseguíamos parar de nos agarrar. Agora, tenho de me esforçar para não massagear os seus ombros enquanto ela está agarrada à cerca, torcendo. Tenho de encontrar outra coisa para fazer com as mãos, para evitar puxar seu longo rabo de cavalo e lhe pedir um beijo.

— Mark, é a sua vez! — grita meu pai para o dono do Lobster Bucket, que estava roncando na ponta do banco.

— Sério? — pergunto baixinho, entredentes. — O Mark já rebateu quatro vezes, e todas as vezes você teve que acordá-lo do cochilo da tarde. E até agora ele não conseguiu acertar uma única bola.

Meu pai tira o boné e coça a cabeça.

— O Mark é o próximo na fila, então acho bom ele conseguir acertar desta vez.

— Coloca a Lucy — argumento. — Ela pode pelo menos conseguir uma rebatida na base, e eu vou depois dela.

— Como você não é o capitão do time este ano, uma decisão sábia depois do seu comportamento na última vez, acho melhor sentar e guardar suas opiniões só para você — ele argumenta em resposta.

Estou perto de empurrar meu pai para dentro da cerca da área dos reservas quando Lucy aparece ao meu lado e coloca a mão no meu braço.

— Não tem problema se o seu pai não quiser me colocar — ela diz com doçura. — Se acabarmos ganhando, simplesmente vamos ter que entregar nossa vitória e dar o troféu ao outro time. Nada de mais.

Eu a vejo dar de ombros com um sorriso insolente e tento não rir.

— De que diabos você está falando? — meu pai pergunta com irritação.

— Ah, você não soube? Este ano eles estabeleceram regras, depois que a Erika jogou uma bola na cabeça do Stephen no ano passado porque ele ficava fazendo piadas sobre ela segurar as bolas dele quando ela levantava para rebater — informa Lucy.

Dou uma risada abafada, um pouco triste por não ter testemunhado esse momento entre o casal proprietário da lavanderia da cidade.

— Não só as esposas não têm permissão para jogar no mesmo time do marido, mas *cada* pessoa do time tem que rebater pelo menos uma vez. Qualquer violação das regras resulta em derrota — termina Lucy com outro sorriso doce.

— Por que eu não soube dessas regras idiotas? — resmunga meu pai.

Lucy se ergue na ponta dos pés, pega o boné de beisebol da minha cabeça e coloca na dela, puxando o rabo de cavalo pelo buraco de trás antes de pegar um taco no suporte ao lado do meu pai.

— Tenho certeza que você estava muito ocupado tentando conquistar o mundo para prestar atenção na última reunião da cidade. Ainda bem que eu estou aqui.

Ela passa por ele e sai da área dos reservas, balançando ainda mais os quadris ao caminhar. Meu pai joga o boné no chão, e dou risada na cara dele antes de ir para a abertura para poder ver melhor a bunda de Lucy.

Quer dizer, gritar algumas palavras encorajadoras enquanto ela pratica a tacada.

Mas, sério, o short preto curto de algodão que ela está usando me torturou o dia inteiro, e vê-la se inclinar para a frente e empinar o traseiro enquanto se prepara para o primeiro arremesso está me fazendo suar. Meu coração também está trovejando um pouco mais forte no peito por ela estar usando o meu boné, algo que ela sempre fez. Mesmo quando trazia o próprio boné para o jogo, ela o tirava e roubava o meu quando ia rebater, argumentando que dava sorte. Era mentira, porque ela nunca conseguia rebater, usando ou não o meu boné, mas mesmo assim eu me sentia bem ao vê-la usando-o. Ela está tão gostosa nessa camiseta branca da Casa Butler e no short preto curto com meu boné de beisebol na cabeça.

— *Vamos lá, Lucy! Home run!*

A multidão grita e torce quando a vê preparada para rebater, e agora estou nervoso como o diabo. Ela jogou softball no último ano do ensino médio, e digamos que passava muito tempo no banco de reservas. Estivemos em muitos jogos juntos desde que ela começou a administrar a Casa Butler, e suas habilidades ainda não tinham melhorado. Não era importante para ela, porque ela estava jogando por diversão, mas eu realmente quero que ela se destaque e faça o meu pai parecer um idiota.

O primeiro arremesso vem e passa voando direto por ela.

— STRIIIIIKE!

— Bem, lá se vai o troféu deste ano — meu pai murmura irritado atrás de mim.

— Vamos lá, Lucy! Você consegue! — grito para ela, ignorando-o.

Ela aperta o taco com mais força, balançando um pouco os quadris enquanto se coloca na posição. Meu pau imediatamente desperta e começa a latejar.

O próximo arremesso vem, e ela bate um segundo tarde demais.

— STRIIIIIKE!

Metade da multidão vaia enquanto a outra metade torce, e eu vou para o campo e grito pedindo um intervalo. Butch, o árbitro de hoje, se afasta da placa enquanto eu corro até Lucy.

— Merda. Eu esqueci como sou ruim em softball — Lucy ri nervosa enquanto me aproximo dela.

— Você está indo bem — digo a ela. — Mas segure o taco um pouco mais firme.

Seguro suas mãos e as levo até a parte estreita do taco. Ela olha para mim, e eu não tiro as mãos de cima das dela enquanto encaro seus olhos azuis. Dou mais um passo para perto dela até nossos pés se tocarem e eu sentir sua respiração no meu rosto.

— Mantenha os olhos na bola o tempo todo, desde o segundo em que ela sai da mão do arremessador até atingir o seu taco — digo baixinho. Deslizo a perna entre as dela e nossos pés se encostam novamente. — Separe os pés um pouco mais. Sua posição está muito fechada.

Lucy se apoia em mim quando separa os pés e eu respiro fundo, inalando o aroma de coco da sua pele. Seus olhos ainda não deixaram os meus, e minhas mãos ainda não soltaram a mão dela em torno do taco. Imploro ao meu pau para ele ficar calmo e não saltar e atingi-la na barriga.

— Se ajudar, imagine que a bola é a minha cabeça, assim você deve conseguir rebater esse negócio para fora do parque — digo a ela com um sorriso suave.

Suas bochechas estão coradas, e espero que seja pela minha proximidade e não pelo sol que queima sobre nós.

— Acho que entendi — ela sussurra, sem fazer nenhum esforço para se afastar de mim.

— Se vocês já terminaram de se acariciar, podemos voltar ao jogo? — pergunta Butch, aparecendo ao nosso lado.

Nós dois viramos a cabeça para vê-lo sorrindo para nós. Ele nos dá uma piscada antes de puxar a proteção do rosto para baixo.

Recuo para longe de Lucy e dou um sorriso encorajador, mesmo que tudo que eu queira seja jogá-la no chão e possuí-la bem ali, na base do batedor.

— Você consegue, Lucy. Olho na bola.

Bato palmas e continuo torcendo por ela enquanto ando para trás, em direção à área dos reservas.

Assim que chego ao portão aramado, meu pai surge ao meu lado.

— Que diabos você está fazendo? — ele pergunta, irritado.

— Eu estava dando umas dicas para ela. Algo que você devia ter feito, como capitão do time — explico com ironia, tentando não perder o controle, já que todo o time se levantou do banco e está em pé à nossa volta, torcendo por Lucy.

— Você estava passando vergonha na frente de toda a cidade. Ela tem um namorado que está na arquibancada e sem dúvida viu essa exibição toda — ele diz baixinho, com a voz tensa. — Parabéns, você acabou de fazê-la parecer a prostituta que eu sempre soube que ela era.

Minhas mãos se fecham em punhos, e eu me preparo para vomitar todo o meu ódio por ele, mas alguém chega antes de mim.

— Cale essa boca, Jefferson — repreende minha mãe.

Eu nem a vi chegar na área dos reservas, mas percebo que ela está carregando um pequeno cooler cheio de garrafas d'água, que devia estar distribuindo enquanto eu estava com Lucy.

Meu pai tem o bom senso de parecer envergonhado.

— Grace, eu só estava...

— Você só estava o quê? Querendo parecer um babaca? — ela o interrompe. — Fique de boca fechada em relação à Lucy. Se disser mais uma palavra cruel sobre ela, vou jogar suas coisas no gramado e você pode encontrar um novo lugar para morar.

Não sei quem está mais chocado com a ameaça da minha mãe: meu pai ou eu. Nós dois estamos com a mesma expressão de descrença, mas a minha tem um toque de diversão que não consigo disfarçar. Dou um sorriso largo para minha mãe, e ela me dá uma piscada antes de voltar a distribuir as garrafas d'água.

Eu me afasto do meu pai para não dar um soco na cara dele, começo a aplaudir e gritar o mais alto possível para Lucy enquanto o arremessador termina de treinar os arremessos.

Junto as mãos numa oração silenciosa, coloco os dedos nos lábios e prendo a respiração enquanto Lucy fica na posição que eu lhe ensinei e segura firme no taco. O arremessador gira e joga com toda a força. Mesmo com o parque inteiro gritando e batendo os pés, consigo escutar o *estalo* alto do taco quando ele atinge a bola. Minhas mãos se afastam lentamente do rosto e meus olhos se dilatam quando vejo a bola que Lucy acabou de atingir sair voando pelo ar, para o campo externo.

A área dos reservas começa a gritar, se abraçar e pular. Vou me juntar a eles quando percebo que Lucy ainda está de pé na base do batedor com o taco na mão, olhando para o campo externo em choque enquanto o corredor da terceira base está quase ali.

— LUCY! SOLTA O TACO E CORRE, BABY! — grito para ela com uma risada.

Ela sai do transe, joga o taco para o lado e corre para a primeira base. Os caras no campo externo estão lutando para chegar à bola, já que todos foram para o campo interno quando ela foi rebater. Eles têm um longo caminho a percorrer, porque ela arrasou com a bola, que quicou quase até a linha da cerca.

Nosso time todo sai da área dos reservas e fica de pé ao longo da linha da primeira base, torcendo por todos os corredores conforme eles chegam à base do batedor. O outro time está gritando com os caras no campo externo, mandando-os se mexerem. Lucy atinge a terceira base quando eles finalmente conseguem pegar a bola e jogá-la para o campo interno. Ela desliza pela base do batedor como uma profissional, jogando poeira para todo lado, assim que a bola se aproxima do receptor.

— *Seguro*! — grita Butch.

Todos nós invadimos o campo, torcendo e gritando, e eu empurro as pessoas que estão na minha frente para chegar até Lucy, me esquecendo de que não estamos mais juntos e este não é um jogo de softball do passado. Eu a pego nos braços e pulo, exultante. Ela envolve os braços nos meus ombros e as pernas nos meus quadris e ri enquanto eu grito seu nome com todos os outros.

— Porra, se eu soubesse que dizer para você ver o meu rosto na bola te faria conseguir um *grand slam*, teria dito isso anos atrás. — Dou risada.

Ela joga a cabeça para trás e ri com mais força enquanto todos dão tapinhas nas suas costas e a cumprimentam.

— Luce?

A risada de Lucy morre, e seu sorriso de repente some. Ela me dá um tapinha delicado no ombro para que eu a solte, e eu a coloco no chão lentamente, enquanto suas pernas deslizam para fora da minha cintura. Ela se solta dos meus braços e vira para encarar Stan-Merda-Ford.

Ele segura as duas mãos de Lucy e a afasta de mim, e eu imediatamente quero abraçá-la e trazê-la de volta, num cabo de guerra ciumento.

— Eu ia esperar para fazer isso mais tarde, mas também podemos comemorar sua vitória aqui na frente de todo mundo.

Ele me dá uma rápida olhada furiosa, que passa despercebida por Lucy, já que ela está olhando para mim por cima do próprio ombro. Deslizo as mãos para dentro dos bolsos e finjo que não estou me perguntando que diabos ele está fazendo.

Ele começa a se abaixar no chão, e sinto a bile subir na garganta enquanto Lucy vira a cabeça para encará-lo.

— O que você está fazendo? Levanta! — ela sussurra freneticamente.

Ele está apoiado num joelho neste momento e, de repente, percebo exatamente a sua intenção. O idiota está pedindo a *minha esposa* em casamento, porra, e mais do que nunca quero dar uma surra nele.

— Sei que não nos conhecemos há muito tempo, mas eu te amo, Lucy Butler — diz o merda enquanto tira a caixa azul-clara da Tiffany's do bolso da camisa e a mantém aberta na frente dela.

O maldito diamante é maior que o dedo dela e reluz ao sol. Todos ao redor se acalmaram e estão vendo esse espetáculo de merda se desenrolar a um metro de mim.

— Casa comigo, Lucy?

Nem espero a resposta dela. Viro e saio, desejando poder beber. Uma garrafa de uísque me parece uma ótima ideia neste momento, ainda mais quando ouço um grito alto irromper do campo, provavelmente para comemorar o noivado de Lucy.

31

Lucy

PRESENTE

Assim que Fisher se afasta da base do batedor, solto a respiração que eu estava prendendo. Graças a Deus, Bob, dono da loja de suvenires, precisa treinar alguns arremessos, de modo que consigo me preparar e tentar me lembrar de todas as dicas que Fisher me deu, em vez de pensar em como eu queria sentir suas mãos em outro lugar além de em cima das minhas.

Eu o evitei o dia todo e me sinto covarde. Ele tentou falar comigo várias vezes, mas eu dava uma desculpa atrás da outra e me afastava. Quero falar com ele, de verdade, mas estou tendo dificuldade para pensar em qualquer coisa além de sexo quando ele está a meio metro de mim. Não ajuda o fato de ele estar usando sua bermuda cargo habitual, que faz sua bunda ficar linda, e uma camiseta de beisebol com manga três quartos que molda a parte superior do tórax e mostra todos os músculos. Toda vez que ele estava rebatendo, fiquei colada na cerca, ofegante como uma cadela no cio.

Em vez de imaginar o rosto de Fisher enquanto Bob gira e lança a bola, imagino a careta arrogante do pai dele voando na minha direção e rebato com o máximo de força. O golpe da bola no taco atinge as minhas mãos, e eu fico congelada, em choque total, quando ela voa por cima da cabeça das pessoas. Ouço a multidão gritando e batendo palmas, mas não me mexo. Acho que devo me mexer. Tenho certeza de que eu deveria correr, mas não consigo parar de encarar a bola voando para o campo externo. De repente, escuto Fisher gritar mais alto que qualquer um, e quando ele coloca a palavra "baby" no fim do grito, meu coração pula uma batida e meus pés começam a se movimentar. Não consigo tirar o enorme sorriso do rosto enquanto meus pés batem na terra e eu disparo pelas bases. Quando estou a meio caminho entre a segunda e a terceira, vejo que os defensores externos chegam à bola e a lançam na direção da base do batedor. Empurro as pernas com mais força e, apesar de todo o time agora estar fora da área dos reservas e nas linhas laterais, só consigo ver Fisher em pé ali, pulando sem parar, com um enorme sorriso no rosto.

Deslizo para a base do batedor assim que a bola se aproxima da luva do receptor e, quando Butch anuncia que estou segura, grito dentro da nuvem de poeira que me rodeia. Eu me levanto e abro caminho rapidamente pela multidão de pessoas pulando e gritando à minha volta até encontrar Fisher. Então me jogo em seus braços e ele me levanta, me segurando com força. Parece que somos as únicas pessoas no campo, que os últimos anos não aconteceram e estamos de volta no tempo, casados e felizes, curtindo mais um jogo de softball do Quatro de Julho juntos. Tiro o boné da cabeça para poder ver melhor o seu rosto. Estou tão entregue ao momento, rindo com ele, que não vejo Stanford entrar no campo e ficar parado perto de nós, até ele dizer o meu nome.

Não quero sair dos braços de Fisher. Parece tão certo me enroscar nele, sentir seu coração bater no meu e ouvi-lo rir, como nos velhos tempos. Para a minha infelicidade, lembro que ainda estou namorando Stanford, apesar de já ter decidido terminar nosso relacionamento. Ele é um bom homem, e não quero envergonhá-lo na frente de todas essas pessoas. É ruim o suficiente o fato de que eu estava agarrando meu ex-marido, como se nunca tivesse desejado deixá-lo, enquanto ele nos observava. Não serei a prostituta que o pai de Fisher me acusa de ser, e não posso resolver nada com Fisher até terminar com Stanford.

Quando Fisher me solta, Stanford agarra minha mão e me puxa para perto. Dou uma última olhada para Fisher por sobre o ombro, tentando lhe pedir desculpas com um olhar e um sorriso. Ouço um suspiro de algum lugar na multidão que nos rodeia e desvio o olhar de Fisher para ver Stanford apoiado em um joelho, à minha frente.

Ah, não! Ai, meu Deus, o que está acontecendo agora?!

Stanford sorri para mim, e eu o vejo colocando a mão no bolso da frente da camisa social bem passada. Idiota, pergunto o que ele está fazendo, apesar de estar perfeitamente *claro* o que está acontecendo, e digo para ele se levantar. Ele não escuta, é óbvio, e entra no discurso de como ele me ama antes de me pedir em casamento. Estou totalmente abobalhada e surpresa. Minha boca está pendurada, como se eu estivesse tentando pegar moscas, e ele desliza o anel no meu dedo antes mesmo de eu ter a chance de responder. É enorme, pesado e parece completamente estranho no meu dedo. Odeio o anel e quero arrancá-lo e jogá-lo para bem longe, onde joguei a minha bola. Nada me faz sentir mais falta do solitário de quatro quilates e aro de ouro simples que Fisher me deu do que essa monstruosidade pesando no meu dedo.

Estou tão ocupada sentindo falta da minha aliança e desejando nunca tê-la devolvido com os documentos do divórcio que fico completamente atordoada. Quando meus olhos se enchem de lágrimas por uma coisa que não tenho mais, Stanford entende isso como sinal de aceitação, saltando do chão e me envolvendo em seus braços quando a multidão em volta de nós começa a aplaudir e gritar o meu nome de novo.

Por que eles estão tão felizes, quando tudo que quero fazer é chorar? Procuro Fisher atrás de mim e não o vejo em lugar nenhum. Eu queria que ele tivesse sido a minha voz quando eu não consegui falar, mas por que diabos ele faria isso quando o tenho evitado e não lhe dei nenhuma prova concreta de que ainda o amo e sinto falta dele? Eu queria que ele tivesse dito a Stanford para ir se foder e que eu era *dele*. Queria que *eu* pudesse dizer isso a Stanford agora, mas, caramba, ele *tinha* que fazer isso diante de todas essas pessoas? Não quero magoá-lo, porque ele tem sido gentil e delicado comigo, e certamente não quero constrangê-lo na frente de toda a cidade, dizendo que não o amo e nunca vou amá-lo. Não tenho ideia do que ele estava pensando ao me pedir em casamento. Nós ainda nem transamos, e ele acha que está apaixonado por mim e quer passar o resto da vida comigo? Ele está louco? Aperto o boné de beisebol de Fisher no peito, e minha garganta arde com a necessidade de chorar.

A multidão fica mais e mais empolgada, com seus cânticos e palmas, e eu ainda estou me perguntando por que raios eles estão tão felizes com isso quando, de repente, alguém despeja água gelada na minha cabeça. Ela escorre por mim como uma cachoeira, com cubos de gelo caindo e ficando presos na frente da minha camiseta. Eu grito e rio enquanto enxugo a água dos olhos, abrindo-os para ver a multidão me cercando num círculo apertado, saltando sem parar.

— Lucy, decidimos que você foi a melhor jogadora de hoje! — alguém grita.

— Não teríamos ganhado sem você!

— Lucy! Lucy! Lucy!

Eu me perco na empolgação e me esqueço da bagunça que é a minha vida enquanto pulo sem parar na companhia deles, rindo e gritando. Sinto uma mão apertar o meu braço com firmeza e sou puxada para fora do círculo de comemoração no meio de um pulo. Tropeço quando Stanford me puxa e nos afasta de todo mundo, finalmente soltando o meu braço quando a multidão já não pode nos ouvir.

Massageio o ponto onde ele estava segurando e lanço um olhar de raiva para ele.

— Que inferno, Stanford? Isso doeu.

— O *que* você está fazendo? — ele me interrompe com raiva, apontando para o grupo de pessoas ainda gritando e se cumprimentando.

— Hum, isso se chama comemorar, Stanford — respondo com ironia.

Nunca falei com ele sem ser amável, mas hoje ele realmente está me irritando. Primeiro com o pedido de casamento, e agora com a atitude.

— Já olhou para você? É indecente — ele diz de mau humor.

Percebendo que ainda estou molhada por causa do balde de água gelada que derramaram na minha cabeça, olho para mim e vejo que a camiseta branca me transformou em concorrente de um concurso de camiseta molhada. O sutiã de renda rosa que coloquei hoje de manhã não aparecia quando a camiseta estava seca, mas agora é tudo que se pode ver.

Tento afastar o tecido do corpo, mas, assim que solto, ele volta a grudar em mim. Simplesmente dou de ombros e rio do fato de que pareço um rato afogado.

— Isso *não* é engraçado, Lucy. Todo mundo está olhando. E esse short? Mal cobre o seu corpo. Saiba que quando nos casarmos você vai ter que se vestir como uma dama de respeito, e não como uma garota de dezessete anos — Stanford me censura.

199

Eu realmente tento manter a calma, mas o acúmulo dos eventos do dia está pesando, e de repente me sinto como uma barragem prestes a explodir. Esqueço o fato de que não queria constrangê-lo na frente de todo mundo, especialmente porque é isso que ele está fazendo *comigo* neste momento.

— Se todos estão encarando, é porque *você* está fazendo uma cena — informo. — Que merda! Você *acabou* de me pedir em casamento cinco minutos atrás, eu nem te dei uma resposta, e você já está me dizendo o que vai acontecer quando a gente se casar?

Stanford estende a mão para tocar o meu braço, mas eu escapo.

— Quer falar baixo? Meu Deus, o que te deu hoje? — ele exige saber. — Você não é o tipo de mulher que usa uma linguagem tão vulgar.

Não consigo evitar: jogo a cabeça para trás e dou risada. Gargalho até meu estômago doer e mal consigo recuperar o fôlego. Stanford me encara como se eu tivesse perdido a cabeça e, quem sabe, talvez eu tenha perdido mesmo. Perdi a cabeça quando comecei a namorar esse homem, achando que ele era exatamente o que eu precisava. Tudo que fiz nos últimos meses foi tentar ser alguém que não sou. Eu me vesti de acordo com esse papel, falei de acordo com esse papel e agi de acordo com esse papel, e nada disso me deixou feliz. Estou irritada com Fisher por ter escondido parte de si mesmo e é exatamente isso que tenho feito com Stanford. Não sou uma dama de respeito e nunca serei.

— Você não faz ideia de que tipo de mulher eu sou. Tenho fingido ser alguém que poderia ser *digna* de você, e é tudo mentira — digo enquanto agarro a bainha da minha camiseta. — Eu gosto de falar palavrão, gosto de falar alto e gosto de vestir qualquer coisa que eu quiser, porra.

Puxo a camiseta molhada do corpo, deslizo sobre a cabeça e a jogo no peito de Stanford. Suas mãos voam para cima, e ele se atrapalha para pegá-la, me encarando com olhos arregalados. Vestindo nada além do meu short preto "indecente" e meu sutiã de renda rosa, tiro o anel de noivado do dedo e também o jogo na sua direção. Ele rapidamente deixa cair minha camiseta para pegar o anel.

— Eu não quero me casar com você. Não quero me casar com *ninguém* que tenha vergonha de mim, e dá para ver nos seus olhos que você está completamente chocado com o meu comportamento. Bem, *foda-se.*

200

Estendo os braços na lateral e giro num círculo, notando que a multidão que estava torcendo e gritando o meu nome há alguns minutos agora está tentando abafar as risadas.

— Ei, vocês! Algum problema com o que estou vestindo? — grito para todo mundo.

— Não.

— De jeito nenhum!

— Tá linda, Lucy!

— Se eu tivesse um corpo como esse, *nunca* usaria roupas.

Viro para encarar Stanford e sorrio para a expressão horrorizada em seu rosto.

— Eu achava que não era boa o suficiente para você e que eu nunca me encaixaria no seu mundo. Na verdade, é o contrário. *Você* é que não é bom o suficiente para *mim*. E você definitivamente não se encaixa aqui.

A multidão fica louca atrás de mim, uivando e gritando enquanto viro de costas para Stanford e caminho direto para eles com a cabeça erguida.

— E aí, alguém tem uma camiseta para me emprestar?

Todo mundo começa a rir, e alguns caras jogam suas camisetas na minha direção. Visto uma e coloco o boné de beisebol molhado de Fisher na cabeça. Recebo tapinhas nas costas e todos me parabenizam por chutar o engomadinho para o canto enquanto me afasto deles e saio do campo.

Assim que chego à linha da cerca onde fica o portão, vejo Jefferson de pé, com os braços cruzados. Provavelmente eu devia virar e achar outro portão para atravessar, para não ter que lidar com ele, mas neste momento estou empolgada. Se ele vier me falar merda, vou fazê-lo se arrepender.

Ele está bloqueando o portão quando chego, e não tenho escolha senão pedir com o máximo de educação para ele sair da frente.

— Você está no meu caminho.

Ok, está claro que a educação foi para o brejo.

— Estou realmente surpreso, srta. Butler — Jefferson me diz com um sorriso no rosto.

Sem esperar por seu sorriso, cometo o erro de parar em vez de tentar empurrá-lo para ele sair da minha frente.

— Mais um ótimo partido que você descartou. Outro homem que teria lhe dado tudo, assim como meu filho idiota, e você estragou tudo. É bem

201

engraçado, quando a gente para para pensar — diz Jefferson com uma risada. — Você poderia ter quitado as dívidas da pousada com aquele anel que estava no seu dedo e o sobrenome de Stanford ligado ao seu, mas acho que isso não vai acontecer agora, não é? Obrigado por facilitar o meu trabalho. Parece que a Casa Butler vai passar para o Banco Fisher logo, logo.

Eu realmente quero mandá-lo se foder, talvez até dar um soco naquela expressão presunçosa no seu rosto, mas já fiz escândalos suficientes por hoje. A rede de fofocas da cidade já vai funcionar além do horário com o espetáculo que eu dei, e não preciso acrescentar "bater no rei da ilha Fisher" à lista. Engulo todos os xingamentos que quero dizer a ele e levanto o queixo ainda mais, contornando-o e saindo pelo portão. Não faz sentido lhe dar o prazer de saber que suas palavras me atingiram e me deixaram com tanta raiva que quero gritar.

Meu ódio cresce enquanto caminho pela cidade. Quando chego à pousada, quase não consigo me concentrar enquanto tiro as roupas sujas e molhadas e entro no chuveiro. Não quero deixar esse homem estragar a sensação de ter despachado Stanford, mas não consigo evitar. Suas palavras giram no meu cérebro e apodrecem até eu só conseguir pensar nisso.

32

Fisher

PRESENTE

— Você não devia estar na praia? Os fogos vão começar daqui a pouco.

Nem olho para Trip enquanto ele sai pela porta do pequeno deque, nos fundos de sua casa. Estou sentado aqui encarando o mar, me sentindo miserável, e planejo fazer isso durante o resto da noite.

— Ouvi dizer que o jogo de hoje foi muito emocionante. É por isso que você está sentado aqui fazendo bico como uma criança a tarde toda? — pergunta Trip quando senta no degrau ao meu lado.

— Não estou fazendo bico — reclamo.

— Tem umas gaivotas voando lá em cima, só esperando para cagar nesse bico.

Uso o dedo do meio para coçar o rosto, e Trip bufa.

— Seu nível de maturidade é surpreendente. Levanta essa bunda daí e vai até a praia ver a Lucy. Quero ficar sentado aqui na minha varanda e curtir a noite tranquila sem precisar te ouvir suspirar como uma mocinha apaixonada a cada cinco segundos.

Viro a cabeça e olho furioso para ele, e meu avô ergue a sobrancelha e me olha furioso também.

— Se você sabe que o jogo de hoje foi emocionante, tenho certeza que também sabe por que não faz sentido eu ir ver a Lucy — lembro a ele.

Trip ri na minha cara.

— Desde quando você se transformou num mariquinha? Achei que os fuzileiros navais fossem fodões que não aceitavam um "não" como resposta. Segundo as últimas fofocas, ela não entrou pelo corredor da igreja nem disse "sim" hoje à tarde. Arrume essas bolas que os militares te deram e vá pegar a sua mulher de volta.

É muito triste que meu avô de oitenta e três anos precise me lembrar de que eu tenho bolas. Parecia que eu tinha sido castrado no instante em que Stan-Merda-na-Cabeça-Ford ficou de joelhos diante de Lucy. Eu sabia que eles estavam namorando há alguns meses, mas não tinha ideia de que as coisas estavam tão sérias entre ela e aquele babacão. Achei que eu tinha tempo para fazê-la se apaixonar por mim outra vez, mas eu devia ter percebido. Ela não é o tipo de mulher que você deixa escapar pelos dedos, e eu me sinto um imbecil porque o Idiotaford percebeu isso antes de mim. Ele agarrou a oportunidade que eu rejeitei. Pelo menos, tenho que lhe dar crédito por ter sido esperto nisso.

— Não posso pegar a minha mulher de volta, simplesmente porque ela não *quer* voltar — digo.

Trip balança a cabeça.

— Como você pode ser tão inteligente em relação a todo o resto, mas tão burro quando se trata da Lucy? Se você tivesse parado de olhar para o próprio umbigo e ficado lá no campo mais um tempo, teria visto fogos de artifício melhores que os que eles estão prestes a soltar naquela praia.

Viro a cabeça para encará-lo, confuso.

— Do que você está falando?

Trip se levanta e me dá um peteleco na cabeça.

— Tira esse seu traseiro daí e descubra por si mesmo.

Então ele vira e entra, sem dizer uma só palavra.

* * *

Fico distante de todas as pessoas deitadas em cobertores e sentadas em cadeiras ao redor de pequenas fogueiras na praia, esperando o início dos fogos de artifício. Foi uma ideia estúpida, uma ideia muito estúpida. Até agora, nada menos do que dez pessoas me perguntaram se eu soube o que aconteceu com Lucy depois do jogo. Por que essas pessoas acham que eu quero reviver essa merda? Elas acham que eu não me importo com Lucy e não daria a mínima se ela desistisse de nós e seguisse em frente com outro cara? Quando coloco um sorriso falso no rosto e assinto com a cabeça, elas começam a rir e me falam que foi "incrível pra caralho". Claramente, esta cidade não me perdoou pelas merdas que eu aprontei no ano passado, e agora todos querem me torturar.

Ao me dar conta de que não faz sentido ficar por perto e xingar Trip por ter me deixado curioso para vir a esta maldita praia, me preparo para ir embora quando vejo Lucy descendo pela praia em minha direção, contornando cobertores e cadeiras e mal olhando para as pessoas que a chamam. Ela está olhando direto para mim enquanto caminha, e de repente fico paralisado, apenas sustentando seu olhar.

Ela está com um vestido amarelo-claro sem alças, grudado no tronco e rodado nos quadris, a bainha no meio das coxas. O cabelo está suavemente cacheado, solto nos ombros. Parece uma guerreira indo para a batalha enquanto contorna as fogueiras e a luz das chamas tremula em seu rosto. Estou tão fascinado com sua beleza que me esqueço momentaneamente de que ela estava usando o anel de outro homem no dedo e que entregou o coração que pertenceu a mim para outra pessoa.

Meus pés estão enraizados na areia enquanto ela vem até mim, meus olhos grudados nos dela como se eu estivesse numa porra de transe. Ela finalmente para bem na minha frente, e uma brisa do mar flui pelos seus cabelos, espalhando o cheiro da sua pele direto no meu rosto. Meus joelhos ficam fracos, e eu me sacudo para sair do atordoamento, lembrando como estou puto com ela.

— Ouvi dizer que tenho que te dar os parabéns — digo com ironia.

— Vai. Se. Foder — ela responde, cruzando os braços e inclinando o quadril para o lado, como se estivesse se preparando para a batalha.

Sorrio só para irritá-la, cruzando os braços também e silenciosamente desejando que ela não parecesse tão gostosa com essa atitude.

— Ahhh, obrigado pela oferta, querida, mas tenho certeza que tem outra pessoa para fazer esse trabalho para você agora.

Um músculo salta no seu maxilar enquanto ela trinca os dentes. Sei que estou sendo babaca, mas não consigo evitar.

— Você é *muito babaca* — ela rosna.

Ela *rosna* para mim, e meu pau desperta e aparece. Por que raios sua atitude me excita tanto? É quase como se a raiva que eu trabalhei tanto para conter no último ano tivesse se transferido para Lucy enquanto eu estava fora. Apesar de eu fazer o máximo para não perder totalmente a cabeça, ela não dá a mínima. Ela está deixando sua raiva fluir e, aparentemente, não tem dúvidas em direcioná-la para mim.

Isso só me faz querer fodê-la para extravasar toda essa raiva.

— Bem, não precisa mais se preocupar em lidar com este babaca aqui. Você vai se casar com um novo logo mais — digo com uma voz calma, apesar de minhas emoções estarem prestes a fugir do controle.

Quero gritar.

Quero argumentar.

Quero pegá-la no colo, jogá-la no meu ombro e arrastar seu traseiro de volta para a minha caverna como um neandertal, onde posso fazê-la lembrar exatamente a quem ela pertence, droga.

Você é minha, porra!

Sentindo a fúria familiar ferver, respiro fundo, abafo a besteira de homem das cavernas e me acalmo, mais uma vez, na hora certa.

— Você veio aqui para me mostrar seu anel, *Luce*? — pergunto, enfatizando o maldito apelido ridículo pelo qual ouvi o Merda-na-Cabeça-Ford chamá-la. Que tipo de babaca não percebe exatamente como isso soa?

Ela descruza os braços, joga-os para cima, frustrada, e faz um barulho que está em algum ponto entre um grito e um grunhido.

— Por que você é tão irritante, porra? Talvez, se você tivesse ficado um pouco mais hoje à tarde, em vez de fugir como uma maldita criança que não quer dividir os brinquedos, teria me visto jogar aquele anel de noivado idiota na cara do Stanford!

Abro a boca em estado de choque e tento falar, mas tudo que sai são algumas sílabas ininteligíveis e gaguejadas. Ela nem me dá tempo para entender o que acabou de dizer antes de começar a tagarelar de novo.

— Você sempre está fugindo ou se fechando quando as coisas ficam difíceis, e eu estou de saco cheio disso! — ela grita com raiva. — Você me mandou todas aquelas malditas páginas do diário, me fez *lembrar* e sentir falta do que tínhamos, e depois o quê? Quando as coisas ficam um pouco difíceis, você simplesmente desiste? Simplesmente se afasta sem ao menos lutar? De novo, porra?

— Lu...

— CALA A BOCA! — ela interrompe. — Cala a boca e me deixa terminar!

Meu pau está a cerca de dois segundos de rasgar o tecido da bermuda preta a cada palavra que ela grita, então levanto as mãos em rendição e a deixo continuar.

— Por que você voltou aqui e me fez reviver todas aquelas malditas lembranças se não estava disposto a encarar uma briga? Você me quer mesmo, ou simplesmente odeia o fato de outra pessoa me desejar? Você não quer mais ninguém pescando na sua lagoa, mas parece que esqueceu que *você* me jogou de volta na água! Você sempre disse que encontraria o caminho de volta para mim, e você *mentiu, porra*!

Ela se afasta, furiosa, saindo de perto de mim e de todos na praia. Levo as palavras de Trip ao pé da letra, paro de olhar para o meu próprio umbigo e vou atrás dela. Lucy está andando tão rápido que preciso correr para alcançá-la, a escuridão da praia praticamente a engolindo enquanto ela se afasta cada vez mais das fogueiras e da multidão de pessoas. De repente, Lucy caminha direto até o mar e se joga nas ondas, me ignorando enquanto grito seu nome e a sigo. Paro quando a água chega às minhas canelas, mas ela continua até estar além das ondas, afundada até o peito no mar.

— Que diabos você está fazendo? — grito enquanto ela vira devagar para me encarar.

— Me jogando de volta na merda da água, esperando que você entenda a maldita dica e venha me pegar! — ela grita em resposta.

Leva apenas dois segundos para meu cérebro entender o que ela está dizendo.

Movo os pés, atravessando a água enquanto as ondas batem na minha cintura, até chegar aonde ela está.

— Quer dizer que você *tem* cérebro? — ela pergunta, com ironia.

É minha vez de rosnar.

— Cala a boca.

Agarro seu rosto, puxo-o para mim e grudo meus lábios nos dela. Lucy imediatamente os abre e geme quando deslizo a língua na dela. Afasto as mãos do seu rosto e seguro seus quadris, agarrando-os com força e levantando-a para puxá-la contra mim. Sua língua entra mais fundo na minha boca, e suas pernas envolvem a minha cintura enquanto seguro sua bunda embaixo d'água.

O beijo fica frenético quando empurramos a língua mais fundo. As mãos de Lucy deslizam pelo meu cabelo, segurando algumas mechas quando mordo seu lábio inferior. Ela balança os quadris contra mim, e eu agarro o cós da sua calcinha, segurando as tiras finas e afastando-a de sua calidez. Ela olha para mim em estado de choque antes que o calor volte aos seus olhos, queimando ainda mais forte do que antes, e ancora o corpo ao redor do meu, usando os músculos das coxas para me puxar enquanto pressiona os lábios nos meus mais uma vez.

A água bate ao nosso redor enquanto enfio os pés na areia e afundamos alguns centímetros a cada movimento da maré. Desaboto rapidamente minha bermuda e a afasto para soltar o meu pau, alinhando-o com o corpo dela. Mesmo submerso, ainda sinto seu calor na cabeça do meu pau enquanto a penetro lentamente.

Lucy afasta a boca dos meus lábios e apoia a testa na minha, respirando pesado e balançando os quadris para me empurrar mais fundo.

— Eu *sempre* vou lutar por você, Lucy — prometo enquanto cravo os dedos mais fundo em seus quadris e puxo seu corpo um pouco para baixo, em cima do meu pau.

Ela resmunga suavemente, e eu beijo seu nariz e suas bochechas, me segurando ainda a meio caminho dentro dela, respirando para me acalmar e me acostumar a senti-la ao meu redor outra vez. Já faz tanto tempo, porra. Tempo demais, desde que estive aqui, onde sempre deveria estar.

— Sinto muito por ter ido embora, mas eu encontrei o caminho de volta para você e nunca mais vou partir.

Empurro os quadris com força e me enfio em Lucy até estar o mais fundo possível. Gememos juntos, mas ainda não é suficiente. Nunca vai ser suficiente com Lucy.

— Sempre foi você. *Sempre* vai ser só você — sussurro enquanto mexo os quadris e deslizo para dentro e para fora dela o mais rápido que consigo na água.

Seus tornozelos travam nas minhas costas, e ela balança os quadris contra mim. Minhas mãos voltam para a sua bunda, e eu a agarro com firmeza, puxando-a para cima e para baixo no meu pau. A água espirra ao nosso redor com a força dos movimentos, e lembro, pela milésima vez, como fui idiota por me afastar dela. Não importava quanto eu tentasse afastá-la quando estava passando pelas minhas merdas, sempre foi assim que nos comunicamos melhor, onde nos encaixamos com perfeição. A escuridão, a dor, os pesadelos, tudo isso sempre ia embora quando eu estava dentro de Lucy, sentindo-a se apertar ao meu redor e me deixar de joelhos.

Ela se esfrega em mim, roçando o clitóris na minha virilha, e eu paro de dar estocadas e mantenho meu pau bem fundo dentro dela, fazendo círculos apertados com os quadris, exatamente como eu sei que ela gosta, seus lamentos e gemidos de prazer me deixando saber que pelo menos ISSO não mudou.

Uma explosão no céu bloqueia o som das ondas, e meu corpo estremece nos braços de Lucy. Meu coração dispara ainda mais, e sinto o pânico começando a me dominar, até Lucy pressionar as mãos em meu rosto para eu olhar para ela, mesmo que eu mal consiga ver seus olhos porque está tudo escuro no mar, longe de todo mundo.

— Tudo bem, são apenas os fogos de artifício — ela sussurra, puxando o corpo no comprimento do meu pau e depois deslizando de volta para baixo.

Meu corpo relaxa imediatamente enquanto outro estouro alto ecoa em volta, seguido de uma chuva de faíscas coloridas bem acima de nós. Os fogos continuam, cada explosão brilhante iluminando o rosto de Lucy enquanto a penetro, e ela se movimenta junto comigo. Olho para o rosto dela, contando cada sarda, e me perco no brilho de seus olhos refletindo todas as luzes até nos movimentarmos mais rápido, ofegando e apertando um ao outro com mais força.

Ela não desvia os olhos dos meus enquanto seu corpo se comprime, e ela goza com o meu nome nos lábios. Eu a abraço com força enquanto bombeio e digo seu nome, gozando logo depois, com mais energia do que fazia em mais de um ano, quando só tinha a lembrança de Lucy e minha mão para me enganar.

Ficamos grudados, assistindo aos últimos fogos de artifício que explodem no céu, e sinto que estou finalmente em casa, apesar de estar aqui há quase dois meses.

— Fisher? — ela chama meu nome baixinho depois de alguns instantes.

Olho para ela e fico um pouco surpreso por encontrá-la franzindo a testa para mim.

— Oi — respondo, hesitante.

— *Nunca mais* me chame de Luce. Nunca mais — ela responde.

Não consigo evitar o riso que irrompe do fundo do meu peito enquanto apoio a testa na dela e sussurro:

— Tudo bem, Lucy in the Sky with Diamonds.

33

Lucy

PRESENTE

— Então, o que você está dizendo é que simplesmente me usou para trepar? — pergunta Fisher com uma risada.

Rio junto, tão feliz de ouvir o som que nem me preocupo em continuar irritada com o que o pai dele me falou mais cedo.

— Pode agradecer ao seu pai babaca por isso — digo, apertando uma toalha nos ombros e me aproximando da lareira.

Depois da nossa pequena safadeza no mar, saímos da água durante o grande final. Embora estivéssemos longe o suficiente da multidão na praia a ponto de não haver fogueiras nem luzes nos iluminando, eu não queria arriscar que alguém nos visse, por isso saímos enquanto os olhos de todos estavam colados no céu, na direção oposta. Corremos de mãos dadas pela cidade vazia, rindo o caminho todo com as roupas encharcadas, agradecendo porque todo mundo estava na praia e ninguém nos veria como um casal de adolescentes com medo de ser pego por fazer sacanagem.

Apesar de termos feito exatamente isso. Uma coisa muito, muito safada, gostosa e tão incrível que meu corpo parece que ainda está em chamas. Minha raiva em relação às insinuações de Jefferson me incomodaram a tarde toda e acabaram me empurrando para ir à praia e enfrentar Fisher. Tenho certeza de que meu ex-sogro não ficaria muito satisfeito de saber que desempenhou um papel importante em nos ajudar a ultrapassar um obstáculo e

211

nos estimular a finalmente fazer algo em relação ao que está acontecendo entre nós.

Quando voltamos para a pousada, peguei algumas toalhas enquanto Fisher acendia o fogo na lareira da sala de estar, e estamos conversando, aconchegados no chão, para nos secar. É legal estarmos sozinhos. Embora o show de fogos tenha terminado, as pessoas ainda vão ficar na praia, sentadas perto das fogueiras, assando marshmallows e brindando ao feriado.

— Me desculpe por ele ser tão babaca — diz Fisher com um suspiro, agarrando os meus quadris e me puxando para o espaço entre seus joelhos. Eu me encolho de costas no seu peito e estendo as pernas, mexendo os dedos dos pés a poucos centímetros do fogo para aquecê-los.

— Não é culpa sua. Só estou cansada de ouvi-lo falar de dinheiro. Não entendo por que ele sente necessidade de esfregar na minha cara que eu tenho menos do que ele e *realmente* não entendo como você é parente dele — explico.

Ele ri e me abraça, apoiando o queixo em cima da minha cabeça. Coloco os braços sobre os dele e suspiro satisfeita quando ele continua falando.

— Acho que o fato de eu ter sido criado principalmente pela minha mãe e por Trip ajudou, porque eles não deixaram o comportamento babaca do meu pai me contaminar. Bom, não completamente. Ainda sou babaca, mas parece que só quando se trata de você.

Encaramos o fogo em silêncio por alguns segundos antes de ele fazer a pergunta que eu sei que está queimando um buraco no seu cérebro desde que eu gritei isso para ele na praia.

— Quer dizer que você realmente jogou o anel de volta, é? — ele pergunta baixinho.

Eu sorrio para mim mesma e me aconchego mais nele.

— Joguei. Você devia ter ficado lá para ver. Eu também tirei a camiseta e joguei na cara dele.

Uma risada chocada escapa da boca de Fisher.

— Então foi *isso* que o Trip quis dizer quando me falou que eu perdi os fogos de artifício. Por favor, me conta tudo.

Ele continua a rir, e eu tento ficar irritada por ele se divertir tanto com isso, mas é impossível ficar brava com ele quando estou aconchegada em seus braços junto ao fogo, quase sem forças por causa do meu orgasmo mais cedo.

— O time jogou um daqueles enormes baldes de água gelada na minha cabeça. O Stanford não gostou da aparência de concurso de camiseta molhada e fez um drama em relação ao short *inadequado* que eu estava usando — explico. — Ele também disse alguma coisa sobre eu ter que ser uma dama de respeito depois que nos casássemos, aí eu surtei. Eu nem tinha aceitado o pedido e ele já estava planejando o meu guarda-roupa e me dizendo como me comportar. Foi aí que eu tirei a camiseta e joguei na cara dele, e fiz o mesmo com o anel.

Fisher ri ainda mais, e dou uma cotovelada nas costelas dele.

— Não é engraçado!

— É *muito* engraçado! Ainda mais porque eu praticamente posso ver a cara do Stan-Doninha-Ford quando você fez isso. Ele deve ter ficado chocado. Ah, mas ele que se foda. Não parei de encarar a sua bunda o dia todo naquele short. Estava uma delícia.

O riso de Fisher é contagiante e dou uma risadinha, pensando na expressão horrorizada no rosto de Stanford quando tirei a roupa na frente de todo mundo, meu corpo ficando ainda mais quente por saber que Fisher encarou a minha bunda durante o jogo.

Nosso riso diminui devagar depois de alguns minutos, e os únicos sons na sala são o crepitar do fogo e a nossa respiração.

— Eu não transei com ele — digo baixinho, rompendo o silêncio.

Sinto o corpo de Fisher ficar rígido atrás de mim, e seus braços me apertam na cintura.

— Não é da minha conta — ele murmura.

Faço graça com ele.

— Ah, por favor. Você agia como um homem das cavernas toda vez que nos via juntos, e eu sei que esse é um dos motivos.

Ele solta um suspiro profundo atrás de mim.

— Você não tem a menor ideia de como é bom ouvir isso. Eu queria que você fosse feliz, mas odiava que outra pessoa estivesse te dando essa felicidade. A ideia de que ele tinha você, que é tudo que eu sempre quis, quase me matou.

— Eu não consegui, e Deus sabe que eu tentei — digo com uma risada desconfortável. — Eu só conseguia pensar em você. Só conseguia sentir as suas mãos em mim e os seus lábios me beijando e simplesmente não conseguia ir em frente. Sempre foi você, Fisher, eu só... preciso que você saiba disso. Nunca houve mais ninguém para mim.

Ele solta outro suspiro pesado e beija o topo da minha cabeça.

— Sinto muito, Lucy. Por tudo. Você não tem ideia de como estou arrependido. Você estava certa antes, eu não devia ter fugido. Eu simplesmente não sabia mais o que fazer. Eu estava perdendo a cabeça, e nada mais fazia sentido.

Fico completamente imóvel e não digo uma palavra. Esta é a primeira vez que Fisher fala sobre as coisas que aconteceram entre nós, e eu não quero que ele pare. Quero saber o que estava acontecendo no seu coração e na sua mente para ter feito as coisas que fez.

— Quero que saiba que eu nunca estive confuso em relação ao meu amor por você. Eu tinha medo de te magoar mais do que já tinha magoado. Eu estava tendo as piores lembranças da minha vida e achei que estava enlouquecendo. Estava ficando cada vez mais difícil separar as lembranças da guerra da nossa vida aqui na ilha — ele explica com a voz cheia de emoção. — Agora eu sei que não devia ter te afastado. Eu devia ter conversado com você sobre o que estava acontecendo, mas eu não queria jogar mais esse peso nas suas costas. Você já tinha feito muita coisa por mim, me apoiado e entendido a minha necessidade de lutar e te deixar ano após ano, presa ao meu lado sem nunca se queixar, e eu não suportava a ideia de te dar mais um motivo para se preocupar. Eu me odiava e não sabia como sair daquela merda de escuridão.

Aperto os olhos para evitar que as lágrimas escorram. Lá no fundo, eu sabia que ele nunca quis realmente se fechar e se afastar de mim. Eu devia estar feliz por ele finalmente admitir isso, mas ouvir essa explicação só faz aumentar minha dor. Fico triste pelo tempo que perdemos, e meu coração se parte por ele não ter me deixado ajudar quando ele mais precisava de mim.

— Você era a minha vida, Fisher. Tudo que eu era, tudo que eu fazia envolvia te amar. Nós fizemos votos de estar juntos em todos os momentos. Por que você achou que eu não conseguiria lidar com uma crise? Ou que eu não queria isso? — pergunto baixinho. — Eu fiquei ao seu lado e apoiei suas decisões porque não havia mais nada que eu pudesse fazer. Amar você significava amar cada parte de você, a boa e a ruim, a fácil e a difícil. Eu me casei com um fuzileiro naval e sabia o que isso significava desde o primeiro dia. Não entrei cegamente nisso, achando que seriam apenas flores e um mundo cor-de-rosa. Eu sabia que teríamos desafios, mas sempre achei que éramos fortes o suficiente para superá-los. Achei que você ia confiar em mim para conversar comigo quando as coisas ficassem ruins e acreditava no nosso amor para saber que ele nos ajudaria a passar por qualquer coisa. Eu nunca teria ido embora, Fisher. Nunca. Eu teria ficado ao seu lado, porque foi isso que prometi fazer pelo resto da vida.

Eu o ouço fungar atrás de mim, mas me recuso a virar a cabeça e olhar para ele. Se eu vir lágrimas nos seus olhos, vou desmoronar, e não posso fazer isso agora. Ele precisa saber que sou mais forte do que era um ano atrás, que consigo lidar com qualquer coisa e, embora eu saiba que Fisher está arrependido do que fez, ele precisa saber como isso me magoou.

— Mesmo quando você me expulsou de casa, eu ainda não estava pronta para desistir. Fiquei com muita raiva de você por me afastar quando eu sabia que você estava sofrendo, mas as coisas que me disse não foram nada comparadas a entrar no Barney's e te ver com a Melanie — digo, tentando impedir que minha voz falhe. — Eu sabia que você estava bêbado e que alguma coisa estava muito errada, mas ainda acreditava, mesmo depois daquela porcaria que você me falou sobre outras mulheres, que você não iria tão longe para me afastar. Você partiu meu coração em mil pedaços naquela noite. Ver suas mãos nela e sua boca na dela... foi o único motivo pelo qual eu desisti. A única razão pela qual eu me afastei.

As lágrimas começam a cair, não importa quanto eu me esforce para impedi-las. Fisher tira o braço da minha cintura e leva a palma da mão à minha face, virando meu rosto para ele.

Ele beija as minhas lágrimas, enquanto as dele caem e se misturam às minhas.

— Eu sinto muito. Sinto muito mesmo, droga — ele sussurra, destruído. — Não aconteceu nada com a Melanie, eu juro, Lucy. Sei que você provavelmente não vai acreditar, mas eu estava tendo uma maldita alucinação e juro que pensei que ela fosse você. Eu sabia que a sensação era errada e que o cheiro dela era errado, mas queria tanto que fosse você que nem me importei. Eu estava me castigando por ter te afastado e só queria que fosse você. Queria você nos meus braços, me dizendo que tudo ia ficar bem, e continuei bebendo e afundando ainda mais naquele maldito buraco negro, até que nada tivesse sentido e eu simplesmente não me importasse com mais nada.

Meu coração volta à vida com as palavras dele, e eu soluço em meio às lágrimas. A pior parte em relação a perdê-lo era acreditar que Fisher tinha encontrado alguém para aliviar a sua dor. Alguém mais experiente que eu, mais bonita que eu e que ele desejava mais do que eu. Alguém que não o fizesse se lembrar da dor e do passado, como eu fazia.

Fisher seca minhas lágrimas com o polegar e olha nos meus olhos.

— Eu devia ter confiado em você e nunca devia ter te deixado. Sinto muito mesmo por não ter visto como você era forte. Me desculpe por ser fraco e deixar a escuridão assumir o controle, quando eu devia saber que você era a luz que sempre deixaria tudo melhor.

Viro o corpo entre as pernas dele e seguro seu rosto.

— Você *não* foi fraco. Não ouse dizer isso! Você passou por tanta coisa e aguentou tudo sozinho. Você é a pessoa mais forte que eu já conheci, Fisher. Tenho muito orgulho de você pelo que fez. Tenho orgulho por você ter ido em busca de ajuda e tenho orgulho por você ter encontrado o caminho de volta para mim.

Ele solta uma respiração trêmula e apoia a testa na minha.

— Eu odiei isso. Odiei cada segundo que passei longe de você. Eu estava com a cabeça muito fodida, Lucy. Mas eu tinha tanto medo de estragar a sua vida que eu sabia que tinha que ficar longe até conseguir pensar com clareza, até conseguir parar de imaginar coisas que não estavam lá, até conseguir parar de viver com raiva.

Fisher passa a mão nos meus cabelos e me beija com delicadeza.

— Eu praticamente consigo ouvir seu cérebro trabalhando. — Ele sorri nos meus lábios quando recua para me olhar. — Conversa comigo. Pode me perguntar qualquer coisa. Não vou esconder mais nada de você.

Olho para baixo e, nervosa, puxo um fio do meu vestido.

— Naquela noite no Barney's, quando chegou na cidade, você falou que só estava bebendo água com gás. Você tem... Você está...

Deixo a voz morrer, de repente me sentindo desconfortável com essa conversa, mas sei que ela precisa acontecer. O alcoolismo foi um dos catalisadores que acabaram nos separando.

— Estou sóbrio desde a noite em que o Bobby me deixou no centro de reabilitação — ele diz baixinho. — Foi horrível e tem sido um inferno, mas todo dia fica um pouco mais fácil. Tem um cara muito bom que está me

216

ajudando com isso, quando me sinto tentado a beber. Ele arrasou comigo quando eu estive no hospital, mas é um cara bacana. Ele serviu no Vietnã e entende os problemas dos veteranos. Não sei se um dia vou poder tomar uma cerveja de novo sem me sentir tentado a exagerar, e por enquanto não vou testar. Estou vivendo um dia de cada vez, como me ensinaram, e até agora está funcionando.

Olho para ele e, ao encarar os olhos castanho-claros que não estiveram injetados uma única vez desde que ele voltou, ao analisar o rosto que não esteve vermelho e inchado de álcool em nenhum momento nos últimos dois meses, tenho certeza de que ele está dizendo a verdade. Passo as mãos sobre a barba por fazer no seu rosto, e meu coração fraqueja quando ele sorri para mim e eu vejo suas covinhas por trás dos pelos.

— Tenho orgulho de você — digo com sinceridade.

Ele dá de ombros.

— Eu também tenho um certo orgulho de mim. É bom poder enxergar as coisas com clareza e ficar sóbrio.

Eu me inclino para a frente e pressiono os lábios nos dele.

— Você está pensando com clareza agora? — sussurro.

Seu sorriso se alarga, e ele fecha os olhos.

— A única coisa que *nunca* foi tão clara é como eu te amo, como preciso de você e que eu nunca quero estar em nenhum outro lugar, exceto aqui com você.

Ouço vozes lá fora e passos na varanda. Fisher e eu ficamos um pouco afastados um do outro, enquanto os hóspedes começam a entrar, rindo e conversando sobre como se divertiram na praia. Eles acenam quando passam por nós, a caminho de seus quartos.

— Acho melhor eu voltar para a casa do Trip — diz Fisher baixinho. — Você deve ter muita coisa para fazer por aqui.

Eu me levanto do chão, estendo as mãos para ele e o ajudo a se levantar.

— Essas coisas podem esperar até amanhã. Fica — eu peço.

Agora que o tenho de volta, agora que expulsamos nossos maiores demônios, não quero deixá-lo ir.

Ele se inclina e me beija rapidamente antes de recuar.

— Não há nenhum outro lugar onde eu prefira estar.

Viro e o puxo em direção ao meu quarto. Então o conduzo até o pequeno banheiro e ligo o chuveiro. Tiramos lentamente a roupa e entramos juntos na água quente. Fisher se demora passando sabonete no meu corpo, e eu suspiro de prazer quando ele me vira e massageia meu couro cabeludo com xampu. Depois que ele enxagua, cai de joelhos e gira gentilmente os meus quadris, afundando a boca entre as minhas pernas. Ele se demora me lambendo e me saboreando, até eu agarrar o cabelo dele e implorar por mais, meus quadris se movendo rapidamente contra sua boca. Seus dedos se juntam aos lábios e à língua, me penetrando. Depois de tantos anos me dando prazer e conhecendo o meu corpo, ele sabe exatamente o que fazer, onde tocar e como mover as mãos e a língua para me deixar louca. Senti tanta falta disso que quase começo a chorar quando sinto o orgasmo percorrer o meu corpo. Senti falta de ter alguém que me conhece tão completamente e me ama tanto. Gozo rapidamente com um grito, minha cabeça batendo no azulejo da parede enquanto a água cai sobre nós e Fisher geme de prazer no meu sexo.

Enquanto ofego e acalmo meu coração disparado, Fisher desliga a água e me puxa para fora do chuveiro, nos envolvendo em toalhas. Caminhamos de mãos dadas no meu quarto escuro e solto as toalhas no chão antes de me encolher embaixo dos lençóis, na minha cama minúscula. Nossos corpos estão tão grudados que fico surpresa por conseguirmos respirar. O calor dos braços dele e o batimento do seu coração no meu me embalam rapidamente para o sono mais tranquilo que tive em mais de um ano.

34

Fisher

PRESENTE

Antes que eu perceba, julho voou, assim como agosto. Encontrei meu lugar de volta nesta ilha e com Lucy, mas alguma coisa ainda parece errada. Estou me mantendo ocupado com mais encomendas de móveis do que nunca e ajudo Lucy na pousada quando ela permite. Passamos o máximo de tempo juntos, e parece que estamos namorando de novo. Saímos para jantar, andamos de mãos dadas, damos longos passeios na praia, nos aninhamos e vemos filmes, como era quando estávamos casados. Tudo parece certo, mas tem alguma coisa que ainda incomoda.

Não tivemos uma conversa profunda e sincera desde a noite do Quatro de Julho, mas estamos trabalhando nos nossos problemas e lidando com as feridas do passado, um dia de cada vez. Eu disse que a amo inúmeras vezes, mas ela nunca repete essas palavras. Sei que Lucy não confia completamente em mim, dá para ver isso nos seus olhos, mas não sei mais o que fazer para convencê-la de que não vou a lugar nenhum e prefiro morrer a magoá-la outra vez. O elefante branco sobre o qual não ousamos conversar é a casinha amarela na beira da praia que continua lá, escura e trancada, esperando que o casal feliz que costumava morar ali volte para casa. Durmo quase todas as noites na pousada, na suíte de Lucy, apesar de não haver nada que eu queira mais do que levá-la para casa. Para a *nossa* casa, para começar de novo e dar início a uma nova vida juntos. Não quero forçá-la a fazer uma coisa para a qual não está pronta, mas não sei por quanto tempo posso congelar a minha vida sem avançar.

Sei que tem alguma coisa que ela está guardando, uma coisa que ela não está me contando. Vejo isso toda vez que conversamos e sinto isso toda vez que fazemos amor. Há quase um desespero nela que eu nunca tinha visto. Ela me aperta com mais força, me implora por mais e tenta segurar as lágrimas, mas eu as vejo todas as vezes, apesar de ela fazer o possível para escondê-las. Não sei o que estou fazendo de errado e como consertar meus possíveis erros. Sei que as coisas nunca serão perfeitas entre nós, nenhum relacionamento é assim, mas parece que ela está puxando brigas comigo só para causar um inferno. Ela força a barra comigo e diz coisas que me provocam, como se estivesse testando a minha paciência ou a falta dela, para ver se eu vou afastá-la ou dizer coisas dolorosas como fiz antes. Sempre consigo manter minha raiva sob controle e argumentar calmamente com ela em relação a qualquer bobagem sobre a qual ela quer discutir, seja o fato de eu deixar a tampa do xampu aberta ou esquecer de abaixar o assento do vaso sanitário. Faço tudo que posso para lhe provar que não vou fugir como fiz antes, mas parece que isso só a irrita ainda mais.

— Então, quando é que vocês vão cagar ou desocupar a moita?

Lucy olha para Trip, e eu simplesmente balanço a cabeça para ele enquanto continuo a comer.

Ele nos convidou para jantar, e estamos tendo uma conversa agradável sobre os trabalhos que ele tem feito na ilha e as encomendas que eu recebi nas últimas semanas.

— Sério, está ficando um pouco irritante ver vocês dois rondando um ao outro. Quando é que vocês vão se casar de novo e começar a parir uns bisnetos para mim? — Trip pergunta casualmente.

Lucy começa a engasgar com a garfada de comida que estava mastigando, e meus talheres caem no prato com a pergunta de Trip. Estendo a mão rapidamente e dou um tapinha nas costas de Lucy, lançando um olhar furioso para o meu avô. Ele me mostra a língua antes de pegar o copo de Lucy e segurá-lo na frente dela.

Lucy o pega da mão dele e bebe metade do copo. Esse velho está mesmo me provocando. Ele tem feito essa mesma pergunta toda vez que passo aqui para pegar roupas limpas, já que praticamente saí da casa dele e mudei para a pousada. Em todas as vezes eu disse para ele cuidar da própria vida porque, além de tudo, eu não queria apressar as coisas com Lucy, mas ele acha que apressar e ser enxerido é a maneira de fazer as coisas acontecerem.

— Que tal discutirmos por que *você* nunca se casou de novo? — pergunto, virando a conversa para o lado dele. — Cinquenta anos é muito tempo para estar sozinho.

Lucy afasta o copo com delicadeza e olha para Trip espantada, prendendo a respiração e esperando a resposta dele. Ela me fez essa pergunta algumas vezes ao longo dos anos, e nunca pensei muito nela até recentemente. Meu avô, embora às vezes seja irritante, é um homem bom e trabalhador. Ele é bonito para um velho, e eu o vi flertar com muitas mulheres na cidade, por isso sei que ainda tem energia. Nunca entendi por que ele quis ficar sozinho durante tantos anos, por que nunca se apaixonou de novo depois que minha avó morreu.

Trip afasta o prato e cruza as mãos sobre a mesa.

— Cinquenta anos realmente é muito tempo para ficar sozinho, mas prefiro ficar com as minhas lembranças do que tentar fingir qualquer coisa com alguma outra mulher — diz ele.

— Por que teria que fingir? Você acha que não conseguiria amar outra pessoa? — Lucy pergunta baixinho.

— Eu *sei* que eu não conseguiria amar mais ninguém — ele diz, antes de virar o rosto para me olhar. — Sua avó era uma mulher incrível. Eu queria que você a tivesse conhecido, Fisher. Ela era linda, inteligente, gentil e me amava mais do que eu jamais mereci. Crescemos juntos, já te contei isso?

Balanço a cabeça em silêncio, sem querer estragar o momento. Trip raramente fala sobre minha avó, e é incrível ouvir sobre ela e o relacionamento dos dois agora.

— Sim, fomos praticamente criados juntos, desde bebês. Nossos pais eram melhores amigos e sempre faziam coisas juntos, então nós dois vivíamos nos encontrando. Ah, ela me odiava quando éramos crianças — ele diz com uma risada. — Ela era dois anos mais nova que eu, e eu gostava de provocá-la até o inferno. Eu puxava as tranças dela e a perseguia pela ilha. Só quando estávamos mais velhos foi que contei a ela que eu fazia essas coisas porque queria que ela corresse atrás de mim.

Lucy coloca os cotovelos na mesa e apoia o queixo nas mãos, e eu ponho o braço na parte de trás da cadeira dela, girando a ponta de seus cabelos nos dedos enquanto ouvimos meu avô falar.

— Só quando éramos adolescentes eu parei de irritá-la tanto. Ou talvez ela tenha percebido que eu só fazia essas coisas para ela me notar. Eu amava aquela garota desde que me entendi por gente, e descobrir que ela também me amava foi simplesmente um milagre. Nós nos casamos antes de terminar o ensino médio e começamos a construir uma família assim que recebemos os diplomas — ele explica com uma expressão melancólica no olhar. — Demorou alguns anos até termos seu pai, mas não importava, porque é claro que nos divertíamos muito tentando.

Ele dá uma piscadinha para Lucy, e ela ri enquanto ele continua.

— Não há nada pior do que ver a mulher que você ama escapando de você. Vê-la ficando doente, sentar ao lado dela de manhã, ao meio-dia e à noite e saber que não há nada que você possa fazer para impedir que as horas passem tão rápido — diz Trip.

Lucy seca uma lágrima dos olhos e tiro o braço da cadeira para acariciar suas costas. Lucy conhecia muito pouco sobre o que aconteceu com a minha avó. Praticamente a mesma coisa que eu: eles eram casados, tiveram meu pai e, poucos anos depois, ela morreu de câncer no estômago. Ouvir meu avô falar tão abertamente e com tanto carinho sobre ela é maravilhoso e triste ao mesmo tempo.

— Nunca tentei procurar outra pessoa para amar, porque sei que ninguém jamais vai se comparar a ela. Algumas pessoas podem amar e deixar de amar, e isso é ótimo para elas. Podem encontrar outra pessoa e seguir em frente, mas comigo não funciona assim. Encontrei minha alma gêmea quando eu era criança, e ela sempre vai ser o amor da minha vida, não importa quantos anos se passem — ele diz com um sorriso triste. — Não há um dia em que eu não sinta falta dela, que não queira que as coisas tivessem sido diferentes. Que eu não queira que ela estivesse aqui para criar seu pai e fazer dele um homem melhor e mais gentil. Que ela pudesse ter conhecido você, Fisher, e visto o neto, o homem forte e leal em que ele se transformou. Não estou triste por não encontrar outra pessoa. Claro, eu me sinto sozinho de vez em quando, mas tenho as lembranças do amor da melhor mulher que conheci para me fazer companhia. Prefiro ter essas lembranças do que tentar fingir algo com outra pessoa.

O silêncio invade o ambiente e, além do tique-taque do relógio na parede sobre a pia da cozinha, ninguém faz um único som nem se move. Acho que Lucy e eu estamos surpresos com a quantidade de coisas que Trip compartilhou conosco. Partindo do fato de que ele está olhando as mãos em silêncio, acho que o próprio Trip está surpreso por ter espalhado suas tripas sobre a mesa diante de nós. Sempre achei que ele era um pouco louco por nunca ter encontrado outra pessoa, por nunca namorar ou se casar de novo, mas agora o entendo mais do que nunca.

Olho para Lucy enquanto ela estende a mão e, em silêncio, as apoia nas de Trip sobre a mesa. Olho para essa mulher, que é meu coração, minha alma e meu mundo, e agora eu *entendo*. Entendo por que Trip escolheu ficar sozinho durante todos esses anos. Se Lucy decidir que não vai dar certo entre nós ou que ela não pode confiar em mim ou me amar como antes, sei que prefiro ficar sozinho pelo resto da vida a fingir amar alguém como eu a amo. Qualquer outra mulher não seria nada perto dela, e meu coração nunca estaria inteiro em outro relacionamento. Sei que tenho que fazer o que for preciso para ela voltar a me amar. Tenho que derrubar os últimos muros que ela construiu e lutar por ela com todas as minhas forças.

Lucy é tudo para mim, para sempre, e vou dar um jeito de ela saber disso.

— Tudo bem, já dividi o suficiente para uma vida inteira. Crianças, tirem suas bundas daqui e me deixem ver *Roda da Fortuna* em paz — Trip anuncia de repente, levantando-se da mesa e saindo para a sala de estar.

Lucy e eu rimos juntos enquanto o vemos sair. Eu me levanto rapidamente, puxo a cadeira para ela e nos despedimos dele gritando por causa do barulho da televisão.

Não vou deixar Lucy me manter distante. Não vou deixá-la esconder o que quer que a esteja incomodando. Se quisermos fazer isso dar certo, vamos passar por *tudo* juntos.

35

Lucy

PRESENTE

Fisher e eu caminhamos em silêncio de mãos dadas pela cidade. Uma tempestade começou a se formar enquanto estávamos na casa de Trip, e alguns pingos de chuva começam a cair quando voltamos para a pousada. No momento em que chegamos ao fim da Main Street, os poucos pingos de chuva se transformaram num aguaceiro completo, e corremos os quarteirões restantes até a Casa Butler. Fisher segura a porta da frente para mim, e eu corro para dentro, sacudindo os cabelos molhados e esfregando o rosto enquanto sigo para a cozinha.

É tarde, e Ellie apagou a maioria das luzes no primeiro andar antes de ir embora. O corredor que leva à cozinha está escuro, exceto por alguns castiçais elétricos que brilham com uma luz suave na parede, guiando o meu caminho. Ouço os passos pesados de Fisher atrás de mim enquanto entro e me sinto tentada a dizer para ele voltar para a casa de Trip. A história que ele nos contou hoje à noite foi quase demais para mim, me afetou demais, e eu preciso de um tempo sozinha para pensar. Não consigo pensar racionalmente quando Fisher está por perto. Não consigo respirar por medo de que alguma coisa ruim esteja crescendo, simplesmente esperando para estragar esse pequeno conto de fadas que criamos nos últimos dois meses. Quanto mais eu ouvia Trip, mais percebia que isso não é um conto de fadas. Ainda tem alguma coisa entre nós sobre a qual não consegui me obrigar a enfrentá-lo, e eu não aguento mais. A sutileza não está funcionando, porque ele ainda está se segurando em relação a mim, e não podemos avançar até que todos os nossos problemas sejam revelados e ele finalmente se solte.

— Cara, dá para acreditar no Trip? — Fisher pergunta quando entramos na cozinha.

Nem me preocupo em acender a luz forte do teto enquanto abro uma gaveta e pego um pano de prato para secar o rosto e os braços. Tem uma pequena lâmpada acesa no balcão que produz luz suficiente para eu ver o que estou fazendo.

— Não consigo acreditar que ele nos contou tudo aquilo hoje — continua Fisher, aparecendo atrás de mim e apoiando as mãos nos meus ombros.

Eu me afasto e dou alguns passos para longe dele antes de virar.

— Que diabos estamos fazendo?

Jogo a toalha na bancada, cruzo os braços e olho para Fisher. Ele é tão lindo que me tira o fôlego. Ele ainda não fez a barba, apenas aparou. A camisa molhada molda seu corpo, e vejo cada ondulação de seus músculos. O cabelo está pingando no rosto, e observo enquanto ele passa a mão nos fios úmidos com irritação.

— O que você quer dizer com "que diabos estamos fazendo"? — ele pergunta.

— Quero dizer "que diabos estamos fazendo"?! — argumento, levantando um pouco a voz. — Nós nos vemos todos os dias, estamos voltando aos velhos hábitos como se nada tivesse mudado, mas *tudo* mudou! Nós dois somos pessoas diferentes, mas é como se estivéssemos tentando ser quem éramos. Não consigo fazer isso, Fisher. Não posso ser a pessoa que eu era, e você também não pode.

Ele dá um passo na minha direção, mas eu levanto a mão e dou um passo para trás.

— Meu Deus, você está tentando puxar outra briga? — ele pergunta, irritado. — Que merda estou fazendo de errado que você quer discutir o tempo todo?

Estou tão irritada comigo mesma, porque sei que ele está certo. O tempo todo tenho puxado brigas com ele sobre as coisas mais idiotas, só para provocá-lo. Só para ver se consigo forçá-lo a perder o controle e me mostrar um pouco daquela paixão que ele me mostrou no beco e naquela noite na nossa cozinha, alguns anos atrás. É idiota e bobo, mas é uma coisa na qual eu penso sempre, e eu *preciso* dessa parte dele. Preciso que ele perceba que não vou quebrar e que não tenho medo. Preciso que ele veja que *meu* homem perfeito não é aquele que está calmo o tempo todo e nunca perde a paciência. Preciso dele por inteiro, senão nunca vai dar certo entre nós.

— Você não está fazendo nada de errado, você está fazendo tudo *certo*, e é esse o problema, porra! — grito.

Ele joga as mãos para cima, aborrecido, e balança a cabeça para mim.

— Eu não tenho a menor ideia do que você está falando. Se estou fazendo tudo certo, por que você está com tanta raiva?

Vejo a coisa acontecer bem na minha frente, como sempre. Ele percebe que acabou de erguer a voz, acabou de perder um pouco da sua calma, e instantaneamente se sente mal. Seu rosto perde a rigidez e seus ombros perdem a tensão enquanto ele se derrete lentamente para o homem tranquilo e pacífico que acha que precisa ser para mim.

— Você realmente acha que vai dar certo entre nós, quando você nem consegue ser quem realmente é na minha frente? — pergunto com tristeza.

— Lucy.

Ele diz meu nome baixinho, de forma carinhosa. Isso deveria me aquecer por dentro, mas tudo que faz é me deixar com frio.

— Você sabe o que eu fiz na noite em que você voltou para a ilha e nós nos vimos pela primeira vez no Barney's? — pergunto a ele.

Falar nisso agora é fazer as coisas darem realmente errado ou realmente certo. Neste ponto, estou disposta a tentar qualquer coisa para fazê-lo parar de me tratar como se eu fosse feita de vidro.

Fisher balança a cabeça, mas não diz nada.

— Eu trouxe o Stanford para cá e fiz tudo que pude para ele me comer — digo.

Meus olhos disparam para as mãos dele, se fechando lentamente em punhos, e continuo.

— Eu subi no colo dele, rasguei sua maldita camisa e o agarrei, implorando para ele me dar mais. Eu queria que ele me desse *tudo*. Queria te apagar da minha mente e do meu corpo. Queria ele dentro de mim para poder parar de pensar em *você*!

Fisher sabe que eu não transei com Stanford, mas nunca entrei em detalhes sobre outras coisas que fizemos, porque não parecia certo torturá-lo com esse conhecimento.

Vejo seu peito subindo e descendo rapidamente e suas narinas se alargando enquanto jogo todas essas coisas nele, plenamente consciente de que estou provocando a fera e tentando fazê-la mostrar seu maldito rosto.

— Deixei o Stanford colocar as mãos em mim, deixei que ele tocasse meus seios, que deslizasse as mãos entre as minhas coxas, até ele...

Fisher está em cima de mim instantaneamente, seus braços me envolvendo com força, puxando meu corpo contra o dele de maneira bruta.

— Para, porra — ele suplica num sussurro rouco.

Seus olhos estão arregalados de raiva e ciúme, e seu peito alcança o meu cada vez que ele respira fundo. Eu o vejo contando mentalmente, tentando se acalmar, mas não vou permitir isso.

— *Não!* Para você, porra! Para de me tratar como se eu fosse quebrar, como se eu não conseguisse suportar o que está acontecendo dentro de você! — grito na cara dele. — Eu deixei outro homem entrar na minha vida! Deixei outro homem tocar no que deveria ter sido só *seu!* Isso te irrita?

— *Sim!* — ele ruge em resposta. — *Sim*, isso me irrita, porra, e você sabe disso! Por que diabos você está fazendo isso comigo?

Seus braços estão me apertando tanto que chegam a tremer de raiva.

— Estou fazendo isso porque estou de saco cheio de você me esconder esse seu lado! Não consigo lidar com você pensando que eu não aguento a sua raiva ou a sua perda de controle comigo!

Ele balança a cabeça em negação.

— Para, Lucy, por favor. Não posso fazer isso com você. Não posso te machucar desse jeito. Por que você acha que eu fiquei longe um ano inteiro? Por que você acha que eu te afastei? Eu não posso mais ser essa pessoa.

Eu me solto dos seus braços e o empurro com força.

— Você não entende, Fisher? Você *é* essa pessoa. Sei que você não é cruel, que nunca me machucaria fisicamente, mas também sei que essa besteira zen na qual você se recusa a deixar alguém te irritar não é você. Você é apaixonado, cheio de vida, cabeça-quente, fica zangado e sente ciúme. Você é assim, sempre foi. Como você espera que eu esteja com você quando não posso estar com você *do jeito que você é de verdade?* Já passou pela sua cabeça que eu *quero* essa sua paixão? Que eu tenho forçado a barra com você ultimamente porque quero que você se solte?

Ele passa a mão nos cabelos de novo, frustrado.

— Eu me soltei com você uma vez e *te machuquei*. Deixei *hematomas* em você, Lucy. Destruí nosso maldito casamento porque não consegui me controlar! — ele argumenta.

Dá para ver a culpa no rosto dele, e tudo se encaixa. Porque meu mundo desmoronou logo depois que ele voltou para casa da última convocação, porque ele começou a beber mais e a falar menos comigo.

— Você realmente acha que me machucou na noite em que voltou para casa daquela última convocação e me fodeu contra a parede da cozinha? — pergunto, em choque.

Ele estremece com as minhas palavras, e fica claro que realmente acredita que sua perda de controle naquela noite foi o que acabou com o nosso casamento.

— Ai, meu Deus, você acha — murmuro, dando um passo para perto dele. — Se você tivesse conversado comigo em vez de internalizar tudo, eu teria falado que foi a experiência mais excitante da minha vida.

Ele ri com desdém e me olha como se não acreditasse, e eu continuo, me aproximando até poder tocar nele. Passo as mãos na frente da sua camisa molhada, apertando-a.

— Eu nunca te desejei mais do que naquele momento. Você sabe o que é sentir que o seu marido te deseja tanto que não consegue passar nem um segundo a mais fora do seu corpo? Que você é tudo em que ele pensa, tudo que ele precisa, e ele não tem que falar nem explicar nada, só precisa te possuir, te machucar com a força do seu desejo por você?

Dou mais um passo até meu corpo encostar no dele.

— Se você tivesse conversado comigo, saberia que eu adorei ver aqueles hematomas nos meus quadris. Adorei saber que você me desejava tanto e fiquei triste quando eles desapareceram, ainda mais porque você nem olhava para mim naquele momento, e menos ainda me tocava.

Ele fecha os olhos e inclina a cabeça para trás, e eu continuo, fechando os olhos com ele e pensando na outra noite, quando ele me fez sentir viva e desejada.

— E naquela noite no beco, alguns meses atrás. Você não tem ideia de quanto eu te desejava. De quanto eu precisava das suas mãos em mim e quanto me excitou o fato de você estar com ciúme e querer marcar território, porra. Você me ouviu implorando por mais? Você me ouviu gritando seu nome enquanto eu gozava? *Você* é o único que me faz sentir assim.

Meus olhos se abrem de surpresa quando meu corpo é virado de repente. Ofego em choque quando Fisher empurra seu corpo contra o meu e meus quadris batem na mesa da cozinha. Ele se choca contra mim, e não tenho escolha senão me curvar sobre a mesa e bater as mãos em cima dela. Ele está bem atrás de mim, o peito pressionado nas minhas costas enquanto respira pesado no meu ouvido.

— Que maldição, Lucy, que diabos você está fazendo comigo? — ele rosna.

Suas mãos voam para baixo da minha saia, e ele rasga a minha calcinha e a arranca.

— Eu *sempre* te desejo tanto que mal consigo respirar. Tudo que penso é em te foder até esquecer de tudo, e só lembrar da sensação de estar dentro de você.

Ouço o botão da sua bermuda voar e quicar no chão da cozinha enquanto ele a arranca. Solto um gemido quando ele sobe a saia do meu vestido e sinto o calor da sua virilha pressionando a minha bunda e seu pau deslizando em mim.

— Me diz que você quer isso — ele exige. — Me diz que é assim que você me quer, porra.

Arqueio as costas e me empurro contra ele até seu pau estar na minha abertura.

— Sim, eu quero — ofego. — Sim, eu *preciso*. Me mostra quanto você me quer, por favor — imploro.

Ele se agarra nos meus quadris, puxa o corpo para trás e se enfia em mim com tanta força que as pernas da mesa se arrastam no chão. Ele solta um rugido e deixo escapar um gemido, segurando as bordas da mesa enquanto ele começa a me dar estocadas.

— Eu quero você agora, Lucy — ele murmura enquanto seu pau me destrói.

— Sim, sim, sim — digo a cada batida dos seus quadris na minha bunda.

Ele se inclina sobre mim, deslizando uma das mãos entre as minhas pernas e circulando meu clitóris com a ponta dos dedos enquanto continua me fodendo implacavelmente.

— Você é *minha* e sempre será minha — ele sussurra em meu ouvido com a voz rouca.

— Nunca mais se esconda de mim — digo a ele enquanto empurro os quadris contra os seus dedos. — Eu preciso de você. Eu preciso de você por inteiro.

Seus dedos circulam mais rápido e suas estocadas ficam mais fortes. A mesa balança sob nós, e, se eu me importasse com outra coisa senão o orgasmo que está crescendo em mim, eu me preocuparia com as pernas cedendo e nós dois caindo no chão, acordando a pousada inteira. A mesa de cozinha de cem anos é praticamente a única peça de mobiliário neste lugar que Fisher não fez, e sua estabilidade provavelmente deveria ser motivo de preocupação.

Eu me esqueço da mesa enquanto Fisher me toma, me reivindicando do jeito que eu queria, meu corpo perdendo o controle com o conhecimento de que ele finalmente está se soltando e me dando tudo de si. Seus quadris batem na minha bunda rapidamente, e seus dedos começam a dar tapas de leve no meu clitóris, até eu agarrar a mesa e gemer tão alto que tenho certeza de que quebrar a mesa não é o que vai acordar todo mundo.

Com uma estocada incrivelmente forte que empurra o meu corpo com violência contra a mesa, percebo que vamos ter um problema. Ouço um estalo, seguido de uma rachadura, e em seguida os braços de Fisher me envolvem quando começo a tropeçar para a frente, enquanto duas pernas da mesa se quebram ao meio, fazendo com que a coisa toda caia no chão, se despedaçando.

Nós dois encaramos, imóveis, a bagunça no chão e, antes que eu consiga rir do que fizemos, Fisher vira o meu corpo e me empurra contra a bancada, sem tirar o pau de dentro de mim. Bato as mãos no granito e me seguro com força enquanto ele continua me fodendo como se não tivéssemos acabado de destruir uma mesa. Esqueço a desordem, ignoro o que vou dizer às pessoas quando me perguntarem o que aconteceu aqui e simplesmente aproveito o prazer que Fisher está me dando a cada estocada do seu pau dentro de mim.

Ele mantém uma das mãos no meu quadril enquanto a outra desliza de volta entre as minhas pernas para retomar a doce tortura com os dedos. Cada batida delicada dos seus dedos no meu clitóris me provoca ondas de prazer tão fortes que fazem minhas pernas tremerem e meus quadris se moverem de forma errática enquanto busco a liberdade que está bem ao meu alcance.

— Toda vez que estou perto de você, quero te foder até esquecer de tudo — Fisher rosna em meu ouvido.

Sua mão aperta mais o meu quadril enquanto ele ajuda a puxar o meu corpo de volta contra o próprio pau a cada estocada forte. A metade superior do seu corpo está pressionada com firmeza nas minhas costas, e sinto seu coração batendo em mim enquanto ele ofega na lateral do meu pescoço.

— Seu corpo foi feito para mim, Lucy. Fala de novo. Fala que quer que eu te pegue desse jeito.

Ele para de se mexer e fica imóvel dentro de mim, esperando as palavras que mal consigo formar com o prazer que percorre o meu corpo.

— Me fode com mais força. Não para. Por favor, não para — imploro.

Mal percebo as palavras antes de ele recuar e me penetrar com mais força do que antes, seus grunhidos, gemidos e xingamentos murmurados preenchendo a sala enquanto me dá tudo que tem.

Sua voz cheia de prazer no meu ouvido, seus dedos entre as minhas pernas, seu pau entrando e saindo de dentro de mim e o som da chuva batendo no telhado, tudo se junta para criar uma sinfonia de prazer pelo meu corpo que eu não conseguiria impedir mesmo que quisesse. Caio sobre a borda, e meu corpo se aperta ao redor do pau de Fisher enquanto gozo. Sua mão sai rapidamente do meu quadril e tampa a minha boca, abafando meus gritos enquanto meu orgasmo me rasga.

Ele goza logo depois, batendo o pau pela última vez antes de ficar imóvel dentro de mim. Ele enterra o rosto na minha nuca para abafar seus próprios xingamentos e gritos enquanto goza. Seus quadris se mexem contra mim quando os tremores do seu orgasmo disparam através dele até nós dois cairmos na bancada, ofegantes.

A chuva continua batendo na lateral da pousada, o ambiente de repente se ilumina com um raio, e Fisher mantém seu peso em cima de mim enquanto recuperamos o fôlego.

Passados alguns minutos, ele finalmente fala:

— Não se preocupe, vou construir uma mesa nova. E, Lucy? — ele diz.

Encostando a bochecha na bancada para esfriá-la, respondo com um suspiro:

— Sim, Fisher?

— Nunca mais repita o que o Stan-Pau-Mole-Ford fez com você.

Ele beija minha nuca antes de sair de dentro de mim, e não consigo esconder o enorme sorriso no rosto quando viro e o abraço.

36

Fisher

PRESENTE

— O que aconteceu com a mesa da cozinha? — pergunta Bobby, surpreso, segurando a mão de Ellie enquanto os dois encaram a bagunça no chão.

Lucy e eu compartilhamos sorrisos maliciosos por sobre a borda das xícaras de café enquanto nos apoiamos na bancada.

— Ah, você sabe, alguma coisa bateu nela. Várias vezes — digo, dando de ombros, quando Lucy me dá um soco de leve no estômago enquanto tento conter o riso.

— Então, e aí, como vocês estão? Como está se sentindo, Ellie? — pergunta Lucy, mudando de assunto e se ocupando em servir uma xícara de café para Bobby e aquecer a chaleira para Ellie.

Quando Bobby me contou há alguns meses que Ellie estava grávida, eu quase dei um soco na cara dele. Apesar de Ellie não ter sido minha maior fã depois do que fiz com Lucy, ela ainda é como uma irmãzinha para mim, e eu realmente não gostei da ideia do meu melhor amigo engravidá-la e não dar a mínima. Fiquei mais do que um pouco surpreso quando descobri que ele estava apaixonado por ela e os sentimentos eram mútuos, apesar de Ellie demorar um pouco para admitir isso. Lucy forçou a barra o verão todo para ela contar a Bobby sobre seus sentimentos, e ela finalmente fez isso algumas semanas atrás. Bobby imediatamente comprou um anel para ela e a pediu em casamento do jeito certo, ajoelhando-se e dizendo como a amava em vez de exigir que ela se casasse com ele só porque estava grávida.

233

Enquanto Ellie e Lucy conversam sobre gravidez, enjoo matinal e os planos de Ellie para o casamento, Bobby faz um gesto com a cabeça em direção à porta, e vamos até a varanda.

Recostamo-nos nas cadeiras de balanço para tomar nosso café, apoiamos os pés na balaustrada do deque e encaramos o mar.

— Não consigo acreditar que você vai ser pai — digo a Bobby.

— Nem me fala. Vou ser responsável por moldar a mente de alguém e por ser seu modelo. Não consigo acreditar que ninguém me obrigou a conseguir uma autorização para essa merda.

Damos risada enquanto saboreamos o café e olhamos para a névoa que paira sobre o mar. A maioria dos turistas começou a sair da ilha, agora que estamos nos preparando para entrar na temporada de furacões. O céu já está mais nublado ultimamente, e trovoadas têm surgido esporadicamente por toda parte. Não vai demorar até que toda a ilha precise se preparar para enfrentar o clima. Setembro numa ilha no meio de uma zona de furacões significa tirar sacos de areia e persianas dos depósitos e guardar todos os móveis de jardim.

— As coisas com você e a Lucy parecem boas — reflete Bobby, tentando pescar mais informações.

Eu o mantive o mais atualizado possível nos últimos meses, sem querer entrar em muitos detalhes íntimos, mas ele sabia que eu estava preocupado de Lucy estar escondendo alguma coisa de mim.

— Estão realmente boas — digo, sem conseguir esconder o sorriso. — Tivemos uma boa... conversa ontem à noite.

Mantenho a risada para mim e digo ao meu pau para ficar calmo quando penso no que aconteceu na cozinha na noite anterior. Caramba, quantos meses eu passei me sentindo culpado por aquela noite em que voltei para casa da última convocação? Foi a razão pela qual comecei a entrar naquela espiral de descontrole, tão certo de que Lucy me odiava pelo que eu tinha feito. Fui um idiota. Fazê-la gritar comigo, me empurrar e me obrigar a perder o controle com ela era assustador como o inferno, mas foi a melhor coisa que podia ter acontecido entre nós. Ela está certa, nós dois mudamos e não há como voltar a ser como antes. Não posso ter medo com ela e não posso tratá-la como a garota calada e tímida que ela era quando nos casamos. Lucy é a mulher mais forte que conheço, porra, e ela provou isso na noite passada. Eu me sinto mais livre e mais calmo agora. Eu estava me reprimindo com ela, e não era justo com nenhum de nós. Não quero que Lucy pense que eu não a desejo a ponto de perder o controle. Talvez eu precise de tempo para mim de vez em quando, para trabalhar as minhas lembranças da guerra, mas nunca mais vou me reprimir e sempre vou ser sincero e aberto em relação aos meus sentimentos.

— Estou feliz que vocês tenham resolvido as coisas, cara. É bom te ver feliz de novo — diz Bobby.

— É bom *ser* feliz de novo — digo com um sorriso. — E você e a Ellie? Já marcaram a data do casamento?

O rosto de Bobby se ilumina com a menção do nome de Ellie, e eu ainda fico impressionado com essa merda. Nunca pensei que ele ia se casar, e estou um pouco chateado por meu amigo nunca ter me contado que a paixão dele pela Ellie desde que ela se mudou para cá podia ser real.

— Ela quer esperar até o bebê nascer. Odeio esperar tanto tempo, mas entendo. Ela está preocupada em caber no vestido de noiva e quer poder se divertir. Não dá para se divertir muito no seu próprio casamento quando se está grávida — explica Bobby.

Estou feliz por ele, de verdade, mas uma parte de mim está triste porque Lucy e eu nunca tivemos filhos. Falamos muito nisso quando nos casamos. Conversamos sobre quantas crianças teríamos, como as chamaríamos e como as criaríamos de um jeito completamente diferente de como meu pai me criou. À medida que os anos passavam, a conversa sobre bebês ficou de lado, e nenhum de nós voltou a falar nisso. Eu não conseguia suportar a ideia de minha esposa estar grávida e ter que criar nosso filho praticamente sozinha, já que eu nunca teria certeza de estar aqui com ela por mais de um ano de cada vez. Eu não podia colocar um fardo desses sobre ela se não sabia quando ou se eu ia sair das Forças Armadas. Sei que devo agradecer por não termos filhos para testemunhar meu surto quando tudo virou uma merda. Só posso esperar que, como ainda somos jovens e temos muitos anos pela frente, ainda haja tempo e ela ainda os queira.

— Ainda não consigo acreditar que tudo está se ajeitando para nós dois. Isso é maluquice, porra — diz Bobby com uma risada.

— Agora eu só preciso convencer a Lucy a me deixar ajudá-la com a pousada.

Bobby ri ainda mais e balança a cabeça.

— Boa sorte com isso. Não vai acontecer.

Reviro os olhos e tomo um gole do café.

— Não posso deixá-la perder isto aqui, Bobby, muito menos para o meu pai, porra.

— Você também não pode simplesmente aparecer com o dinheiro e esperar que ela aceite. Ela vai cortar as suas bolas e enfiá-las na sua garganta.

Lucy não reagiu muito bem quando minha mãe lhe enviou dinheiro todo mês, ainda mais achando que vinha de mim, e, de acordo com Trip, ela ficou tão irritada por eu ter mandado uma pequena fortuna depois do divórcio que se recusou a tocar nela.

— Que diabos eu devo fazer, simplesmente ficar sentado e vê-la perder o seu sonho? A empresa da família dela e o lugar que a faz feliz? — pergunto a ele.

— Não sei, mas não faça nada estúpido como pagar a hipoteca escondido da Lucy. Já vejo as engrenagens girando na sua cabeça, e isso *não* vai terminar bem para você, meu amigo — Bobby me informa.

Não digo a ele que eu já estava pensando em fazer exatamente isso e fingir que não sabia de nada quando ela descobrisse. Na noite passada, derrubamos todos os muros que havia entre nós, e não quero estragar tudo mentindo descaradamente.

— Ela ganhou dinheiro suficiente neste verão para manter o lugar durante o inverno, então tenho algum tempo para pensar num plano — considero.

— Você vai pensar em alguma coisa. Você tem que pensar em alguma coisa. A Ellie quer fazer o nosso casamento aqui na varanda. Sem pressão nem nada — diz ele com um sorriso. — Falando em casamento, quando é que você vai dar para a Lucy aquelas malditas alianças que você está guardando há um ano? — ele pergunta.

Enfio a mão no bolso e mexo no solitário de ouro e diamante que trago comigo desde que ela o mandou de volta com os papéis do divórcio.

— Logo, logo. Só quero ter certeza de que o momento é certo e que ela realmente *quer* a aliança de volta — digo, dando de ombros, quando tiro a mão do bolso.

— A Lucy te ama, é claro que vai querer de volta.

Dou de ombros outra vez.

— Ela ainda não disse isso, então quem sabe.

Não digo a ele que o fato de não ouvir essas palavras diretamente está me matando. Sei que as atitudes de Lucy têm mais do que provado que ela me ama, mas eu preciso das palavras. Preciso ouvi-la dizer que ainda é apaixonada por mim, para eu não ter dúvidas de que ela quer realmente isso. Que quer tudo. Não posso culpá-la por não confiar completamente em mim, mas espero que o que aconteceu ontem à noite tenha acelerado a prova de que ela pode confiar em nós de novo.

— Ei, lembra da placa que eu fiz para a Lucy como presente de casamento? Aquela que dizia "Casa dos Fisher"?

Bobby faz que sim com a cabeça, tomando um gole de café.

— Quando passei lá, não estava pendurada ao lado da porta. Voltei algumas semanas atrás para procurá-la e não consegui encontrar. Eu até olhei na pousada, e também não está aqui. Eu queria surpreender a Lucy pendurando-a de novo na casa e pedindo para ela se mudar para lá comigo.

Bobby coloca a xícara de café na mesa entre nós e me lança um olhar sem graça.

— Você não vai encontrar essa placa em lugar nenhum.

Olho para ele, confuso, e ele continua:

— No dia em que você enviou os papéis do divórcio para a Lucy, ela ficou meio maluca. A Ellie deu um porre nela e a levou até a casa de vocês. A Lucy tirou a placa da parede e começou a bater nela com um martelo.

— Caramba — respondo.

— E depois tacou fogo nos pedaços.

— Ai, merda — murmuro. — *Essa* surpresa já era.

Bobby ri e me dá um tapinha no ombro antes de se levantar da cadeira.

— Você é um babaca romântico, tenho certeza que vai pensar em outra coisa. Preciso pegar a Ellie e ir para o continente. Ela tem um exame com um daqueles aparelhos sofisticados de ultrassom daqui a uma hora. Acho que a máquina que Doc Wilson tem aqui na ilha não é boa o bastante para a primeira olhada no nosso pequeno.

Trocamos um aperto de mãos, e digo a ele para pedir que a Ellie ligue para Lucy depois da consulta e conte como foi.

Bobby entra e eu termino meu café, vasculhando a mente em busca de maneiras de convencer Lucy de que eu realmente a amo e quero passar o resto da vida com ela.

237

37

Lucy

PRESENTE

— Não consigo acreditar que já estamos no meio de setembro — resmungo, me encolhendo mais perto de Fisher sob as cobertas. — Estou com saudade do verão.

Fisher ri e me abraça forte.

— A meteorologia diz que hoje vai ser um dos últimos dias quentes e ensolarados por um bom tempo. Você devia aproveitar — ele sugere.

— Estou planejando fazer isso — respondo enquanto deslizo as mãos pelo seu peito e passo os dedos de maneira provocante sobre sua virilha. — Vou me encontrar com a Ellie na praia para tomar sol.

Envolvo a mão ao redor do seu comprimento, que rapidamente fica mais grosso, e ele geme, jogando a cabeça para trás no travesseiro. Eu me demoro deslizando a mão para cima e para baixo no pau dele enquanto seus quadris começam a se erguer para me encontrar, curtindo os sons que ele faz conforme eu o provoco, movendo a mão com força e rapidez e depois desacelerando, mal roçando nele com a palma da mão.

Depois da nossa transa na cozinha, quando ele finalmente se soltou, as últimas semanas com Fisher foram nada menos que incríveis. Batizamos todos os quartos da pousada mais de uma vez. Tivemos transas intensas e rápidas, sem tirar a maioria das roupas, e também nos demoramos, despindo um ao outro e fazendo amor devagar. Ele conversa comigo quando está tendo um dia ruim e começou a se abrir sobre o período que passou no exterior, o que ele viu, o que ele fez e como essas coisas o afetaram. Ele me deixou acariciar suas cicatrizes na parte de trás do seu ombro e beijar cada ponto marcado pelo estilhaço embutido na pele depois de finalmente me contar como sofreu a lesão. Meu coração se partiu ao saber que homens que ele considerava irmãos foram mortos durante uma explosão, e agora eu entendo por que ele estava com tanta raiva quando chegou em casa, sentindo que a lesão dele não era "real" o suficiente para justificar uma passagem de volta para os Estados Unidos.

Eu o amo mais e mais a cada dia, no entanto alguma coisa me impede de dizer as palavras. Elas ficam a um passo de escapar toda vez que ele me olha, me toca e me mostra quanto me ama, mas ainda sinto que estou esperando o inevitável. Eu me senti a garota mais sortuda do mundo na primeira vez que me apaixonei por ele, e parece um sonho eu conseguir fazer isso pela segunda vez. Quantas pessoas conseguem uma segunda chance no amor com a única pessoa que já tiveram no coração?

Afasto os pensamentos negativos, deslizo para cima dele e sento sobre sua cintura. Fisher leva as mãos aos meus quadris e me ajuda a me posicionar exatamente onde preciso dele. Deslizo lentamente sobre o homem que amo até ele estar totalmente dentro de mim. Começo a me balançar em cima dele, pressionando as mãos em seu peito para me ajudar a fazer uma alavanca. Ele leva uma das mãos ao meu rosto, olhando para mim enquanto o cavalgo, me movendo lentamente e deixando meu desejo por ele me consumir e apagar todo o restante da minha mente. Nunca vou me cansar desses momentos com ele, quando tudo que temos a fazer é nos olhar e sentir nosso corpo se movendo em união e tudo o mais desaparecer, deixando só nós dois, sem nenhuma preocupação.

Meu orgasmo vem rápido e com força, apesar de nos movermos lentamente e nos demorarmos. Eu me inclino e pressiono os lábios nos de Fisher, beijando-o com todo amor que tenho enquanto gozo. Ele envolve os braços em mim e levanta lentamente os quadris da cama, se empurrando num ritmo lânguido até que sua própria liberação chega, e ele pressiona os quadris, gozando com meu nome nos lábios.

Caio em cima do seu corpo, rolando de lado depois de alguns minutos e apoiando a cabeça no peito dele. Enquanto seus dedos desenham traços preguiçosos nas minhas costas, solto uma coisa que tem estado na minha mente há anos.

— Por que você nunca me escreveu?

Seus dedos ficam parados nas minhas costas, e eu prendo a respiração, esperando a resposta. Passamos muito tempo falando sobre o passado e como todas as coisas que ele me disse no dia em que tudo desmoronou eram mentiras, mas ele nunca mencionou as cartas. Eu gostaria de acreditar que Fisher estava mentindo quando disse que não queria me escrever, mas ele nunca me deu nenhuma explicação sobre as palavras que jogou em cima de mim.

Com um suspiro profundo, ele volta a acariciar minhas costas.

— Eu escrevi para você. Só que nunca enviei as cartas — ele admite baixinho.

Levanto a cabeça, viro e o encaro, em estado de choque.

— Respondi todas as cartas que você me escreveu. Depois eu lia e percebia como eram deprimentes e patéticas e acabava não te mandando nada — ele explica. — Eu só conseguia escrever sobre como sentia sua falta, como precisava de você e como odiava estar longe. Eu sabia que era difícil demais você estar aqui todo esse tempo enquanto eu estava tão longe e não queria tornar isso mais difícil. Eu também não queria que você se preocupasse comigo, e muitas das coisas que eu escrevi teriam realmente te assustado. Eu detalhava os meus dias e as merdas que eu via, e você não precisava ler sobre isso. Você não precisava saber essas coisas. Teria sido pior a cada vez que eu voltasse.

Inclino a cabeça para o lado, sem poder acreditar.

— Você devia ter mandado. Devia ter dividido essas coisas comigo. Durante todo esse tempo, eu sinceramente pensei que você não se incomodava de estar longe e não sentia tanta falta de mim quanto eu de você.

Ele envolve o meu rosto com as mãos e olha nos meus olhos.

— Sinto muito. Sinto muito mesmo. Odeio ter feito você se sentir desse jeito. Odeio nunca ter te deixado saber quanto me matava estar longe. Odeio ter feito você adivinhar tudo que eu sentia por você.

Afasto uma das mãos do meu rosto e beijo sua palma antes de puxá-la para o meu peito.

— Chega de segredos, me promete. O que quer que esteja sentindo ou pensando, você tem que dividir comigo. Temos que ser abertos e sinceros um com o outro em relação a tudo.

Ele se inclina para a frente e beija os meus lábios.

— Eu te amo e prometo.

Eu me enrolo ao lado dele e apoio o rosto no seu ombro. Ele continua sussurrando palavras de amor para mim enquanto meus olhos ficam pesados e eu caio no sono. O alarme do celular dele nos desperta de um sono profundo uma hora depois.

— O que você vai fazer hoje? — pergunto enquanto ele desliza para fora das cobertas e pega suas roupas no pé da cama.

— Ah, vou dar umas voltas por aí. A que horas você vai se encontrar com a Ellie? Quer que eu prepare um lanche para vocês ou alguma coisa assim? — ele pergunta, mudando rapidamente de assunto.

Ele já fez isso algumas vezes ultimamente, quando perguntei sobre seus planos para o dia. Sei que Fisher está escondendo alguma coisa, mas, mesmo quando pergunto o que ele está aprontando, ele muda de assunto. Eu até o peguei vasculhando o sótão algumas semanas atrás, e ele parecia uma criança pega com a mão no pote de biscoitos quando subi lá para ver o que estava fazendo. Não posso ficar com raiva dele, já que tenho mantido um pequeno segredo e instantaneamente me sinto culpada por fazê-lo prometer que nunca mais vai esconder nada de mim. É uma coisa que vai solucionar todos os meus problemas, mas, sem dúvida, vai irritar Fisher, então vou deixá-lo com seus segredos até estar pronta para revelar o meu.

Fisher termina de se vestir, apoiando-se na cama para me dar um beijo.

— Vou colocar umas coisas numa cesta para vocês e deixar na bancada da cozinha. Não esquece o protetor solar e, se for usar aquele biquíni vermelho incrível, fica com ele até eu chegar em casa.

Ele beija o meu nariz, e eu dou risada enquanto ele se afasta e sai porta afora.

* * *

— Eu te odeio, Lucy. Por que você tem que estar tão gostosa enquanto eu pareço uma baleia? — reclama Ellie.

Acabei de sair da água e estou em pé na frente dela, me secando, enquanto ela me olha da sua cadeira de praia.

Aceitei a sugestão de Fisher e fui com o biquíni vermelho, apesar de tê-lo odiado desde que o comprei por capricho. Acho que não tenho corpo para usá-lo, mas, quando Fisher o viu na gaveta da minha cômoda na semana

241

passada, começou a babar e me pediu para vestir para ele. Digamos que o biquíni vermelho não ficou no meu corpo por mais que alguns segundos naquele dia, então ele está começando a me conquistar.

— Você não parece uma baleia, você está grávida e linda — lembro a ela. — E a barriga mal está aparecendo, então para de reclamar.

Estendo minha toalha ao lado dela e me deito de costas, fechando os olhos e deixando o sol me aquecer e secar o restante do corpo.

— Você já falou com o Fisher sobre o Stanford? — pergunta Ellie.

Estreito os olhos e a encaro, furiosa.

— Não. E achei que eu tinha te falado para não discutirmos isso até eu tomar uma decisão definitiva.

Ellie dá de ombros e apoia a cabeça na cadeira, com o rosto virado para o sol.

— Eu acordo vomitando todas as manhãs, levanto dezessete vezes para fazer xixi de noite e meu noivo fala com a minha barriga usando voz de bebê. Por favor, me dá uma coisa para viver. Isso é empolgante, e nós *precisamos* falar sobre isso.

Sento na toalha e cruzo as pernas na minha frente.

— É meio empolgante mesmo, não é? Quer dizer, não é uma ideia totalmente maluca, é? — pergunto.

— De jeito nenhum! Quando você me disse pela primeira vez que o Stanford te ligou com uma proposta, eu morri de rir e quase entrei na balsa para dar uma surra nele, mas eu realmente acho que isso vai funcionar — diz ela.

O que eu não disse a Fisher é que tenho mantido contato com Stanford. Depois que terminei com ele e meio que o envergonhei diante de toda a cidade, ele deixou a ilha com o rabo entre as pernas, e não tive notícias dele até algumas semanas atrás. Eu me senti um pouco mal no início sobre a forma como as coisas terminaram, mas depois me lembrei das merdas que ele me falou. Fisher também se dedicou a limpar todos os traços dele da minha mente, então, em pouco tempo, era como se Stanford nunca tivesse existido.

Receber uma ligação dele do nada foi um choque. Quando ele me disse que parou de trabalhar para o pai de Fisher assim que voltou para a cidade, fiquei ainda mais surpresa. Ele ouviu sem querer as coisas que Jefferson me disse naquele dia do jogo, e havia outras coisas questionáveis que Jefferson tinha falado e feito na época em que Stanford trabalhava para ele que o deixavam desconfortável e o forçaram a perceber que aquele homem não devia ser idolatrado. Ele pediu demissão e, uma semana depois, conseguiu um emprego em outro banco maior, com filiais em todo o país.

Ele se sentiu mal pela maneira como nos separamos e ainda queria fazer o possível para me ajudar com a pousada. Desconfiei imediatamente e pensei que Stanford estava tentando mais uma vez comprar o lugar, mas ele tinha uma ideia melhor. A instituição onde passou a trabalhar é especializada em empréstimos para pequenas empresas, e ele perguntou se eu consideraria refinanciar a hipoteca da pousada com o banco dele. Educadamente, respondi que não e tentei explicar que ter que lidar com meu ex-namorado durante o período do empréstimo seria quase tão ruim quanto ter que lidar com meu ex-sogro. Terminei a ligação e achei que a história estava encerrada. Uma hora depois, o presidente do banco me ligou, me garantindo que a minha conta seria atendida por outro funcionário da área de empréstimos e que o nome de Stanford só apareceria na documentação para fins de comissão. Ele continuou me explicando que o negócio deles era manter vivas as pequenas empresas norte-americanas, oferecendo a elas as menores taxas de financiamento possíveis permitidas por lei. Eu realmente não queria acreditar que podia haver uma chance de salvar a Casa Butler sem ter que rastejar e implorar ao pai de Fisher, mas foi difícil *não* acreditar depois que o banco me enviou um rascunho da papelada. A taxa de juros é quase setenta e cinco por cento menor do que a que estou pagando agora ao Banco Fisher, e isso reduziria meus pagamentos mensais quase pela metade.

— Quando é que você vai contar para o Fisher? — pergunta Ellie.

Dou de ombros e olho para o mar.

— Não sei. Quando é um bom momento para dizer ao homem que você ama que o cara que você namorou é aquele que vai fazer seus sonhos se tornarem realidade?

— Nunca — Ellie responde.

— Ahhh, já está guardando segredos? Tsc, tsc, isso nunca é bom.

Viro a cabeça de repente e vejo a única pessoa desta ilha que eu odeio mais do que o pai de Fisher.

— Acho que você entrou pelo caminho errado. A praia das putas fica a um quilômetro de distância, naquela direção, Melanie — diz Ellie, apontando para a esquerda com um sorriso agradável.

243

— Pelo jeito você conhece bem o caminho, já que engravidou antes de casar — desdenha Melanie.

Ellie sorri enquanto ergue as mãos para o alto e mostra os dois dedos do meio para Melanie.

Eu me levanto do chão, me sentindo muito mais confortável no nível dos olhos de Melanie do que tendo que olhar para cima, mas percebo rapidamente como estou horrível ao lado dela e imediatamente quero enrolar uma toalha no corpo. O biquíni vermelho que estou usando me fez sentir sexy até eu ficar ao lado de Melanie, com suas pernas longas, seus seios falsos e sua barriga lisa e tonificada. O biquíni branco que ela está usando é composto por três triângulos que escondem muito pouco e também não ajuda muito a melhorar a minha autoconfiança.

Toda vez que vejo essa mulher na cidade, tudo que consigo pensar é nas mãos de Fisher na bunda dela e no beijo dos dois naquela noite no Barney's. Ele me jurou que não aconteceu nada entre eles, mas ainda tenho que engolir em seco algumas vezes para manter meu almoço no estômago, só de pensar naquela noite.

— Eu não tenho ideia de como você faz isso, Lucy — diz Melanie com uma sacudida de cabeça.

Suspiro e mordo a isca, mesmo sabendo que não devia.

— Como faço o quê?

Melanie ri e afasta do ombro o cabelo loiro comprido, perfeito e brilhante.

— Como você conseguiu fazer o solteiro mais rico e cobiçado da ilha te pedir em casamento, deu um pé na bunda dele e depois fez seu ex-marido gostoso te seguir como um cachorrinho. Eu diria que você deve ser boa de cama, mas não é o caso, porque o Fisher praticamente me *implorou* para trepar com ele e dar uma amostra do que ele estava perdendo.

Uma onda de raiva cresce dentro de mim, e nem penso nas minhas ações. Levanto o braço e dou um tapa naquela expressão de satisfação no seu rosto. Ela grita, fazendo alguns veranistas atrasados que estão curtindo um dos últimos dias agradáveis na praia se sentarem e tomarem conhecimento da situação.

— Caraaaaaaamba — ouço Ellie murmurar, mas não presto atenção.

— Você é uma vagabunda, e a única razão pela qual o Fisher se aproximou de você um ano atrás foi porque estava bêbado — grito, sem me importar que as pessoas estejam ouvindo.

— Sua vaca! — berra Melanie.

— Pelo menos não sou uma piranha calculista que tentou roubar o marido de outra pessoa! — disparo em resposta.

— Eu não roubei nada! Ele me *escolheu*, e você simplesmente não aguenta isso, não é? Você não foi boa o suficiente para ele e não conseguia satisfazê-lo, então ele escolheu alguém que podia fazer isso — ela argumenta.

— Boa tentativa. Por acaso eu sei que não aconteceu nada entre vocês dois, então para com essa palhaçada, porra — digo, revirando os olhos.

Ela ri na minha cara e se aproxima.

— Continue repetindo isso para si mesma, querida, e talvez um dia você acredite. Ele estava com tanta raiva naquela noite, e você simplesmente *se* afastou dele. Não se preocupe, docinho. Eu cuidei do seu homem depois que você foi embora, bem no banheiro do Barney's. Quando ele me fodeu contra a parede, ele gritou o *meu* nome quando gozou, não o seu.

Meu coração começa a espancar o meu peito, e mordo o interior da bochecha, tentando ao máximo não chorar. Não vou chorar na frente dessa vagabunda desalmada nem mostrar que as palavras dela estão me matando e me fazendo duvidar de Fisher.

— Olha só para você! Acha mesmo que ele ia te querer quando podia ter a mim?

Começo a balançar na direção dela quando sinto um par de braços me envolver por trás, me arrastando enquanto Ellie salta da cadeira e começa a gritar com Melanie.

— Lucy, fica calma, baby — Fisher me diz.

Eu me solto dos seus braços quando ele me afasta de Melanie para eu não me sentir tentada a dar um soco no nariz dela.

Meu orgulho e meu coração se partiram ao meio, e minha cabeça está cheia de lembranças de coisas que prefiro esquecer. Odeio Fisher por me fazer parecer uma tola com Melanie e odeio Melanie por jogar isso na minha cara e por me fazer duvidar de tudo que eu pensava ser verdade. E também *me* odeio por ser tão fraca em relação a nós dois, mas pelo menos não fiquei de boca fechada. Essa imbecil vai poder usar a marca da minha mão estampada no rosto dela pelo resto do dia como lembrete para parar de brincar comigo.

Deixo as lágrimas escorrerem enquanto Ellie continua a atacando.

— Ei, o que aconteceu? — pergunta Fisher baixinho, ao estender a mão para mim.

245

Dou um passo para trás e seco minhas lágrimas com raiva.

— Não. Por favor, não faz isso agora — imploro.

Eu me sinto inferior e inútil e odeio estar questionando o meu próprio valor. Odeio sentir que voltei ao ensino médio, me perguntando por que o rei dos atletas, o cara mais gostoso da escola, quer alguma coisa comigo. Sou uma mulher adulta, porra, e me sinto idiota por deixar Melanie me atingir.

Começo a me afastar de Fisher, e ele tenta agarrar o meu braço, mas eu o tiro do seu alcance.

— Não! Por favor, só me deixa em paz!

Ele percebe que estou falando sério e para de tentar me seguir. Quando começo a andar mais rápido e subir os degraus da varanda para a pousada, eu o ouço gritar:

— O que foi que você fez? Que *merda* você disse pra ela?!

Disparo pelas portas deslizantes e corro até o meu quarto, as lágrimas chegando rápido e com força até eu mal conseguir enxergar.

38

Lucy

PRESENTE

— Você precisa falar com ele, Lucy. Você não pode continuar evitando o Fisher — diz Ellie uma semana depois, enquanto encaixamos as persianas antifuracão na frente da pousada.

Depois que Fisher ouviu de Ellie a história naquele dia, correu até a pousada e me encontrou enrolada em posição fetal na cama, chorando tanto que mal conseguia respirar.

— *Você sabe que ela está mentindo, Lucy. Por favor, meu Deus, me diz que você sabe que ela está mentindo. Eu te juro que não aconteceu nada entre nós. Baby, por favor, você tem que acreditar em mim. Não sei por que ela está fazendo isso.*

Não respondi nada. Não consegui. Eu queria me atirar nos braços dele e dizer que sim, eu sabia que era tudo mentira e que eu o amava e, claro, acreditava nele, mas não consegui fazer isso. Melanie me fez sentir uma tola, feia e inútil, e doeu tão fundo na minha alma que eu não conseguia fazer a dor desaparecer. Nada que Fisher dissesse poderia afastar isso também, e ele finalmente me ouviu quando as únicas palavras que consegui dizer no meio dos soluços eram aquelas que pediam para ele ir embora pois eu precisava ficar sozinha.

Ele tem me ligado todos os dias desde então e passou na pousada várias vezes, e, apesar de não ter me recusado a vê-lo, também não falei com ele. Permiti que Fisher falasse, ouvindo em silêncio enquanto ele implorava, suplicava e se desculpava. Ele jurou várias vezes que não aconteceu nada entre ele e Melanie, mas eu simplesmente não consigo tirar as palavras dela da minha cabeça. Ela falou sobre a raiva dele e sobre ele fodê-la contra a parede, e tudo isso foi demais. Era muito parecido com o que Fisher e eu compartilhávamos, e não sei como superar isso. Não sei como ver através dessas palavras e encontrar a verdade. Não quero ser uma daquelas mulheres bobas que acreditam automaticamente no homem quando ele diz que não as traiu, ainda mais quando há tantas evidências em contrário. Não sou burra e me recuso a deixar que alguém me faça sentir assim. Já é ruim o suficiente sentir que não sou uma mulher à altura de Fisher, e não preciso sentir que não sou inteligente o bastante também.

Finalmente fui forçada a conversar com ele na noite passada, quando entrou furioso na pousada, irritado e mais do que pronto para brigar. Fisher tinha descoberto sobre o meu telefonema com Stanford e definitivamente não estava feliz.

— *Como você pôde esconder uma coisa dessas de mim?*

— *Eu não estava escondendo de você, só estava esperando para ver se ia dar certo antes de contar alguma coisa.*

— *Porra, você está me ignorando há uma semana por uma coisa que eu nem fiz quando o tempo todo você estava agindo pelas minhas costas com seu ex-na-morado!*

— *Eu não estava agindo pelas suas costas com ninguém! Eu estava fazendo o que precisava fazer para ter certeza que não vou perder a pousada. Isso não tem nada a ver com você!*

— *Tem* tudo *a ver comigo! Eu era a porra do seu* marido*, e você não me deixava te ajudar com a pousada, mas vai deixar aquele imbecil te ajudar?*

— *É exatamente por isso que eu deixaria ele me ajudar, porque ele não é meu marido e não é uma coisa que ele sente que* precisa *fazer.*

— *Eu também não* tenho *que fazer isso, eu* quero*, porra. Eu amo este lugar tanto quanto você. Droga, por que você não pode me deixar cuidar de você para variar? O que é meu é seu, você não vê isso? Eu te amo e quero* fazer *isso por você!*

Demos voltas e mais voltas por mais de uma hora, nenhum de nós querendo ceder. Quando ele arriscou falar de novo da situação com Melanie, tentando afastar o argumento da pousada, finalmente saí bufando da sala e me tranquei no quarto.

— Sou uma pessoa ruim por não acreditar quando ele me diz que não transou com ela? — pergunto baixinho a Ellie enquanto desço da escada e paro ao lado dela. — Eu me sinto a pior pessoa do mundo. Ele estava passando por tanta coisa quando tudo isso aconteceu, fez tanta coisa para mudar e ser uma pessoa melhor, e eu não consigo me livrar dessa única coisinha.

Ellie me abraça e eu apoio a cabeça no ombro dela.

— Mas não foi uma coisinha, foi uma coisa importante. Mesmo que o Fisher não tenha trepado com ela, e estou te falando pela milésima vez que ele *não trepou*, mesmo assim foi uma coisa importante. Ele traiu sua confiança e, quando alguém trai a confiança de uma mulher, é difícil recuperar — diz Ellie. — Você não é uma pessoa ruim, Lucy, você é uma mulher com um coração enorme. Você o amava mais do que qualquer outra coisa no mundo, e ele te afastou, não importa quanto você tenha tentado mantê-lo por perto. Acho que está na hora de você decidir se consegue deixar tudo isso para trás e permitir que o Fisher cure o seu coração de uma vez por todas, ou se você vai deixar que ele continue partido.

Levanto a cabeça e passo as mãos no rosto. Eu me sinto uma merda e sei que pareço uma merda. Chorei até dormir todas as noites que Fisher não estava aqui comigo. Quero acreditar nele; não quero deixar Melanie ter a última palavra e a satisfação de saber que ela nos separou, mas não sei como fazer isso. Estive com um homem durante toda a minha vida, e isso é uma coisa bonita para mim. Embora Fisher estivesse longe de ser virgem quando transamos pela primeira vez, sempre confiei que ele era fiel a mim. No fundo, sempre tive essas preocupações e dúvidas que toda mulher tem de vez em quando, de que talvez ele encontrasse alguém melhor, alguém mais bonito, mas nunca deixei que elas assumissem o controle, e ele sempre me fez sentir como se eu fosse a única que ele desejava. Algumas palavras certeiras de Melanie e tudo isso simplesmente foi para o lixo.

Guardo a escada e deixo o restante das persianas antifuracão para outro dia, enquanto Ellie vai para a casa de Bobby e eu entro para fazer um pequeno trabalho no site, trocando as tarifas de verão pelas de inverno. Assim que sento em frente ao computador, ouço a porta da frente se abrir e vejo um casal mais velho entrar com algumas malas.

Não é incomum termos hóspedes depois que a temporada termina. Algumas pessoas não gostam de multidões e preferem visitar a ilha quando está mais tranquila, mas verifiquei a agenda hoje de manhã e não temos novos hóspedes chegando até a próxima semana.

Saio do computador e contorno o balcão para cumprimentá-los.

— Oi, meu nome é Lucy, bem-vindos à Casa Butler — digo com um sorriso, estendendo a mão para cada um deles.

— Obrigada — diz a mulher. — Este lugar é absolutamente lindo. Sinto muito, mas não temos reserva. Algum problema?

No momento, só temos outro casal hospedado aqui, e eles vão embora amanhã.

— Não, não — digo a eles enquanto gesticulo em direção à recepção e a contorno de novo, abrindo a página de registros no computador. — Quanto tempo vocês vão ficar?

Eles trocam um olhar antes de o homem apoiar os cotovelos em cima da mesa e sorrir para mim.

— Essas férias foram meio improvisadas. Podemos pagar por uma semana e depois decidir o que fazemos?

Faço que sim com a cabeça, digitando essas informações no computador.

— Sem problemas. Cada quarto aqui tem um tema de farol diferente e vista para o mar. Servimos café da manhã, almoço e jantar todos os dias e, embora seja baixa temporada, as lojas da cidade vão manter o horário do verão durante mais algumas semanas.

Entrego a eles um folheto com uma lista de todas as atrações da Main Street, além do horário de chegada e saída da balsa na ilha.

— Provavelmente vocês viram as horríveis persianas vermelhas que começamos a colocar na frente da pousada. Me desculpem por isso — digo com um sorriso. — Estamos entrando na temporada de furacões e gostamos de nos antecipar para garantir que tudo esteja pronto, só por precaução.

— Eu vi no noticiário que havia algumas tempestades tropicais se formando no Golfo. Vocês têm muitos furacões por aqui? — pergunta o homem enquanto imprimo as informações de registro e as deslizo por sobre a mesa com uma caneta para ele preencher.

250

— Nenhum deles nos atingiu de verdade em cerca de vinte e um anos. Na maior parte das vezes, só temos umas tempestades fortes — explico.

Mal consigo recordar o furacão que atingiu a ilha quando eu tinha nove anos. Eu estava aqui, visitando meus avós naquele verão, e tudo que me lembro é de correr para todo lado, ajudando a colocar as persianas antifuracão, e de me esconder na biblioteca com um monte de velas acesas depois que ficamos sem eletricidade. Eu era muito nova para me lembrar de outros detalhes, mas, pelo que ouvi das pessoas da cidade desde então, não foi tão ruim quanto poderia ter sido, e a ilha não foi muito prejudicada, graças a Deus.

O homem termina de preencher a papelada e me devolve tudo. Pego as chaves de um dos quartos e entrego a eles. Ao contrário das grandes redes hoteleiras, a Casa Butler usa chaves antiquadas para os quartos. Anexado a cada chave com uma fita há um pequeno cartão dando boas-vindas aos hóspedes, com o nome do quarto em que eles vão se hospedar.

— Vocês vão ficar no quarto Cabo Hatteras — digo a eles. — Passando por essas portas, vocês vão ver a escada central. Fica lá em cima, à direita, na quinta porta. Se quiserem deixar as malas aqui, levaremos para vocês no quarto daqui a alguns minutos.

Olho para o formulário e memorizo rapidamente o nome deles.

— Espero que gostem da sua estadia na Casa Butler, sr. e sra. Michelson — digo com um sorriso.

O sr. Michelson retribui o sorriso e acena com a cabeça para mim, colocando o braço no ombro da esposa.

— Por favor, nos chame de Seth e Mary Beth.

39

Lucy

PRESENTE

Seth e sua esposa, Mary Beth, estão aqui há dois dias e, apesar de eu gostar de conversar com meus hóspedes e conhecê-los, Seth tem exagerado um pouco nas perguntas pessoais. Sempre que tento perguntar sobre a sua vida, ele vira o jogo e pergunta sobre a minha. Não sei o que há com ele. Talvez a idade, o rosto amável, os olhos compreensivos? Seja como for, abri o coração para ele em mais de uma ocasião.

Mary Beth foi à cidade para fazer compras e Seth se ofereceu para me ajudar a dobrar as toalhas na mesa da sala de jantar. Recusei sua ajuda várias vezes, dizendo que de jeito nenhum eu ia deixar um hóspede levantar um dedo para me ajudar com a roupa, mas ele é um velho persistente. Ele me seguiu até a sala de jantar, sentou à mesa e começou a dobrar. E me ignorou quando tentei dar um monte de sugestões de outras coisas que ele poderia fazer na ilha, simplesmente sorrindo para mim e continuando a dobrar até que eu não tivesse escolha senão sentar e deixá-lo ajudar.

— Então, o que você faz da vida, Seth? Além de inventar de fazer trabalho braçal quando deveria estar relaxando? — eu o provoco enquanto pego uma toalha do cesto de roupa e a sacudo.

Seth ri, apoiando uma toalha dobrada sobre a pilha que ele já fez na mesa.

— Bem, estou aposentado há alguns anos, então passo o tempo livre fazendo trabalho voluntário como conselheiro.

Sorrio para mim mesma, sem me chocar muito com a revelação. Poucas horas depois de conhecê-lo, estávamos bebendo café e eu já derramava minhas entranhas para ele. Seth é amigável e uma pessoa fácil de conversar, e definitivamente posso vê-lo aconselhando pessoas.

— No hospital do Centro de Veteranos, no continente — ele acrescenta, sem encontrar os meus olhos quando paro o que estou fazendo e o encaro.

Ora, não é uma estranha coincidência? Um conselheiro voluntário no mesmo hospital onde Fisher passou o ano anterior aparece de repente na pousada quando meu ex-marido e eu estamos tendo problemas?

Pigarreio, irritada, e Seth finalmente para de dobrar para me olhar.

— Eu sei, eu devia ter falado alguma coisa quando nos registramos, mas eu não queria te deixar nervosa — ele diz com um sorriso suave.

— Você definitivamente devia ter mencionado isso antes de eu me abrir — digo, impaciente, pensando em todos os meus problemas de relacionamento com Fisher. — Então você trabalhou com o Fisher, suponho?

Ele faz que sim com a cabeça, cruzando as mãos no colo.

— Trabalhei. Eu era o único com quem ele aceitava conversar durante um bom tempo. Provavelmente porque consigo ser tão teimoso e persistente quanto ele.

Seth ri, mas não acho nada disso engraçado, então simplesmente cruzo os braços, com raiva. Ele se inclina para a frente e dá um tapinha no meu braço.

— Ora, ora, não fique chateada comigo nem com o Fisher. Ele não tem ideia de que estou aqui. Ele me ligou outro dia querendo um conselho, e eu decidi que estava na hora de aceitar a oferta dele para conhecer a ilha — Seth explica. — E para conhecer a mulher de quem ele falou sem parar todos os dias durante um ano.

Eu me ajeito desconfortável no assento. Esse homem sabe tudo sobre Fisher e, provavelmente, sobre mim também. Ele sabe o que Fisher passou durante o ano em que estava longe de mim, e tenho certeza de que Fisher falou com ele sobre muitas coisas que eu provavelmente não deveria saber. Coisas pessoais, confidenciais. Coisas que de repente estou morrendo de vontade de saber, mas sobre as quais não me parece certo perguntar. Se Fisher quisesse que eu soubesse o que ele conversava com seu conselheiro, teria me contado.

— Não existe, tipo, uma confidencialidade entre médico e paciente que você está quebrando por estar aqui comigo agora? — pergunto.

Seth ri e balança a cabeça.

— Não sou médico, sou só um velho veterano de guerra que não tem nada melhor para fazer com seu tempo livre do que passar os dias no Centro de Veteranos tentando ajudar homens que eram exatamente como eu.

Faço que sim com a cabeça, entendendo, mas ainda não me sinto bem conversando com ele sobre Fisher na ausência dele.

— Acho que o Fisher não vai ficar muito feliz quando souber que você está aqui, revelando informações pessoais sobre ele.

Seth dá de ombros.

— Tenho certeza que o Fisher vai ficar um pouco irritado por eu estar aqui há alguns dias e não ter avisado que vinha, mas vou ligar para ele mais tarde para marcarmos um encontro. Eu queria passar um tempo sozinho com você antes de fazer isso. O Fisher sempre soube que eu ia querer falar com você em algum momento e deixou perfeitamente claro que tenho liberdade para conversar com você sobre qualquer coisa que discutimos durante a permanência dele no hospital. Ele não quer que haja segredos entre vocês dois, mas algumas coisas, bem, são um pouco difíceis para ele falar por conta própria.

Sei disso muito bem. As vezes em que conversamos nos últimos meses sobre o que viveu no exterior foram muito difíceis para ele. Fisher engasgava falando sobre amigos que perdeu, tinha que parar e respirar para se acalmar quando mencionava situações assustadoras e os pesadelos que ainda o perseguem. De repente volto a me sentir horrível por afastá-lo por causa de alguns comentários idiotas de uma mulher que eu desprezo. Pensar em toda a dor que Fisher sofreu, em toda a tragédia que ele viveu e nas escolhas que teve de fazer para proteger a liberdade das pessoas do nosso país, que não têm ideia do que esses homens e mulheres estão vivendo todos os dias, faz meus problemas e minhas inseguranças parecerem pequenos e imbecis.

— Eu não te vou aborrecer com minhas opiniões sobre o caráter do Fisher ou sobre quanto ele cresceu desde que conheci aquele merdinha no hospital — explica Seth com um sorriso, tirando uma pasta grossa de baixo da pilha de toalhas que nem o vi colocar ali. — Acho que seria melhor você ler nas palavras dele.

Seth me entrega a pasta, empurrando-a com um sorriso quando estendo a mão de um jeito hesitante.

— Tudo bem, ela não vai te morder. Quando o Fisher e eu começamos a conversar, ele me disse que costumava manter um diário quando era mais novo. Sugeri que ele voltasse a fazer isso. Havia coisas que ele tinha dificuldade para lembrar, e eu sabia que escrever poderia ajudar. Ele queria se lembrar de tudo que tinha feito, mesmo sabendo que seria difícil. Ele entendeu que o único caminho para melhorar seria reviver cada momento do seu surto.

Coloco a pasta no colo e a acaricio. Eu li as páginas do diário dele de quando éramos mais jovens, e suas palavras e a maneira como ele via a mim e ao nosso relacionamento eram simplesmente lindas. Estou apavorada de ser partida ao meio pelo que está nesta pasta.

Seth se levanta da cadeira, apoiando a mão no meu ombro ao passar.

— Para chegar ao bem, às vezes você tem que viver o mal.

Então sai da sala, me deixando sozinha. Respiro fundo, abraço a pasta e me levanto da mesa. Entro na biblioteca e me encolho numa cadeira no canto, ao lado da lareira. Com a mão trêmula, pego a primeira página, preenchida com a letra de forma elegante de Fisher.

Começo a ler e percebo que é sobre o dia em que ele voltou para casa da última convocação e fizemos sexo na cozinha. Já falamos um pouco sobre como ele ficou decepcionado com a maneira como se comportou comigo, e eu fiz o máximo para convencê-lo de que ele não fez nada de errado. Ver como ele se sentiu torturado naquela noite me faz pressionar a mão no peito para impedir a dor. Ele me observou dormir e acariciou os hematomas que deixou nos meus quadris, chorando de ódio e raiva de si mesmo. Ele teve um ataque de pânico, pensando que tinha me machucado e que eu ia odiá-lo e, quando foi ao banheiro, teve um flashback terrível.

Levo a mão aos lábios e choro lágrimas silenciosas ao ler o que estava se passando pela sua mente destruída numa noite em que fui dormir tão feliz e realizada e acordei na manhã seguinte com um marido que não olhava para mim nem me tocava.

Viro a página e passo para a próxima entrada do diário, no dia em que cheguei em casa e o encontrei fazendo as minhas malas e me mandando ir embora. É como ver um filme enquanto ele fala sobre ouvir bombas explodindo e andar encolhido pela casa à procura de um inimigo invisível. Meu coração sofrido se parte quando leio que ele rastejou pelo nosso quarto, acreditando totalmente que estava de volta ao deserto, lutando pela própria vida. Choro ainda mais quando leio que o assustei quando cheguei em casa e ele estendeu a mão para pegar uma arma que não estava presa ao seu quadril. Ele tinha tanto medo de me machucar, tanto medo de nunca ser capaz de separar a realidade dos seus flashbacks que não sabia mais o que fazer além de me afastar dele e me mandar para um lugar seguro.

Leio as palavras que ele me disse com raiva, bem como as que entoou na própria cabeça enquanto gritava comigo, e choro tanto que mal consigo enxergar a página quando termino.

— Acabou. Nosso casamento acabou. Vou arrumar as suas malas e você vai embora!
Sinto muito, eu te amo, por favor me perdoa.

— Acabou, você não entendeu ainda? Acabou, acabou! Você precisa ir embora, porra.
Sinto muito, eu te amo, por favor me perdoa.

— Você realmente precisa dar um jeito na sua vida.
Sinto muito, eu te amo, por favor me perdoa.

— Todas aquelas cartas tristes e patéticas.
Estou mentindo, não acredite em mim, por favor não acredite em mim. Eu adorei as suas cartas, guardei todas elas e amo cada uma.

— Prefiro mulheres com um pouco mais de experiência.
Eu não quero dizer isso. Não quero dizer nada disso. Saber que sou o único homem que já esteve dentro de você me faz sentir como um maldito rei e o homem mais sortudo do mundo. Sinto muito, eu te amo, por favor me perdoa.

— E não melhora nem um pouco quando chego em casa e te vejo... Eu não suporto mais esta vida.
Estou mentindo! É tudo mentira. Eu amo a nossa vida e não a mudaria por nada neste mundo. Eu te amo, eu te amo, eu te amo.

Viro rapidamente a página, sem conseguir ver essas palavras através das lágrimas, sem conseguir suportar a dor que ele devia estar sentindo quando as disse. O próximo relato não fica mais fácil. É mais tarde naquela mesma noite, no Barney's. A razão pela qual o tenho evitado na última semana e pela qual não consigo me libertar da minha própria dor e raiva.

Eu nunca soube a ordem exata dos acontecimentos daquela noite. Eu sabia que ele tinha ficado bêbado no Barney's, sabia que ele tinha achado que Melanie era eu, sabia que ele tinha destruído a cidade e que Bobby o tinha nocauteado e arrastado para a balsa, mas nunca soube exatamente como tudo aconteceu. Agora eu sei, e isso faz com que meu estômago se encolha e meu peito doa de verdade. Li exatamente o que ele estava pensando, sentindo e esperando, e quero morrer por causa dessa dor que aflige meu coração.

TALVEZ SEJA LUCY. TALVEZ ELA TENHA IGNORADO TUDO QUE EU DISSE E TENHA VOLTADO PARA MIM. SEI QUE É ERRADO E QUE ELA NÃO DEVERIA ESTAR AQUI, MAS EU SÓ PRECISO DELA NESTE MOMENTO. VOU VÊ-LA MAIS UMA VEZ E DEPOIS ME AFASTAR.

ELA NÃO PARECE IGUAL E NÃO TEM O MESMO CHEIRO, MAS NADA DISSO IMPORTA. AS PERNAS DELA SE ERGUEM SOBRE AS MINHAS COXAS, E EU APERTO SEU TRASEIRO, PUXANDO-A PARA PERTO, PARA ELA NÃO MUDAR DE IDEIA E ME DEIXAR.

NÃO GOSTO DA SUA VOZ. NÃO TEM A MESMA CADÊNCIA SUAVE E DOCE QUE SEMPRE FAZ MEUS OUVIDOS FORMIGAREM E MEU CORAÇÃO BATER MAIS RÁPIDO. PROVAVELMENTE PORQUE MEU CORAÇÃO MORREU E NÃO HÁ NADA DENTRO DO MEU PEITO, EXCETO UM ÓRGÃO PEQUENO E INÚTIL. ESSA VOZ É ESTRIDENTE E IRRITANTE. LUCY ESTÁ MUDANDO BEM NA MINHA FRENTE, MAS NÃO ME IMPORTO. É CULPA MINHA, DE QUALQUER MANEIRA. É CULPA MINHA ELA ESTAR DIFERENTE E NÃO PARECER IGUAL NEM TER O MESMO CHEIRO. EU A MUDEI, EU A MACHUQUEI... TUDO CULPA MINHA.

ELA NÃO ESTÁ COM O MESMO GOSTO, E EU ODEIO ISSO. QUERO A MINHA LUCY, NÃO ESSA VERSÃO BÊBADA E DIFERENTE DELA.

OUÇO GRITOS DE RAIVA E PÉS SE ARRASTANDO, E A LUCY NO MEU COLO FALA DE NOVO, E ISSO ME FAZ ENCOLHER. QUERO DIZER A ELA PARA PARAR DE FALAR ASSIM. PARAR DE FALAR COM UMA VOZ DIFERENTE, PARAR DE TER UM CHEIRO DIFERENTE, PARAR DE SER DIFERENTE... SIMPLESMENTE PARAR. PARA ELA SER A MINHA LUCY. EU PRECISO DA MINHA LUCY.

NÃO SOU HERÓI, NÃO SOU UM BOM HOMEM, NÃO SOU UM BOM MARIDO... NÃO SOU NENHUMA DESSAS COISAS, E ELES PRECISAM VER ISSO.

Os papéis e a pasta caem no chão enquanto me inclino para a frente, envolvendo os braços na cintura para tentar me conter. Estou chorando tanto que mal consigo respirar. Os soluços fazem meu peito doer e as lágrimas ardem em meus olhos. Ele me amava tanto e, mesmo durante o seu período mais sombrio, nunca perdeu isso de vista. Deixei algumas palavras de uma mulher que não significa *nada* para mim me fazerem duvidar dele. Sou covarde e tola. Eu tinha a prova do seu amor bem na minha frente esse tempo todo e me recusei a acreditar. Quando se é ferido uma vez, é muito difícil se libertar e não ter medo de ser machucado novamente. Eu devia ter confiado nele, devia ter acreditado nele e aceitado o seu amor com todas as minhas forças para sempre.

Penso nas páginas do diário que Fisher me entregou, suas lembranças de quando eu dava aulas de química para ele, como ele flertava comigo e só tinha olhos para mim, como ele se tornou o homem doce, forte e incrível por quem me apaixonei.

Penso no dia em que ele me pediu em casamento, como estava nervoso, como teve medo de me deixar e como eu lhe dei uma coisa pela qual lutar, viver e voltar para casa.

E no dia do nosso casamento, quando copos se quebraram e ele entrou em pânico, correndo para me encontrar, rompendo com a tradição ao me ver vestida de noiva antes da cerimônia. Como ele não conseguiu se acalmar até me ver, me abraçar e dizer que me amava e como prometemos renovar nossos votos no farol no décimo quinto aniversário de quando começamos a namorar.

O nosso décimo quinto aniversário, daqui a apenas algumas semanas.

Um vento uivante lá fora sacode as janelas, me fazendo saltar da cadeira e secar rapidamente as lágrimas dos olhos. O céu que estava ligeiramente nublado hoje de manhã agora ficou preto, com nuvens revoltas e turbulentas. As árvores enfileiradas na rua em frente à pousada se agitam furiosamente com a força do vento.

Pego rapidamente a pasta e os papéis do chão, saio da sala e ligo o pequeno aparelho de televisão na bancada da cozinha, quando ouço o repórter anunciar a brusca mudança no clima.

— A tempestade tropical Vera deu uma guinada inesperada e agora está avançando pela costa da Carolina do Sul. Com ventos perigosos de até setenta quilômetros por hora em alguns lugares, pedimos a todos na nossa área de visualização que tomem precauções e comecem os preparativos para o furacão. Embora a tempestade ainda não tenha sido elevada à categoria de furacão, vale a pena tomar medidas de segurança. Vamos mantê-los informados, então fiquem ligados.

40

Lucy

PRESENTE

As luzes piscam enquanto tento ligar para Fisher pela quinta vez, ainda sem resposta no celular ou na casa de Trip. Também tentei os celulares de Bobby e Ellie, e nenhum dos dois está atendendo. Termino de reunir as luzes LED sem fio, verificando as baterias enquanto as coloco no primeiro andar da pousada e me certifico que de Seth e Mary Beth sabem que devem ficar longe das janelas e numa parte central da casa, por medida de segurança. Ouço a porta da frente abrir e fechar com a força do vento e corro para fora da sala de estar, esperando que seja Fisher.

Meus passos vacilam e minha esperança desaba quando vejo Trip fechando a tranca e sacudindo a chuva do cabelo.

— Não fique tão decepcionada por me ver, menina Lucy — ele murmura.

Corro até ele e dou um rápido abraço.

— Desculpa, achei que podia ser o Fisher. Estou tentando ligar para ele faz uma hora, mas ele não atende.

Pego o casaco de Trip, sacudo um pouco da água e o penduro no cabide ao lado da porta. Olho para a garagem e vejo o SUV de Trip estacionado lá.

— Deve estar ficando muito ruim lá fora mesmo, para você ter vindo de carro. Você nunca dirige — comento.

— Está piorando de verdade. Eu quis vir aqui para garantir que você estava bem. Não vejo o Fisher desde hoje cedo — diz Trip. — Mas tenho certeza que está tudo certo.

Trip não parece convencido, e isso não me faz sentir melhor. Fisher sempre atende o telefone, não importa o que esteja fazendo, e espero que seu silêncio seja apenas para evitar as minhas chamadas. Não gosto da ideia de ele estar ao ar livre nessa tempestade. Também não gosto da ideia de Trip estar lá fora, apesar de ser muito gentil ele ter vindo ver como eu estava.

— Você não devia ter saído nessa tempestade, podia ter simplesmente ligado — digo a ele enquanto o vejo massagear o ombro esquerdo e estremecer. — O que há de errado com seu braço?

Ele o sacode e me dá um sorriso.

— Ah, bati na porta do carro quando saí depressa por causa do vento. Não é nada.

Eu o observo com preocupação por alguns minutos, percebendo que seu rosto está corado e ele não parece estar se sentindo muito bem. Ele me enxota quando tento ajudá-lo a andar e o levo para a biblioteca, onde o apresento a Seth e Mary Beth.

Eles se cumprimentam com um aperto de mãos e se sentam. Não consigo ficar parada, não até saber que Fisher está em algum lugar seco e seguro.

— Imaginei que seria melhor esperar a tempestade passar aqui, num lugar muito maior. Com aquele vento, minha casinha parecia pronta para ser jogada no mar — diz Trip com uma risada. — O que as notícias dizem até agora?

— Ainda não estão categorizando a tempestade como furacão, mas esse vento realmente está ficando ruim — digo a ele.

Ouço uma batida forte na porta da frente, e Trip e eu trocamos um olhar esperançoso antes de eu correr até a sala de estar. Quando vejo a mãe de Fisher do outro lado da porta, protegendo o rosto do vento e da chuva, destranco rapidamente o fecho e tenho de me agarrar à porta enquanto a seguro aberta para ela entrar. Água e folhas cobrem o chão enquanto ela corre para dentro de casa. Bato a porta atrás dela e volto a trancá-la.

— Grace, o que você está fazendo aqui? — pergunto enquanto ela me envolve num abraço molhado antes de me entregar uma grande cesta.

— Percorrendo o maior número possível de casas para distribuir suprimentos. Ser chefe do Comitê de Emergência em Tempestades significa que meu trabalho nunca é feito — ela diz com uma risada. — Graças a Deus, esta foi a minha última parada. Você não se importa se eu ficar aqui um tempinho, não é?

Olho dentro da cesta e vejo água mineral, baterias, lanternas e alguns petiscos.

— Claro que não! Isso é maravilhoso, Grace, muito obrigada. Vamos para a biblioteca, todos os outros estão lá — digo a ela, seguindo na frente.

— Espero que não se importe, mas peguei sua correspondência no caminho. A porta da caixa de correio estava aberta, e tive medo que você pudesse perder algumas coisas — diz ela, me entregando uma pilha de cartas e contas ligeiramente úmidas.

Pego os papéis da mão dela, entregando o cesto para Trip enquanto ela senta ao lado dele no sofá. Trip e Seth começam a montar as lanternas enquanto Mary Beth e Grace se apresentam.

Andando de um lado para o outro, folheio a pilha de correspondências para ter algo para fazer. Quando chego a um grande envelope branco com a caligrafia de Fisher na frente, meu coração desaba até os pés. Não tem endereço de remetente e nenhum selo, então ele não mandou o envelope pelo correio. Parece que Fisher simplesmente colocou na minha caixa em algum momento depois que recebi a correspondência de ontem. Parece tanto com o envelope em que vieram os documentos do divórcio que tenho medo de abrir. Será que eu o pressionei demais? Será que ele está cansado de esperar que eu ajeite a minha vida? Eu me afasto de todos enquanto eles estão ocupados conversando sobre a tempestade e me obrigo a abrir o envelope e tirar a única folha de papel.

QUERIDA LUCY,

SINTO MUITO POR TANTAS COISAS. EU NEM SEI POR QUE ESTOU TE DIZENDO ISSO OUTRA VEZ, PORQUE DIZER NÃO É A MESMA COISA QUE TE DEMONSTRAR. NESTE MOMENTO, VOU TE DEMONSTRAR COMO ESTOU ARREPENDIDO. SINTO MUITO POR NUNCA TE MANDAR UMA CARTA ATÉ HOJE. VOCÊ MERECE MIL CARTAS DIZENDO DE MIL FORMAS DIFERENTES POR QUE EU TE AMO E QUANTO VOCÊ SIGNIFICA PARA MIM. SEI QUE VOCÊ ESTÁ COM MEDO E PREOCUPADA, MAS TUDO VAI FICAR BEM. NÓS FOMOS FEITOS PARA FICAR JUNTOS. FOMOS FEITOS PARA NOS APAIXONAR NESTA ILHA E PASSAR

O RESTO DA VIDA JUNTOS... É O DESTINO. A FOTO NO
ENVELOPE PROVA ISSO.

HÁ UMA LUZ QUE GUIA TODOS NÓS PARA ONDE SOMOS
DESTINADOS A ESTAR. VOCÊ FOI FEITA PARA FICAR COMIGO,
LUCY. POR FAVOR, FIQUE COMIGO.

EU TE AMO. SEMPRE.
FISHER

Meus olhos se enchem de lágrimas, e fico sinceramente surpresa por ainda ter lágrimas para derramar a esta altura. Enfio a mão dentro do envelope e tiro a foto que ele mencionou. Tampo a boca e suspiro, a carta e o envelope caindo da minha mão. Encaro a foto e quase não consigo acreditar no que vejo.

Trip e Grace vêm na minha direção quando percebem que estou chorando. Ele me dá um tapinha nas costas e ela me abraça, olhando por cima do meu ombro para ver o que me deixou tão abalada.

— Eu estava me perguntando se ele ia te dar isso — diz ela baixinho. — Encontrei num dos meus álbuns de fotos alguns meses atrás.

Trip olha para a foto e ri.

— Mas que maldição, olha só! Eu tinha me esquecido completamente disso. Não foi no ano do grande furacão? — ele pergunta a Grace.

Ela faz que sim com a cabeça.

— Foi, sim. Você levou o Fisher naquele dia para ver se algum morador precisava de ajuda com as persianas antifuracão. Fiquei preocupada demais, vocês nunca voltavam.

— Ficou ruim demais lá fora para tentarmos voltar para a sua ponta da ilha — reflete Trip. — Acabamos parando aqui na pousada e ficando entrincheirados com todos os outros.

Finalmente encontro voz e afasto o olhar da foto.

— Que diabos é isso? Alguém por favor me explica? — pergunto com a voz trêmula, acenando com a foto na frente deles.

Trip me guia até o sofá, e eu sento entre ele e Grace. Ele tira a foto da minha mão e a encara fixamente por alguns segundos antes de me devolver.

— O Fisher tinha onze anos naquele furacão, então você devia ter uns nove, certo? — ele pergunta.

Faço que sim com a cabeça em silêncio e o incentivo a continuar.

— Foi o último ano em que você veio visitar seus avós aqui na pousada. Assim que paramos na entrada, aquele enorme salgueiro-chorão foi arrancado e caiu bem atrás da minha caminhonete. Naquele tempo, o sistema de drenagem estava sobrecarregado, e a água na rua batia na canela, então Fisher e eu corremos até a varanda e seus avós nos conduziram para dentro e nos trouxeram aqui para esta biblioteca — explica ele.

Encaro a imagem na minha mão e passo os dedos sobre as duas crianças sentadas em frente ao fogo com um grande sorriso no rosto. Eu e Fisher, eu com nove e ele com onze anos. É quase impossível de acreditar. Não me lembro de ter tirado esta foto, e quase nem me lembrava mais de ter estado aqui durante aquele furacão.

— A eletricidade caiu pouco depois de chegarmos aqui. Seus avós mantinham os adultos ocupados com comida e jogos de tabuleiro. Você estava chateada e assustada com a tempestade, e ninguém conseguia te acalmar — diz Trip, fazendo uma pausa para tossir e passando a mão no peito. Sua testa está salpicada de suor, e não gosto da expressão em seu rosto.

— Trip? Você está bem?

Ele afasta a minha mão quando tento encostá-la na sua testa para ver se ele está com febre.

— Para de me encher, menina Lucy, e me deixa terminar a história — ele reclama. — Onde eu estava? Ah, certo. O Fisher tinha um pedaço de madeira que carregava para todos os lugares naquela época, tentando esculpir alguma coisa. Eu estava com a minha caixa de ferramentas, para o caso de alguém ter algum problema, então ele tirou o que precisava, segurou a sua mão e sentou vocês dois lá no canto, perto da lareira, com aquele grande pedaço de madeira.

Trip aponta para o canto, e nós dois olhamos por alguns segundos em silêncio enquanto tento me lembrar antes que Trip continue.

— Ele começou a lixar aquela madeira e você logo se acalmou. Você se encolheu ao lado dele e o viu trabalhar durante horas. Ele explicava tudo que estava fazendo, como se você fosse uma aluna e ele estivesse te ensinando a esculpir. Sua avó até conseguiu um pouco de tinta, e ele deixou você ajudá-lo a pintar quando terminou.

Fungo e seco as lágrimas dos olhos enquanto Trip fala, e um rápido flash de lembrança daquele dia passa pela minha mente. Eu me lembro de estar triste porque ia embora da ilha no dia seguinte e queria que o menino fizesse alguma coisa que eu pudesse levar para casa.

— Somando tudo, provavelmente ficamos presos aqui durante umas oito ou dez horas. Depois que a tempestade finalmente passou, você começou a chorar quando Fisher e eu nos preparamos para sair. O Fisher te deu o que esculpiu, e seu rosto se iluminou como uma árvore de Natal — diz Trip com uma risada. — Eu queria conseguir lembrar que diabos ele fez.

Outra lembrança me atinge, e eu ofego. Eu o vejo me entregando o produto acabado. É vermelho, branco e lindo, e estou radiante por tê-lo ajudado a fazer uma coisa tão incrível.

Pego uma lanterna e a acendo, então me levanto do sofá e corro para a escada. Subo dois degraus de cada vez até chegar ao topo, disparando pelo longo corredor até chegar à porta do quarto Farol Fisher, abrindo-a e entrando numa explosão. Paro dentro do quarto, meu coração batendo tão forte que tenho certeza de que ele poderia saltar do peito. O vento e a chuva batem na lateral da casa enquanto sigo devagar até as janelas no meio da parede, no outro lado do quarto.

Hesitante, estendo a mão e acaricio a lateral do farol de madeira vermelho e branco que me atraiu desde que o encontrei no sótão, quando meus pais e eu nos mudamos para cá. Tirei o pó e o coloquei aqui neste quarto naquele dia, quando eu tinha dezesseis anos. Eu vinha aqui quase todas as tardes e sentava na frente dele, encarando-o, tocando nele e o amando por motivos que nunca entendi.

Outra lembrança me assalta, e me recordo dos meus pais me dizendo que eu não podia levar a estatueta para casa porque era grande demais e não cabia na mala. Chorei durante quase todo o caminho de volta da ilha para casa.

Caio de joelhos e levanto o objeto de sessenta centímetros do chão. Outro flash ilumina minha mente e preciso saber se é real. Viro a estatueta de cabeça para baixo e soluço, mal podendo acreditar. É real sim. Na mesma letra de forma que ele escreve agora, só um pouco maior e mais bagunçada, há palavras esculpidas que fazem meu coração trovejar de dor.

Espero que um dia você encontre o caminho de volta pra cá. Se fizer isso, eu te encontro no farol.

Abraço a estatueta e me balanço de um lado para o outro. Como isso pode estar acontecendo agora? A promessa que ele sempre me fez sobre encontrar o caminho de volta para mim e as palavras que dissemos um ao outro no dia do casamento, quando falamos em renovar nossos votos e como nos encontraríamos no farol... Ele esculpiu essas mesmas palavras para mim numa estatueta de madeira quando tinha onze anos! Não parece possível, mas é. Tenho a prova, a foto, a história de Trip e Grace e meus pequenos lampejos de lembranças para me assegurar de que tudo isso é verdade e realmente aconteceu.

Encontrei minha alma gêmea quando eu era criança, e ela sempre vai ser o amor da minha vida, não importa quantos anos se passem.

Fomos feitos para nos apaixonar nesta ilha.

Você foi feita para ficar comigo.

As palavras que Trip disse quando nos contou quanto amava a esposa e as palavras que Fisher me escreveu na carta giram na minha cabeça, mais rápido que o vento e a chuva lá fora.

Coloco a estatueta no chão, me levanto num salto e corro porta afora. Em seguida pego as chaves do SUV de Trip e saio em meio à tempestade enquanto todos gritam para eu voltar.

41

Lucy

PRESENTE

Tento ligar de novo para Fisher enquanto passo devagar pelas ruas inunda-
das da cidade, mas tudo que recebo é uma gravação de voz me dizendo que
todos os sistemas estão inoperantes. Jogo o telefone no banco com raiva,
acelero a velocidade dos limpadores de para-brisa e me inclino contra o vo-
lante, tentando enxergar melhor.

Passo por todas as lojas na Main Street, pelo Barney's, pela praia e a casa
de Trip, mas não vejo a caminhonete de Fisher em lugar nenhum. As vitrines
foram fechadas com madeira assim que a tempestade começou a piorar hoje
cedo, e sou a única idiota nas ruas neste momento.

Uma ida à casa de Bobby produz os mesmos resultados, mas, quando
chego à casa de Ellie, vejo o seu carro e o de Bobby estacionados na entrada.
A casa dela fica numa colina, na bifurcação da Main Street, e é uma das poucas
residências que não dão direto para a praia. Fora a pousada, que é uma estrutura enorme, e o centro, a casa da Ellie é um dos lugares mais seguros para se
estar neste momento, já que fica mais no interior da ilha. Fico feliz que ela e
Bobby estejam escondidos aqui e não na casa dele, de frente para a praia.

Paro o SUV atrás dos veículos deles e corro até a casa, percebendo que as
persianas antifuração de Ellie estão abertas e batendo no trilho lateral. Encontro a porta da frente destrancada e começo a gritar o nome deles enquanto
me movimento pela casa, mas não recebo resposta. O som fraco de ronco

267

vem do porão reformado que ela usa como sala de estar extra, e desço rapidamente pela escada acarpetada.

Encontro Bobby e Ellie encolhidos juntos no sofá, dormindo profundamente. A visão diante de mim é tão doce que eu gostaria de tirar uma foto, mas não tenho tempo para isso agora.

Eu os chamo baixinho para não assustá-los, corro até o sofá e sacudo o ombro de Ellie. Ela acorda de repente e me olha confusa, esfregando os olhos.

— O que está acontecendo? Que horas são? — ela pergunta, com a voz rouca e cheia de sono.

Bobby boceja e se espreguiça atrás dela, piscando os olhos e olhando para mim com a mesma expressão confusa de Ellie.

— Vocês viram ou souberam do Fisher hoje? — pergunto freneticamente, enquanto ambos jogam as pernas para fora do sofá e sentam.

— Que horas são? Caramba, que *dia* é hoje? Por que diabos você está encharcada? — pergunta Bobby com outro bocejo enquanto encara minhas roupas molhadas, que estão pingando por todo o chão.

Estou prestes a sacudir os dois, se eles não caírem em si.

— O que está *acontecendo* com vocês dois? — pergunto, irritada.

— Desculpa, fiquei acordada a noite toda vomitando. O. Tempo. Todo. Das nove da noite de ontem até as nove da manhã de hoje — explica Ellie. — Viemos para o sofá hoje de manhã para ver um filme, depois que finalmente passou. Devemos ter dormido.

Bobby olha para o relógio.

— Merda. Estamos dormindo faz umas sete horas.

Ele começa a brincar com Ellie, e eu perco a cabeça.

— PRESTEM ATENÇÃO! ALGUM DE VOCÊS VIU OU SOUBE DO FISHER HOJE?!

Eles param de rir e me olham em choque.

— Hum, ele passou por aqui hoje de manhã, pouco antes de dormirmos no sofá. Caramba, Lucy, qual é o problema? Você está ignorando o cara há uma semana, que diferença faz mais um dia? — pergunta Bobby com sarcasmo.

Ellie dá um soco no braço dele e diz para ele calar a boca, e Bobby imediatamente se desculpa.

— O problema é que estamos no meio de um furacão e eu não consigo encontrar o Fisher! — grito.

Bobby dá um pulo do sofá.

— Você está brincando comigo, porra? Estamos dormindo no meio de um furacão?

Ele corre escada acima, e Ellie e eu seguimos logo atrás.

— Merda! — ele grita assim que chega ao topo da escada e olha pelas janelas da cozinha. — Como eu não soube que um furacão está se aproximando?

Ellie aparece atrás dele e coloca as mãos em sua cintura, ficando na ponta dos pés para ver a chuva e o vento que batem na janela.

— Acho que agora sabemos que meu porão é à prova de som — murmura ela. — Droga, lá se vai meu arbusto de hortênsia.

Todos observamos enquanto o arbusto em questão voa, passando direto pela janela.

— *Merda*! — grita Bobby de repente, saindo dos braços de Ellie e alcançando o celular na bancada.

— As linhas telefônicas estão fora do ar — digo a ele. — O que há de errado?

Bobby me ignora e tenta usar o telefone, xingando de novo quando não funciona.

— Merda, que merda, porra! — grita, jogando o telefone na bancada. — Ninguém mais soube do Fisher?

O pânico me domina enquanto ele corre para o armário do corredor, abrindo a porta e vasculhando rapidamente uma coleção de equipamentos de mergulho. Bobby tem levado suas coisas devagar para a casa de Ellie desde que os dois ficaram noivos. A casa dela é maior que a dele e há espaço suficiente aqui para um bebezinho, ao contrário da sua casinha de solteiro.

Ele tira uma sacola vazia da prateleira do meio e xinga outra vez quando a joga com raiva na parede.

— Que diabos está acontecendo, Bobby? — pergunto, nervosa.

— Quando o Fisher passou aqui hoje de manhã, me pediu emprestado um equipamento de mergulho. Estava nublado, mas ninguém tinha comentado que uma tempestade estava se aproximando — explica enquanto anda de um lado para o outro na pequena cozinha. — Ele queria um último dia de mergulho antes que o tempo começasse a piorar. Eu falei que estava supercansado para ir com ele e precisava dormir um pouco. Ele sabe muito bem que não deve mergulhar sozinho, aquele filho da puta!

269

Minha mão voa até a boca, e Ellie vem imediatamente até mim e me puxa para um abraço.

— Ele provavelmente não foi, Bobby. Tenho certeza que ele está escondido em algum lugar, esperando a tempestade passar — explica Ellie.

— Eu guardo o equipamento *dele* nesta sacola, Ellie. Estava aqui hoje de manhã, quando ele passou por aqui. Falei para ele abrir a porta e sair sozinho porque eu estava morrendo de sono e que eu ligaria para ele quando acordasse. O Fisher deve ter levado as coisas quando eu não estava olhando.

Ellie me aperta com mais força, ainda fazendo o máximo para nos convencer de que Fisher está bem.

— Tudo bem, é lógico que ele não ia mergulhar nesta tempestade — ela me tranquiliza.

— Se ele estava embaixo d'água, talvez não soubesse que a tempestade ia chegar até ela aparecer — diz Bobby.

— Passei de carro pela loja de mergulho, e a caminhonete dele não estava lá. Será que ele pode ter ido a outro lugar? É ali que vocês sempre mergulham, não é? — pergunto a ele, meu estômago revirado de medo.

Bobby para de andar de um lado para o outro e passa a mão no cabelo.

— O Fisher anda deprimido e meio desligado a semana toda. Falei que ele podia mergulhar a tarde inteira para curtir e clarear as ideias. Ele falou alguma coisa sobre querer mergulhar num lugar diferente, num lugar que o fazia lembrar de você, seja lá o que isso quer dizer.

Há uma luz que guia todos nós para onde somos destinados a estar.

Saio dos braços de Ellie e disparo pela porta da frente.

— *Lucy*! Você não pode sair nesta tempestade — ela berra.

— Lucy, *espera*! Eu vou com você! — grita Bobby.

Ignoro os dois e saio correndo em meio à tempestade, lutando contra o vento e a chuva para chegar até o carro de Trip.

* * *

A única razão pela qual eu sei que estou indo na direção certa é o facho de luz que circunda o céu, brilhando forte mesmo através do aguaceiro torrencial. Estou dirigindo mais rápido do que deveria, considerando que mal consigo ver alguns metros adiante. O SUV de Trip balança com a força do vento e repica ao longo do caminho de cascalho que me leva ao farol. A visão da caminhonete de Fisher estacionada a cerca de quatrocentos metros do farol, bem em frente à passarela que leva à praia, me faz abrir a porta com violência e correr até a janela do lado do motorista. Olho para dentro, encontrando-a vazia, e disparo pelas poças, sem me incomodar de proteger o rosto da chuva que castiga minha pele.

Grito o nome de Fisher enquanto sigo pela passarela, correndo por entre as formações rochosas gigantescas. A maré avançou tanto que só é possível ver uns cem metros de praia, onde geralmente a faixa de areia cobre pelo menos o triplo dessa distância. Continuo gritando o nome de Fisher, mas o vento sopra o som de volta para mim. As ondas batem furiosamente na costa, socando a areia como se o próprio Deus estivesse batendo os punhos.

Protejo os olhos e pisco rapidamente, tentando enxergar através da chuva que atinge o meu rosto, mas não adianta. Não consigo ver nada além das ondas. Uma mudança no vento altera a direção da chuva, de modo que agora ela bate nas minhas costas e não no meu rosto, e consigo ver com um pouco mais de clareza. Tento afastar o cabelo molhado dos olhos enquanto o vento o chicoteia em todas as direções. Vasculho rapidamente a praia, e algo que não está muito distante chama minha atenção. Meu estômago desaba e eu saio correndo, caindo de joelhos na areia molhada. Sobre uma poça na praia há uma mochila e um arnês, com os dois tanques de ar embalados no interior. O mesmo tipo que Fisher usa quando mergulha.

Por que ele faria isso? Por que viria até aqui, mesmo sem saber da tempestade? Ele mergulhou a vida toda, por isso sabe como é perigoso aqui perto do farol.

A corrente é imprevisível perto das rochas, e houve inúmeros acidentes ao longo dos anos envolvendo pessoas que optaram por ignorar os alertas porque queriam ver o que havia no fundo do mar perto do farol. Ele sabe disso, droga!

As ondas quebram cada vez mais perto de mim, e sei que preciso sair daqui, mas não consigo me mexer. Meu corpo está congelado no lugar quando alguma coisa amarela brilhante dá uma cambalhota na crista selvagem de uma onda que acabou de estourar na praia. O objeto flutua sobre a água que avança rapidamente enquanto vem na minha direção, ficando preso na areia, pois a água o deixa para trás e volta para o mar. Eu engatinho na praia úmida, com lágrimas e chuva borrando minha visão. Pego a nadadeira amarela e preta, aninho-a ao meu peito e grito o mais alto possível para o mar turbulento.

42

Fisher

PRESENTE

Sei que eu não devia mergulhar nessa área, ainda mais sozinho, mas precisava estar aqui, precisava estar em algum lugar que me lembrasse Lucy, já que não posso *estar* de verdade com ela neste momento. Sei que ela precisa de espaço para resolver as coisas, mas todo esse tempo longe dela está me matando. Como consigo convencê-la de que devemos ficar juntos se eu não puder tocá-la, beijá-la e mostrar como eu a amo? Colocar aquele bilhete e aquela foto na sua caixa de correio hoje cedo foi minha última tentativa.

O sopro borbulhante do meu equipamento de mergulho forçando o ar para dentro dos meus pulmões a cada poucos segundos é o único som que enche meus ouvidos no fundo do mar. É calmo e tranquilo e, além de Lucy, sempre foi a única coisa que ajuda a clarear as minhas ideias quando estou meio mal. Eu adoro estar aqui no fundo do mar, dividindo o espaço com nada além de peixes e corais. Perdi a noção do tempo assim que afundei, mas, a julgar pelo leve apito do alarme do meu tanque, sinalizando que só tenho cerca de trinta minutos de oxigênio, estou aqui há um bom tempo. Embora eu já tenha usado quase quatro tanques, ainda não estou pronto para emergir. Não quero sair e lidar com a realidade de que ainda estou esperando a mulher que eu amo decidir se eu valho a pena. Quero valer a pena para ela, droga.

Tudo estava tão perfeito. Passamos por tantos obstáculos que eu nunca imaginei que alguma coisa poderia foder tudo. Tenho escapado dela em todas as chances que consigo para trabalhar na nossa casinha, consertando a porta do quarto que chutei no dia em que perdi a cabeça, e Bobby me ajudou a pintar e arrumar os móveis que ele colocou no depósito para mim depois que fui para a reabilitação. Eu queria surpreender Lucy, levá-la para a nossa casa, ficar de joelhos e implorar para ela ser minha esposa de novo. Queria lhe dar as alianças de casamento que ainda carrego para todo lado e pedir para ela passar a vida comigo e me amar para sempre. Eu finalmente consegui terminar tudo no dia em que ela foi à praia com Ellie e a porra da *Melanie* decidiu vomitar aquelas mentiras.

Eu devia ter conversado mais com Lucy sobre o que *não* aconteceu naquela noite no Barney's. Devia ter feito tudo que estivesse ao meu alcance para reafirmar que ela foi a única mulher para mim desde a primeira vez que a beijei. Nenhuma outra mulher se compara a ela, e eu queria que ela pudesse se ver como eu a vejo. Queria que ela pudesse ver como é bonita e perfeita para mim. Quando Ellie repetiu as merdas que Melanie disse a Lucy, foi a primeira vez que eu quis estrangular uma mulher. Melanie, com seus seios falsos, seus cabelos falsos e seus sentimentos de propriedade sobre tudo ao redor que fazem dela a pessoa mais feia do mundo para mim.

A raiva que senti apagou aquele olhar arrogante do seu rosto pela primeira vez. Melanie chorou como um bebê, mas não senti nem um pouco de pena. Ela teve tantos maridos que acho que não tem a menor ideia do que é o verdadeiro amor. Trepei com ela uma vez na escola, e a vagabunda é tão convencida que realmente acreditou que eu a desejava quase quinze anos depois. Um erro bêbado no ano passado, que durou menos de cinco minutos, foi suficiente para convencê-la de que eu estava pronto para uma segunda rodada. Eu disse claramente que não treparia de novo com ela nem que fosse a última mulher do planeta. Lembrei a ela que *sempre* foi Lucy e sempre será, e falei que, se ela não ficasse longe de nós dois, eu tornaria sua vida mais miserável do que já é. Ela tentou se desculpar, mas eu a mandei se foder. Ela já tinha nos prejudicado muito, e umas palavras de arrependimento não iam resolver nada.

Lucy comentou comigo sobre não ser bonita ou boa o suficiente para mim quando éramos mais jovens, mas eu nunca imaginei que ela carregasse algumas dessas inseguranças até hoje. Não percebi que o que aconteceu no Barney's ainda estaria borbulhando dentro dela, simplesmente esperando uma chance de ferver e estragar tudo que trabalhamos tanto para construir. Por que eu não expliquei melhor para ela as loucuras que estavam se passando pela minha cabeça naquela noite? Conversamos sobre isso uma vez, e eu, tolo, achei que era suficiente. Eu devia conhecer melhor minha Lucy. Eu *realmente* a conheço melhor agora, droga, e devia ter percebido que minhas explicações não eram suficientes. Uma mulher que acredita que seu homem a traiu não supera isso com tanta facilidade, não importa quantas vezes você repita que não é verdade. Eu devia ter segurado o rosto dela, olhado nos seus olhos e dito que *ninguém* jamais poderia me fazer esquecer os votos e as promessas que fiz a ela. Mesmo quando eu estava meio surtado e louco de uísque, a ideia de estar dentro de outra mulher era suficiente para me deixar doente.

Também não consigo esquecer a traição que sinto que Lucy cometeu pelas minhas costas ao conversar com aquele ex babaca dela para fazer um acordo e salvar a pousada. Naturalmente, foi meu pai quem me contou isso, quando os investidores que ele sempre escuta lhe passaram a fofoca. Não entendo por que ela se recusa a confiar em mim ou a aceitar a minha ajuda, mas está mais do que disposta a colocar suas esperanças *nele* e permitir que *ele* a ajude. Será que ela não consegue ver que tudo que eu sempre quis foi protegê-la e garantir que ela fosse feliz?

Estar aqui, debaixo d'água, onde tudo é calmo e bonito, me ajuda a perceber que tudo isso é uma besteira no grande esquema das coisas. Eu quase a perdi para sempre. Será que eu realmente quero me envolver num cabo de guerra com o ex dela? Será que importa de onde vem o dinheiro, desde que ela consiga o que quer? E que direito eu tenho de reclamar da sua falta de confiança, considerando que mandei os documentos de divórcio e a deixei ao léu por um ano inteiro depois que parti seu coração, porra?

Quando o alarme no meu tanque começa a piscar freneticamente, deixo os pensamentos de lado e saio batendo as pernas na água, começando a subir até a superfície. Quanto mais me aproximo, menos calma a água se torna. Dá para vê-la revolta muito acima da minha cabeça, e eu me pergunto que diabos está acontecendo lá no alto. É preciso muito esforço para bater os pés na água, pois a corrente está tão forte que me empurra de volta para baixo e me faz girar. Começo a sentir um leve pânico, percebendo que não tenho muito mais ar no tanque. Usando cada músculo que tenho no corpo e com a ajuda das nadadeiras, bato as pernas e praticamente escavo o caminho até a superfície, minha cabeça saindo da água assim que uma onda gigantesca cai sobre mim e me empurra de novo para baixo. Dou repetidas cambalhotas e demoro alguns segundos para me orientar.

Que diabos está acontecendo? Estou longe o suficiente da costa para não haver ondas assim nesta região.

Bato as pernas vigorosamente e, quando chego à superfície, outra onda me atinge. Começo a nadar para a orla o mais rápido possível, tentando ficar no topo das ondas em vez de deixá-las me empurrarem de volta para o fundo. O céu está negro, e a chuva e o vento fustigam a superfície do mar enquanto eu nado. Cuspo o regulador e trinco os dentes, os músculos dos braços queimando a cada braçada que dou na água turbulenta.

Demoro o dobro do tempo para chegar até a praia e, quando consigo, caio de bruços na areia, percebendo que perdi as duas nadadeiras em algum lugar. O vento e a chuva batem em mim com tanta força que é difícil até ficar agachado, especialmente com o peso do tanque e do sistema de arnês nas minhas costas. Tiro rapidamente o equipamento, deixando-o cair na areia enquanto continuo rastejando pela praia, ofegando tanto que quase não consigo recuperar o fôlego. Minhas pernas e braços gritam para eu fazer uma pausa, mas um olhar por sobre o ombro me diz que preciso continuar em movimento. Nunca vi o mar tão louco e não consigo acreditar que eu não tinha a menor ideia do que estava acontecendo aqui na superfície enquanto eu estava mergulhando.

Empurro o corpo para me levantar, fico encurvado, cobrindo o rosto contra o vento e a chuva contundente para tentar ver aonde estou indo. Olho para cima e percebo que a corrente me empurrou para muito longe de onde estacionei a caminhonete, em frente à passarela que leva à praia. Não vou tentar correr até lá, já que estou mais perto do farol. Enfio os pés na areia e movo meu corpo contra o vento, encontrando a pequena passarela que vai me levar até a porta do farol.

Demoro vários segundos me esforçando para fazer a porta velha e enferrujada se abrir e, quando consigo, o vento arranca a maçaneta da minha mão e bate a porta na lateral da estrutura. Corro para dentro, usando o peso do meu corpo para fechar a porta atrás de mim, antes de cair no chão preto e branco, quadriculado. Fico de costas, tentando recuperar o fôlego e olhando para a escada em espiral que serpenteia até o topo do enorme farol. Trip e eu recolocamos os ladrilhos do chão anos atrás, e eu instalei um sistema de aquecimento para o caso de turistas quererem vir até aqui fora de temporada e dar uma olhada, e estou mais do que agradecido por esta construção ter certo acabamento por dentro. O chão é liso e está seco, e não há goteiras, como seria previsível em alguns faróis mais antigos. Reforçamos este lugar ao longo dos anos e, mesmo com o vento e a chuva batendo na lateral da construção, sei que ele consegue resistir a tudo.

O pânico começa a me inundar quando percebo que um furacão está se formando. Não tenho ideia de onde Lucy está ou se está segura. Não me importa que diabos está acontecendo lá fora nem o quanto é perigoso, não posso ficar aqui por mais do que alguns minutos para respirar. Tenho que chegar até a caminhonete e voltar para Lucy, do outro lado da ilha. Minha roupa de mergulho me sufoca, então abro rapidamente o zíper e a tiro, até ficar só de sunga. Em segundos, o som motorizado da luz que gira no topo da estrutura é interrompido. O ambiente é lançado na escuridão, mas, felizmente, o gerador de reserva é ligado e os castiçais na parede piscam de volta à vida, banhando a sala com uma luz suave. Infelizmente, o gerador não é poderoso o suficiente para manter o aquecimento funcionando, e minha pele esfria rápido. Felizmente, Trip é romântico e sempre garante que haja alguns cobertores limpos numa pequena mesa à porta, para casais que desejam vir até o farol se aquecerem e curtirem a vista. Pego um na pilha e me cubro, colocando as mãos ao redor da boca e soprando ar quente nos meus dedos gelados.

Ouço alguma coisa que parece um grito vindo de fora, paro de esfregar as mãos e forço os ouvidos para escutar melhor, mas só escuto a chuva batendo na lateral do farol. Balanço a cabeça e aperto mais o cobertor ao redor do corpo.

Ouço outro grito, mais alto que o anterior, como se o vento o levasse até dentro da construção. Pulo sobre a roupa molhada aos meus pés e vou em direção à porta, duvidando de que haja alguém lá fora nesse tempo. Se há alguém lá fora tão burro quanto eu, não posso ficar aqui sem ajudar. Penso em colocar a roupa de mergulho molhada de novo para me proteger, mas eu levaria uma eternidade para vestir aquele negócio. Outro grito rasga o vento e a chuva, e quem quer que esteja lá fora parece estar num mundo de dor. Não tenho tempo para fazer nada além de tirar o cobertor de cima dos ombros, abrir a porta e correr de volta para a tempestade.

43

Lucy

PRESENTE

Preciso me mexer. Preciso sair desta praia, mas não consigo. Minha garganta está ardendo de gritar no vento e meu rosto queima com a força da chuva que me atinge, mas não me importo. A maré chega cada vez mais perto de mim enquanto fico ajoelhada na areia, gritando e amaldiçoando a tempestade, mas não me mexo. Quero ser varrida para o mar. Quero me afogar na culpa e na miséria. A água sobe pelas minhas pernas enquanto as ondas continuam batendo na arrebentação, e meus joelhos afundam ainda mais na areia cada vez que a maré recua. Minha camiseta está grudada na pele, minha calça está moldada ao corpo e meu cabelo voa ao redor do rosto, chicoteando as bochechas esfoladas e golpeando os olhos. Estou com tanto frio por causa do vento, da chuva e da água do mar penetrante que meu corpo treme e meus músculos gritam de dor.

Acho que escuto meu nome no vento e soluço, me encolhendo, ainda agarrando a nadadeira de Fisher no peito, desejando que fosse *ele* nos meus braços, e não um pedaço de borracha. Jogo a nadadeira com raiva no mar e me inclino para a frente, minhas mãos afundando na água e na areia macia. Começo a engatinhar rumo à arrebentação enquanto as ondas atingem meus braços e peito. Não há nada em mim que me faça levantar e andar. Engatinho e soluço, batendo as mãos na maré agitada, arrastando os joelhos pela água e pela areia, sufocando com as lágrimas, a água salgada salpicando meu rosto.

Ouço meu nome de novo, mais alto e cheio de medo, e paro, encarando uma onda gigantesca que vem na minha direção. Eu devia me levantar, devia

279

correr, mas não há tempo, e não me importo. Vai em frente e me engole, vai em frente e me cospe no mar... Eu não me importo. Fecho os olhos e ouço meu nome gritado com tanta dor que meu coração já partido se quebra ainda mais enquanto a onda desaba sobre mim. Minhas mãos e meus joelhos de repente são arrancados da praia. Meu ombro bate na areia, minha cabeça arranha nas conchas e sou jogada de um lado para o outro enquanto engulo enormes bocados de água. Nem tento lutar contra a correnteza, só permito que meu corpo seja levado para onde quiser. Estou tonta e paralisada, e sou jogada de um lado para o outro como uma boneca de pano. Abro automaticamente a boca para respirar quando meu peito fica apertado e o pânico me domina. Meus pulmões se enchem de água, e começo a me debater contra a dor que sinto no peito. Meu cérebro ainda está lutando para viver, apesar de meu coração só querer morrer.

Algo forte e quente, muito diferente da água gelada do mar, envolve a minha cintura e me puxa com força para trás. Arranho e luto, tentando me desvencilhar para permanecer debaixo d'água, mas é inútil. Algo me segura e me aperta com força, enquanto continua a puxar e puxar até minha cabeça ultrapassar a superfície. Tusso, grito e choro, cuspindo água, a dor no peito explodindo quando o ar frio enche meus pulmões. Meu corpo é erguido da água, até eu sentir alguém me carregando, me aninhando na força e no calor que reconheço instantaneamente.

Fecho os olhos por causa da tontura e da desorientação enquanto meu corpo é carregado, nem me importando com o vento e a chuva ainda martelando sobre mim, até que de repente tudo cessa, e não sinto nada além de calor, o som do vento já não ecoando em meus ouvidos. Um acesso de tosse sacode meu corpo novamente enquanto um cobertor é enrolado em mim e mãos fortes dão tapinhas e massageiam minhas costas, me ajudando a me inclinar e cuspir mais água. Então, de repente, ouço a voz que eu pensava que nunca mais ouviria.

— Lucy, minha Lucy, que *diabos* você estava fazendo?

Ergo a cabeça e encontro os olhos preocupados e marejados de Fisher enquanto ele me encara, tirando o cabelo molhado do meu rosto e segurando minha nuca.

— Achei que não fosse dar tempo de chegar até você. Meu Deus, eu quase te perdi — sussurra ele com medo. — Aquela onda passou por cima de você, e eu quase te perdi.

Soluçando, eu me jogo nele, ao sentir seus braços fortes ao redor da minha cintura, me puxando para si. Ele é tão quente, real e vivo que não consigo parar de chorar. Eu me afasto um pouco, só o suficiente para poder ver o seu rosto. Seu rosto lindo, que não consigo imaginar nunca mais ver, tocar ou beijar.

— Eu te amo, eu te amo demais — digo com a voz rouca enquanto as lágrimas escorrem pelo meu rosto.

Ele solta um suspiro trêmulo, deslizando as mãos até as minhas bochechas e segurando o meu rosto.

— Você não faz nem ideia do quanto eu te amo, Lucy. Não faz nem ideia, porra.

Faço que sim com a cabeça, meus lábios tremendo com as lágrimas que continuam a cair.

— Faço, sim. Eu sei, sempre soube, só não queria enxergar. Vejo isso agora e sinto muito. Eu devia ter acreditado em você, devia ter confiado em você. Eu te amo, Fisher. Com tudo o que tenho e tudo o que sou.

Seus soluços se juntam aos meus, e ele me puxa com força de volta para si. Sentada em seu colo e aninhada em seus braços, eu me sinto segura enquanto ele nos embala, envolvendo o cobertor em nossos ombros e me trazendo para o calor do seu peito.

— Você é minha luz, Lucy — ele diz, enquanto acaricio seu rosto, seus ombros e seu peito, ainda tentando me convencer de que ele é real, está aqui e não o perdi. — Você sempre é a luz na minha escuridão. Você é a razão pela qual estou vivo, pela qual estou aqui, pela qual eu respiro todos os dias.

Ele beija meu nariz, minhas bochechas e minha testa antes de pousar os lábios delicadamente nos meus.

— Eu mantive a minha promessa. Encontrei o caminho de volta para você. Não importa aonde eu vá, eu sempre vou encontrar o caminho de volta para você — ele promete.

— Por favor, não me deixe nunca mais — imploro. — Eu te amo. Você é tudo para mim. Eu não me importo com a Melanie, não me importo com a pousada, não me importo com *nada* além de estar com você e te amar pelo resto da vida.

Ele seca as lágrimas dos meus olhos antes de fechar os dele, apoiando a testa na minha.

— Nunca houve nem haverá mais *ninguém* além de você, Lucy. Como alguém poderia competir com você? Você está no meu coração desde que eu tinha onze anos. Você é a calma da minha tempestade, e eu nunca devia ter te afastado. Eu devia ter reconhecido como você é forte, porra, como você *sempre* foi forte. Me afastar foi o pior erro que eu já cometi na vida. Não posso viver sem você, Lucy, não posso. Por favor, volta para mim. Casa comigo. Me ama. Envelhece comigo. Não consigo fazer isso sem você.

Beijo seus lábios, demorando-me em sua boca.

— Não posso voltar, porque eu nunca fui embora. Eu nunca fui embora — sussurro em seus lábios. — Eu sempre estive aqui, esperando você voltar para mim.

Fisher inclina nosso corpo para o lado, alcançando sua roupa de mergulho. Ele a arrasta pelo chão com uma das mãos, recusando-se a me soltar. Então abre o zíper de um pequeno bolso e tira alguma coisa de lá. Estende a mão aberta entre nós, e eu olho para baixo, para ver meu anel de noivado e nossas alianças de casamento.

Meus olhos ficam embaçados de lágrimas outra vez quando os vejo ali.

— Estou carregando isso comigo todos os dias desde que você os enviou de volta. Não quero mais ficar com eles — diz Fisher enquanto pega minha mão esquerda e os desliza no meu dedo anelar.

Ele leva minha mão à boca e dá um beijo.

— Eu te amo por ser tão forte.

Vira minha mão e beija a palma.

— Eu te amo por me esperar voltar para você.

Envolve a mão no meu pulso e me puxa para si, me beijando com amor, paixão e promessa.

— Eu te amo por me encontrar neste farol, apesar de você ter roubado dez anos da minha vida — ele diz com um sorriso.

Em seguida, inclina a cabeça para o lado e beija minha bochecha, movendo os lábios até a minha orelha.

— Acima de tudo, eu te amo porque você é a Lucy — sussurra em meu ouvido. — A *minha* Lucy.

À medida que a tempestade ruge à nossa volta, aninhados no chão do farol em cima da pilha de cobertores, Fisher tira lentamente as roupas molhadas do meu corpo. Ele toca, beija e acaricia cada centímetro dele, sussurrando palavras de amor depois de cada beijo. Fica em cima de mim, e envolvo as pernas na sua cintura, puxando-o para baixo, querendo sentir seu peso e sua força. Nunca vou me acostumar com a sensação de ele entrar em mim pela primeira vez, de como ele me faz sentir plena, amada e desejada. Nosso amor dura tantos anos e é cheio de tantas lembranças que eu nunca poderia imaginar um dia sem ele, e faço uma oração silenciosa para que eu nunca precise fazer isso.

Fisher e eu nos movemos juntos devagar, nos abraçando firmemente, com o vento e a chuva batendo no farol.

O mesmo farol que nos uniu quando éramos crianças.

O mesmo farol que me ajudou a ver que tipo de homem Fisher realmente era na nossa adolescência.

O mesmo farol onde o nosso futuro de adultos começou.

Não faz muito tempo pensei que a nossa história tinha chegado ao fim, mas ela estava só começando.

EPÍLOGO

Fisher

SEIS SEMANAS DEPOIS...

Com o pôr do sol ao longe, olho para Lucy com um misto de amor e tristeza. As lágrimas enchem seus olhos, e eu sei que nós dois estamos nos sentindo exatamente da mesma maneira. Estamos na praia, em frente ao nosso farol, com minha mãe, Ellie, Bobby, os pais de Lucy, Seth e Mary Beth e um sacerdote em pé diante de nós enquanto deslizo aquelas alianças de volta ao dedo ao qual elas pertencem.

As últimas semanas foram um turbilhão de emoções, e nós demoramos a decidir fazer isso hoje, sem saber se era certo, já que faltava uma pessoa. Uma pessoa que sempre nos apoiou e estaria mais feliz do que qualquer um por termos encontrado o caminho de volta um para o outro e finalmente termos um casamento pequeno e íntimo em frente ao nosso farol.

— Eu agora os declaro marido e mulher. De novo — diz o sacerdote com um sorriso. — Pode beijar a noiva.

Abraço Lucy e a levanto contra o meu corpo, beijando-a com cada grama de amor que tenho dentro de mim.

Quando nossa família e nossos amigos batem palmas, levo a boca até sua orelha.

— Eu te amo, sra. Fisher — sussurro.

— Eu te amo mais, sr. Fisher — ela responde baixinho.

Eu a coloco na areia, e caminhamos de mãos dadas até a beira do mar. Pego a lanterna de papel na areia, Lucy pega um isqueiro na frente do vestido e acende o bloco quadrado de cera no interior do balão. Nós a seguramos por alguns segundos antes de levantá-la juntos e deixar o vento levá-la para longe, sobre o mar. Pouso o braço em seu ombro e a puxo para perto enquanto observamos a luz da luminária flutuando cada vez mais alto sobre a água, até desaparecer nas nuvens.

— Você sabe que ele está muito puto agora por estarmos ficando animados — diz Lucy com uma risada trêmula enquanto seca as lágrimas do rosto.

— Ele certamente está me chamando de "merdinha" e balançando a cabeça para mim — rio com ela, piscando as lágrimas dos olhos.

Jefferson "Trip" Fisher, meu avô e o único pai que tive de verdade, morreu em virtude de um ataque cardíaco fatal no dia do furacão. Nada é igual desde que ele se foi, e a única coisa que me impede de quebrar é a mulher que tenho nos braços. Lucy sabia que alguma coisa estava errada com ele naquele dia e tem se castigado desde então por não tê-lo levado ao hospital. Fiz tudo que pude para convencê-la de que não havia nada que ela pudesse fazer em meio a um furacão, como se Trip fosse deixá-la fazer alguma coisa, de qualquer maneira. Ele era um velho teimoso, e a única coisa que me consola agora é que meu avô finalmente está junto do amor da vida dele.

— Eles finalmente estão juntos — diz Lucy baixinho, refletindo meus pensamentos enquanto continua olhando para o céu.

— Ele provavelmente já a irritou, reclamando de coisas que precisam ser consertadas no paraíso — brinco.

Ela ri, e o som aquece meu coração. Eu a viro para me encarar e seguro seu rosto. Usando um vestido branco simples de mangas compridas, com os cabelos soltos nos ombros e uma flor branca atrás da orelha, ela está mais linda para mim agora do que no dia do primeiro casamento. Mantivemos a promessa de não contar para minha mãe até pouco antes da cerimônia, e Grace Fisher, do seu jeito habitual, soltou um muxoxo quando viu que nós dois estávamos descalços e eu estava usando uma calça cáqui casual enrolada até os tornozelos e uma camisa social branca para fora da calça. Ainda bem que minha amorosa mãe sabiamente ficou calada quando dissemos que era isso que *nós* queríamos e ela simplesmente devia aceitar.

— Eu te amo. Muito — digo a Lucy baixinho. — Sinto falta dele e queria que ele estivesse aqui para ver isso, mas sei que o Trip está lá em cima torcendo por nós.

Ela faz que sim com a cabeça, apoiando as mãos em cima das minhas, em cada lado do seu rosto.

— Ele tinha muito orgulho de você, Fisher, nunca se esqueça disso.

Ouço alguém pigarrear atrás de mim e viramos, ambos ficando mais do que um pouco surpresos quando vemos quem está ali, ainda mais porque ele não foi convidado.

— Fisher... Lucy — diz meu pai com um aceno de cabeça na nossa direção.

Ele estende um pacote grande e o entrega a Lucy.

— Espero que não se importe. O Bobby disse que ia entregar isso depois da cerimônia, mas eu quis fazer as honras.

Lucy pega o pacote da mão do meu pai. É o presente de casamento que eu fiz para ela e pedi para Bobby esconder até o fim da cerimônia. Não tenho ideia do que ele está aprontando e não consigo deixar de ficar um pouco na defensiva para proteger Lucy. Não quero que nada estrague este seu dia.

Eu a abraço e a mantenho ao meu lado enquanto ela rasga lentamente o papel do presente. Então suspira quando vê a placa que eu esculpi. Quando eu descobri que ela havia destruído a placa que eu fiz no dia do nosso primeiro casamento, eu sabia que ia fazer uma nova se um dia ela concordasse em se casar comigo de novo. Estou realmente feliz por ela ter se livrado daquela primeira. Estamos começando do zero, e essa placa, com uma nova data, significa isso.

— É lindo, filho — diz meu pai baixinho quando olha para a placa na mão de Lucy, que passa os dedos carinhosamente sobre as letras. — Bem--vinda de volta à família, Lucy — diz ele com um sorriso. — Sei que um pedido de desculpa nunca vai ser suficiente para a maneira como a tratei ao longo de todos estes anos, como tratei vocês dois, aliás. Mas mesmo assim me desculpe. Tenho vergonha de como me comportei e mais vergonha ainda por ter precisado da morte do meu pai para enxergar isso. Espero que um dia vocês possam me perdoar. Eu não quero...

Vejo seus olhos se enchendo de lágrimas enquanto ele faz uma pausa e pigarreia. Estou chocado, e de repente não sei mais piscar.

— Não quero deixar esta vida com nenhum arrependimento quando chegar a minha hora. Neste momento, tenho arrependimentos demais e quero mudar isso. Estou orgulhoso de você. Estou muito orgulhoso de vocês dois — ele diz com um sorriso triste antes de se afastar e voltar para o grupo, a poucos metros de nós.

— Que diabos acabou de acontecer? — sussurra Lucy enquanto encaramos meu pai conversando agradavelmente com os pais de Lucy.

— Não tenho a menor ideia, porra — sussurro de volta.

Meu pai tem sido bem amigável desde a morte de Trip. Lucy fez o velório e a cerimônia na pousada e ele ajudou com tudo, dizendo para ela relaxar e não mover um dedo. Ele se gabou dela e da Casa Butler para todos que estiveram lá e apontou cada peça de mobiliário que eu fiz para a pousada, elogiando as minhas habilidades e dizendo a todos que sentia muito orgulho de mim. Quando perguntei a minha mãe, supondo que ele estava só tentando se mostrar e ser o centro das atenções, ela me disse que ele estava sofrendo do jeito dele e queria compensar o passado. Foi legal ouvi-lo dizer coisas tão boas sobre mim, mas eu ainda não estava disposto a convidá-lo para o nosso casamento.

Talvez ele finalmente tenha percebido que foi um filho de merda, ou talvez tenha visto como eu fiquei arrasado quando perdi Trip e percebeu que eu não ia sofrer tanto quando ele morresse. Talvez ele finalmente tenha percebido que o amor da família e dos amigos é o único que realmente mantém uma pessoa viva, ou talvez a carta que Trip deixou tenha sido o chute no traseiro de que ele precisava. No dia do funeral, quando li essa carta, que Trip escreveu para todos nós, vi meu pai chorar pela primeira vez em toda a minha vida. Trip pediu desculpas ao meu pai pela perda da sua mãe e por não fazer tudo que pôde para lhe dar amor suficiente e compensar o fato de ela ter partido tão cedo. Ele disse ao meu pai que o assombraria pelo resto da vida se ele não parasse de cometer os mesmos erros que ele cometeu e para ele se orgulhar de mim e aceitar a Lucy. Depois, ele irritou Lucy ao incluir a escritura da pousada "totalmente quitada", dizendo que é melhor ela parar de revirar os olhos e simplesmente agradecer. Ele nos disse que, se estivéssemos lendo aquela carta, era bom não ficarmos tristes, porque ele finalmente estava onde queria, com a mulher que sempre amou, e esperava que nós finalmente deixássemos de ser idiotas, nos resolvêssemos e decidíssemos nos casar outra vez.

Toda vez que discutíamos a questão de continuar com o casamento no aniversário do nosso primeiro encontro, tudo que precisávamos fazer era pensar na carta e sabíamos que estávamos fazendo a coisa certa.

O que quer que esteja acontecendo com meu pai agora, só posso esperar que continue, porque ele tem uma nova geração para cuidar, amar e acalentar.

Ajoelhado na areia, seguro os quadris de Lucy e colo os lábios na sua barriga.

— Ainda há esperança para você, pequeno. Seu avô pode se tornar um ser humano decente até você chegar aqui — falo baixinho.

Lucy sorri e acaricia meus cabelos. Olho para ela enquanto o vento bagunça seus cachos e o sol forma um halo atrás dela, me lembrando mais uma vez de que ela é meu anjo e que a criança que ela carrega dentro de si é só o começo do futuro maravilhoso que teremos juntos nesta ilha. Não precisamos mais nos preocupar com a segurança da pousada, Ellie e Bobby podem se casar na varanda exatamente como planejaram, nossos filhos vão nascer próximos e, obviamente, vão crescer e se tornar melhores amigos, e Lucy e eu podemos envelhecer juntos no lugar onde nossa história começou, mas nunca, nunca vai terminar. Há boatos de que Melanie conseguiu agarrar Stanford e eles se apaixonaram loucamente, então são dois aborrecimentos a menos com que Lucy e eu nunca mais precisaremos nos preocupar. Estou triste porque Trip não vai conhecer seu bisneto, mas talvez meu pai realmente esteja virando uma nova página e possa ser um avô melhor do que foi pai.

— Obrigado por me encontrar no farol — sussurro.

Lucy me levanta da areia e envolve os braços nos meus ombros, sorrindo para mim através das lágrimas.

— Obrigada por encontrar o caminho de volta para mim.

AGRADECIMENTOS

Agradeço às minhas incríveis leitoras beta, Stephanie Johnson e Michelle Kannan. Obrigada por sempre ficarem animadas quando pergunto se vocês querem ler alguma coisa, por pegarem detalhes que eu deixo passar e por serem amigas e leitoras maravilhosas.

À minha editora, Nikki Rushbrook, que não tem medo de me chamar de novilha e me dizer quando uma coisa é muito ruim. Você sempre melhora as minhas histórias de um jeito que eu nunca poderia fazer sozinha, e sou muito grata por isso.

À minha relações-públicas, Donna Soluri — você me completa. Obrigada por me tirar da beira do abismo... de todos os abismos.

A Shelly White Collins, por me contar sobre a música "Storm", da banda Lifehouse. Essa música *FAZ* esta história, e eu fico muito feliz por você tê-la sugerido!

A Steve e Maggi Myers, por responderem a todas as minhas perguntas sobre mergulho! Espero que minhas frequentes mensagens de texto não tenham sido muito irritantes.

A Danielle Torella, da Pushy Girl Paintings, pelos incríveis desenhos dos faróis de Lucy e Fisher! Obrigada por lidar com as minhas maluquices e por fazê-los muito melhores do que imaginei!

Agradeço a todos os blogs que arrumam um tempo em suas agendas lotadas para compartilhar teasers, capas, links de venda e todos os outros milhares de coisas que vocês fazem para ajudar os autores. Seu apoio é infinito e significa muito para mim.

Às mais incríveis amigas autoras que eu poderia pedir — Jenn Cooksey, Beth Ehemann, Jasinda Wilder e Jenn Sterling. Obrigada pela amizade, o apoio e o estímulo. Amo vocês mais do que palavras conseguem expressar.

Por último, mas certamente não menos importante, obrigada a todos os homens e mulheres que lutam pelo nosso país. Obrigada por seu altruísmo e sua dedicação à nossa liberdade. Obrigada por deixarem suas famílias para nos proteger e obrigada, do fundo do coração, pelo seu serviço.

Impresso no Brasil pelo Sistema Cameron da Divisão Gráfica da
DISTRIBUIDORA RECORD DE SERVIÇOS DE IMPRENSA S.A.